"字码头"读库

燕子东南飞

◎ 孙惠芬 著

大连出版社

孙惠芬

1961年生于辽宁庄河。曾当过农民、工人、编辑，现为辽宁文学院专业作家。中国作家协会全委会委员，辽宁省作家协会副主席。出版小说集《孙惠芬的世界》《伤痛城市》《城乡之间》《民工》《歇马山庄的两个女人》《岸边的蜻蜓》《歌者》《赢吻》《致无尽关系》《歇马七日》《孙惠芬乡村小说选》，长篇散文《街与道的宗教》，长篇小说《歇马山庄》《上塘书》《吉宽的马车》《秉德女人》《生死十日谈》等。1991年，中篇小说《平常人家》获东北文学奖佳作奖。1992年，获辽宁省第三届优秀青年作家奖。1999年，获辽宁省首届德艺双馨艺术家奖。2002年，获中华文学基金会第三届冯牧文学奖"文学新人奖"。长篇小说《歇马山庄》获辽宁省第四届曹雪芹长篇小说奖，第二届中国女性文学奖。长篇小说《吉宽的马车》获第三届中国女性文学奖。中篇小说《歇马山庄的两个女人》获第三届鲁迅文学奖。部分作品介译海外。现居大连。

留住阅读和写作的心
——"字码头"读库总序

滕贞甫

网络时代,很多人似乎慢慢丢掉了阅读的习惯,在市场力量的推动下,消费性的写作也成为了当下的文学主流。

大连是个现代化的海滨城市,在这里工作和生活着一批全国知名的文学作家。他们中间有恪守文学表现时代传统的50后、60后作家,也有表现人物成长和个人生活、侧面展现历史的近70后作家。"字码头"读库推出十二位作家的经典文学作品集,包括作家自选的中短篇小说集、散文集、随笔集。这些作品关注和表现的题材十分丰富，涵盖了历史、现实、农村、工厂、部队、知识阶层、都市时尚生活、现代女性和新人类。写作方面各具特点，有简捷明快、以故事情节引人入胜者，也有的以对人、事、物细腻的描绘和铺陈见长。如，孙惠芬对北方乡村农民及民工人物内心的丰富变化的细腻描绘，马晓丽对部队生活的深刻体验及对人物内心世界的深广、丰富的描述。陈昌平的小说让小人物走进历史，他书写普通人不同历史时期的卑微心理和悲凉人生，在貌似松弛的叙述中透出内在的凌厉无比的锋芒。

该读库作品的另外一个特点是既有故事情节，又能把这一故事讲述得娓娓动人，叙述得有技巧。津子围的小说宁静、平和、自由、开放，没有过多的笔墨渲染心理分析，而是在委婉地讲述着一个个故事，那些现代性的感受和先锋思考，在他的作品中深深地隐匿于个性的皮肉之下。

"字码头"读库中的散文和随笔也有着鲜明

的特点。邓刚、素素、宁明，他们的作品从不同的角度思考着"文革"、知青、改革、文化、历史、社会、人生问题，这些问题同时也是社会关注的焦点，他们力图通过他们的作品回应着历史、现实提出的问题，引领和解答着人们的思考。宁明的飞行散文有着重要的拓展与探索意义，不仅填补了国内散文创作领域书写飞行题材的空白，还为零距离状写蓝天体验提供了文本借鉴。

"字码头"读库与中国社会的发展进程相一致，从中我们找回了历史与记忆，找回了哲学的思考，她承载着当代文学的审美追求，展示着中国文坛梦的趋向与特征。她不仅是对文学资源的一种深度挖掘和发现，同时对当下中国文化的空间、文化的积淀、文化的推动，具有双向的拓展和深化作用。网络时代，我们更加相信，品质上佳的作品还会让人不自禁地想多读些书，让人静下心来投入写作，因为系统的阅读、精致的写作

最终是让知识体系完整而不是碎片化。

最后寄语读者、作家：请留住你们阅读和写作的心。

（作者系中共大连市委宣传部常务副部长、大连市文联主席）

目录

YANZI DONGNAN FEI

狗皮袖筒	001
女人林芬与女人小米	027
台阶	047
天河洗浴	069
五月八日的一条红腰带	096
蟹子的滋味	131
燕子东南飞	156
一树槐香	231
赢吻	298
在观念或者概念之外 ——谈孙惠芬近年的 　几个中短篇小说	318

狗皮袖筒

吉宽望到二妹子小馆的时候,已经是冬日里的黄昏时分了。说黄昏时分,并不是天空中有什么晚霞,这是入冬以来唯一一个大雪的天气,高丽山以南的所有荒野、村庄,都被裹在厚厚的雪绒里,只不过低沉的天空下面,有缕缕炊烟在往一块聚拢,让人觉出晚饭的时光已经临近。

望到二妹子小馆,吉宽的脚步顿时轻盈了许多,脚底下咯吱咯吱的踩雪声有了节奏,从领口里穿膛而过的寒风也有了节奏,是坐在二妹子小馆牙齿对着牙齿嚼花生米的节奏,是坐在二妹子小馆大口大口喝啤酒的节奏,脆生生,呼噜噜的。此时,当吉宽爬上一个高冈,望到二妹子小馆,落在他颈窝里的雪顿时化作暖洋洋的热流,顺他的胸脯一路而下,直奔他的脚后跟。

在这一带,在春节就要到来的冬日里的黄昏时分,总会有像吉宽一样的汉子从遥远的外边回来。他们,要么从大连、营口,要么从丹东、本溪,要么就是从大东港或老黑山,反正,他们个顶个肩上背着行李,不远千里百里,坐着大客从外面回到歇马镇,再从歇马镇步行,一路北上回到这一带的乡下。

二妹子小馆,正好坐落在这一带的三岔路口,它的左侧,是一条贯穿南北,南至歇马镇,北至岫岩城的官道,它的身前,是从官道上岔过来,又向歇马山庄伸过去的乡道,也就是说,不管你的家住在二妹子小馆北边的什么地方,不管你的家住在歇马山庄管辖的哪一个村子,只要你从外面回来,这二妹子小馆身边的路,都是你的必经之路。

吉宽揭开二妹子小馆棉被门帘时,差一点和二妹子撞了个满怀。因为下着大雪,从后半晌就一直没有客人,二妹子瞅窗外的眼神都有些花了,到发现门外有人来,已经来不及提前替客人撩开门帘了。

"大叔快快请进,冻死嘞。"

背着一捆行李的吉宽从外面进来,仿佛一只刚从雪窟窿里钻出来的狗熊,头顶的帽子上、肩膀上、行李上、裤脚上和鞋面上,哪儿哪儿都是雪。二妹子认出是吉宽,一下子不好意思起来,改嘴道:"呃,是吉宽大哥,怎么赶上大雪天回来?"

吉宽没有吱声。他上二妹子小馆,除了点菜,从不说一句废话。

"响英,快,还不赶紧给吉宽哥扫雪?"

二妹子小馆过去只有二妹子,现在又多了个叫响英的女孩，吉宽有些发愣。这女孩看上去比二妹子小十几岁都有了，二妹子却逼人家跟她一样叫吉宽大哥。吉宽站在那里，任凭响英拿一把笤帚在他的身上扫来扫去。可是那雪在他身上待得太久了，小馆里又一下午没客，没有想象那种热啦啦的蒸汽，一些雪仿佛附在他身上的鬼魂似的，怎么扫都扫不掉。

实际上，二妹子小馆，向来都不是为回乡的民工们准备的，这些民工，一年一年在外边，终于手里攥了一点钱回家过年，奔着老婆孩子热炕头，是决不肯把钱扔给她的，也是绝不舍得把时间消磨在她的小馆里的，她等待的，都是那些永远在路上的大卡车司机。当然吉宽不同，吉宽没有老婆孩子，没有爹妈，是条光棍儿，有个弟弟也在外面打工。所以一年当中，只要从外面回来，总要进来撮上一顿儿。

十几分钟以后，小馆里渐渐有了温度，二妹子在炉膛里加了柴，用炉钩钩了炉底，炉膛里的火不一会儿就噼噼啪啪烧起来，使吉宽身上的雪，裤脚和鞋子上的雪，以及行李上的雪，悄没声地化了，化成水，洇湿了小馆里坑洼不平的地面。当吉宽身上的雪洇湿了地面，他的脸、鼻子，还有耳朵，一瞬间如同充了血一般，热气腾腾红起来。

说它们热气腾腾，是因为它们不但红，还嗞嗞啦啦地往外冒着气。这寒冷的冬天，最怕冷的，往往是脸、

鼻子和耳朵,可是它们就像那些贪嘴又没有主意的孩子,只需少少给一点吃的,一下子就改变了立场。不像手和脚,看上去抗冷又抗冻,可一旦冷透了冻透了,很难缓过来。在这寒冷的冬日的黄昏,吉宽进到小馆,很长一段时间,手和脚都没有知觉,与他的脸、鼻子、耳朵,仿佛不是一个身体上的物件。

小馆里来了吉宽,屋子里顿时陷入忙碌。这忙碌,不是因为有了嗞嗞啦啦爆油锅的声音,不是油锅后面还跟了切菜的声音,而是二妹子小馆里干活的,不只二妹子,还多了一个服务员。在吉宽眼里,有两个人在为他一个人跑前跑后,就有了一派忙碌的景象了。

因为吉宽是这一带走进小馆为数不多的民工,二妹子对他格外大方,不只花生米和面条的量大,还要格外赏一盘凉拌白菜,一杯啤酒喝完,二妹子还要免费送上一杯自酿的黄酒。吉宽是本乡人,一看就觉得亲。因为觉得亲,又知道吉宽是光棍,每一次,他一个人坐那儿喝酒,她都想为他擦擦身上的烂泥,都想把他开胶的鞋要下来缝一缝,可是身前身后围他转老半天,就是不敢。因为两年前她这么做过,他当时衣襟开了线,她纫了针要给他缝,结果,他火了,一高跳起来,吼叫道:"少给俺来这一套,你把俺当什么人啦!"说话那口气,好像二妹子想跟他怎么样,显得很可笑。

开小馆的女人,尤其是死了男人的开小馆女人,名声自然要败坏得不成样子，可是这名声要败坏，也不是谁都能败坏得上的，有那些能挣票子的开卡车的司机，你又穷又倔的光棍，怎么摊得上？！

所以，每一回，二妹子把吉宽迎到屋里，除了为他炒花生米，下手擀面，起啤酒，几乎很少说话。

所以，只要是吉宽来小馆，二妹子总是把电视声音调大，让她和他之间，有闹哄哄的声音在其中充斥，使屋子不显得那么寂静。二妹子开馆子开惯了，一有客人，就希望是热闹的，有了客人还寂静，二妹子受不了。

吉宽的重要时刻，伴着电视里闹哄哄的声音，很快就到来了，一盘油汪汪的花生米，一杯生着一串泡沫的啤酒，一碗撒着绿色葱花和红色辣椒皮的手擀面，还有一小盘白生生的凉拌白菜丝。说起来，在吉宽干活的大东港，到处都有这样的小馆，想撮一顿，一点都不难，可是，在外面撮和来二妹子小馆撮是不一样的，回到家乡的二妹子小馆，就等于是到了家，就像别的男人回到老婆孩子身边，这很不一样。

实际上，只要有女人在为自己忙碌，只要自己是坐在桌子旁等待吃现成的，尤其，自己是在电视闹哄哄的声音中等待吃现成的，吉宽的重要的时刻，就已经开始了。这一点，二妹子永远不会知道。

八年前，他的母亲还活着的时候，年底从外面干活回来，他的母亲就是像二妹子那样，在灶屋里锅上锅下忙碌着。他的母亲，不管怎么忙，从不让他和弟弟帮忙插手，他的母亲，让他们和他们的父亲一样，坐在炕头上看电视等待吃饭。当然，他的母亲比二妹子要心细得多，他的母亲知道人挨了冻，脸、鼻子和耳朵都容易暖，唯手和脚不容易暖，就在他刚进门时，把她亲手缝的狗皮袖筒扔给他，让他把两只手插进去。坐在炕头上，盖着被，手插进狗皮袖筒里，看着电视，门缝里有母亲的身影在蒸汽里飘动，那感觉别提有多么好了，心里身外，哪儿哪儿都是热淘淘暖乎乎的。后来，几乎是一夜之间，这样的暖乎没有了，那一年，他的母亲得了肺癌，两个月人就入了黄泉。母亲入了黄泉，父亲因为一辈子被女人伺候惯了，无法待在没有女人的家里，第二年，又倒插门进了高丽山下边的一个女人家。于是，他和弟弟，就仿佛那揭了盖的蒸锅里的包子，一年一年地凉在那儿，无论是过年还是过节，再也感觉不到一点家的温暖了。

　　花生米的浓香在舌尖上弥漫，犹如一地踩倒的稻苗遇到一阵微风，啤酒苦涔涔的滋味在喉口里滋润，犹如一片枯焦的叶子落上一晨的露水，没有多久，吉宽原来只是脸、鼻子和耳朵上的红，就蔓延到脖子上，渗透到眼窝里，伸展到手梢和脚尖上了，如同饱受了微风的稻苗，如同吸足了露水的枯叶。

　　吉宽坐在那里，慢慢地吃着，喝着，看着电视。电视里正播一则啤酒广告，是吉宽正在喝着的雪花啤酒。

这一带的人都喜欢喝雪花啤酒。这一带的电视,永远只能收到县里的一个频道,要么广告,要么新闻,要么就是哭哭啼啼的电视剧。其实只要是电视里有声音,不管播什么,对吉宽来说都是美妙的。

因为喝了点酒,吉宽一点点放松开来,原来还是随意耷拉着的两条腿,这会儿,竟抬了起来,伸到另一条凳子上,像坐到了他家炕头上一样。

这样的时刻,对于吉宽,无论如何都是难得的,在外面赚了点钱,虽不多,七八百,可是毕竟是现金,是想怎么花就可以怎么花的,不像栽在房前屋后的那几棵榆树,说是成了材,能卖几百几百,不到割下来,就不是钱。拿着自己赚的钱,在年根儿上回到家乡,在家乡的小馆里撮上一顿儿,胃里舒服了,身子就舒服了,身子舒服了,感觉就舒服了,他真的是十二分地知足,他什么时候这样知足过!

然而,就像人无法了解自己的命运,永远都不知道前边还有什么在等待着一样,吉宽根本不了解自己,根本不知道在这样一个夜晚,当他吃饱喝足,当他的身子一程程放松下来,他还会有什么别的要求。

那要求其实就潜伏在皮肤的表面,就像雪花化在颈窝里暖洋洋地往下流,可是它们流着流着,奔向的不是脚后跟,而是两腿之间。当它们流入两腿之间,就不再是表层,而是深入了整个的骨髓。那要求,其实以往就

有，只是，以往那样的要求，都是在他回到家里躺到炕上的时候，他在那样的夜晚到来之前，在二妹子小馆里，除了感受小馆带来的家庭般的温暖，很少正眼看二妹子一眼，她名声不好。他还想找对象结婚，他不想弄坏自己的名声。可是，只要回到家里，躺到炕上，想象着一个女人来解决自己，那女人就注定是二妹子。

今天，这要求生出这么早，居然就在小馆里，吉宽虽微醉的样子，但还是被自己吓着了。当然，吉宽不知道，今天和以往是不同的，今天，外面下了大雪，他把身子冻坏了，冻透了，他在小馆里缓过来，就像一条冻僵的蛇又缓了过来，他的血管在他的身体里蛇一样涌动，撞击着他的胳膊和腿，使许多念头都涌了出来。今天，最重要的不同是，二妹子小馆里多了一个叫响英的服务员，那服务员是个年轻女子，那年轻女子跟他在大东港小馆里见到过的所有女子都不一样，没染黄发，没描眼眉，有一点口红，但她给人的感觉是怯生生的，嫩生生的，害羞又怕人的样子。当然这都不重要，重要的是，她怯生生怕人的样子，却还一直勾着他笑。那笑开裂在她厚厚的嘴唇上，恍如鸡冠花的骨朵对着一只飞过来的蜜蜂开放，那笑隐在她黑黢黢的眼神里，仿佛一滴滴在干枝上的露珠，在风还没有吹来时就颤巍巍晃动了，那么撩人。

叫响英的女子就站在他的对面，两手握在胸前，静静地勾着他笑。二妹子不在了，吉宽环顾四周，二妹子嵌入地缝儿似的消失了。

小馆里闹哄哄的，那是电视里的声音，除了电视，没有任何声音。而这电视里的声音，正如一堵掩护墙，掩护了吉宽心里的要求，使它堂而皇之地朝皮肤的深层走去。

吉宽，一个大雪天里从外面回来的吉宽，一个家里既没有老婆又没有父母等待的三十三岁的吉宽，在这样一个隆冬的黄昏，在酒足饭饱之后，就这样被一个年轻女子活动了心眼儿。

虽没有经历，但吉宽还是相信，这年轻女子，是二妹子新招的用来招揽生意的小姐，虽没有依据，吉宽还是聪明地悟出，响英的名字，是二妹子给她起的化名，就是响应任何一个男人招呼的意思。他在大东港干活时，那道边的小馆，到处都有这样的小姐，她们响应着男人们的招呼，绝对是招之即来，与他同住一屋的已婚男人刘光头，熬不住时，就花五十块钱去招呼她们。

想女人就像喝酒和吃花生米，越喝越想喝，越吃越想吃，而你压根儿不吃，也就不会想吃，就像这一带的民工，从来不上二妹子小馆，走到这里，就连头都不会转一下。可是，这一天，这个从未尝过女人滋味的吉宽，不知怎么就熬不住了，看着怯生生的小女子响英，他那么想让她响应自己一回，他那么想吃掉她喝掉她，就像吃花生米和喝啤酒那样。

当吉宽把手伸到棉袄里面的衣兜里，摸到了钱，他浑身的血倒灌似的涌上脑门儿。为了镇定自己，为了使那突然的念头不被小女子看出来——其实他错了，要干那样的事，就是要让对方看出来的，对方只有看出来，后边的事才会顺理成章。然而吉宽毕竟太嫩了，在这方面太缺乏经验了。为了掩饰自己，他把目光转向了电视。电视里，广告已经结束，正在播本县新闻。县上的新闻，永远是县委书记又在哪儿开会，县长又上哪里视察。吉宽眼睛看的是电视，心里却在揣摩着怎么跟小姐说，说他想要她。他想，不能说要她，一定先问多少钱，据刘光头讲，你只要问她多少钱，她就知道你想要她了。正揣摩着，要从电视上错开眼珠子，电视播出了一条消息：海洋岛老黑山冷库出了事，两名工人用扁铲铲死工头后跑掉了。谁铲了谁，吉宽并不关心，这年头，自己在外面出苦力挣钱，能保住自个儿不铲死人就是不错的，旁人铲了人，那是旁人的事。

可是老黑山冷库这个地名，还是让吉宽愣了一下，他的弟弟吉久在老黑山冷库干活。不过，也只是愣了一下，不一会儿，吉宽就把停下来的目光移走了，移到叫响英的女孩身上了。

事情就是在这样的时刻发生了变化的，当吉宽把目光勇敢地移到响英身上，他意外地发现，他身体里的要求不那么强烈了,那情形就像他身上的雪不知不觉化掉,就像他的手和脚不知不觉缓过来,再也找不到冻的感觉一样。他下意识地转过身,左右撒目,仿佛一个一不小心丢了东西的人在四处寻找。

剩下的事情,似乎变得简单而仓促,吉宽没好气地把手从衣兜里抽出来,抽出一张二十块钱的票子,粗粗地喊一嗓子:"结账!"

他不看服务小姐,只冲着后厨的门,他好像知道二妹子就藏在门后的地缝儿里。

几乎是十秒钟不到,二妹子就从地缝儿里钻了出来,带着一脸的失望给吉宽找了钱,帮吉宽把行李送到他的肩上,看他出门。

雪依然没停,天已经黑下来了,小馆门前伸向歇马山庄的道上又铺了一层雪,看不到任何人迹。吉宽没好气地迈着大步,深一脚浅一脚的。他一路粗粗地喘息着,好像一直在生谁的气,谁?不知道!反正离开二妹子小馆,他的心情很不好,想和谁打一架,想拿铲子铲掉谁的脑袋。

吉宽的家在歇马山庄坎子村的后街上,三间旧瓦房孤零零的,这雪天,它躺在雪地里,远看就像一个草垛。吉宽家除了房子,还真就没有一个像样的草垛。他们人不在家,没人拾草,几捆包米秸和几捆稻草矮趴趴地卧在雪里,就像几个人在雪地上睡觉。在这冷冰冰的隆冬的夜晚，不管是像样还是不像样，只要有草就比什么都强，它会把家里的温度升起来。可是，揭开屋门，放下行李，吉宽并没有返回雪地拿草的意思，而是开了灯，一扑就扑到了冰凉的炕上，脸贴炕席趴在那里。

每一次，都是这样，他从二妹子小馆里获得了家一样的温暖，然后再趴到冷冰冰的炕上，通过回味，让那温暖一点点消失。这一回，那温暖本可以更多一些，更深一些，那温暖本可以让他回味无穷，可是不但没有，反而破坏了他对其他感觉的回味，比如在电视的声音里嚼花生米，喝啤酒。

就这么趴在冷冰冰炕上的吉宽，脸贴炕席不知趴了多久，又忽地从炕上爬起，跳到地上。吉宽跳到地上，来到母亲留下的躺箱柜前，猛地揭开柜盖，拽出一些旧衣裳。由于他的动作太急了，那些衣裳稀里哗啦掉了一地。可吉宽根本不顾地上的衣裳，恨不能将头拱到柜里，在那里由上至下一层层翻找。

不一会儿，也就一两分钟的工夫，一个黑乎乎的圆筒拿在了吉宽手里，是狗皮袖筒。它长长的，表皮裂着纹，风干的树皮一样，两头露着卷曲的狗毛。吉宽找到母亲留下来的狗皮袖筒，就像一个孩子找到什么宝贝，再一次扑到炕上，得意地杵进两只手，抱在胸前。

在大东港一冬天里起早贪黑干活的时候，在雪地上走冻得手指尖猫咬了一样疼的时候，在二妹子小馆里烤火,脸、鼻子、耳朵都冒了气儿,手脚却还麻得没有知觉的时候,吉宽心里一直想着这只狗皮袖筒。

把手伸进狗皮袖筒,母亲瘦弱的身影一闪一闪浮现在吉宽眼前。所谓眼前,是在堂屋里,母亲的温暖永远都在堂屋里。她在那里一闪一闪,一会儿蹲在灶坑,一会儿又站在菜板前,她的气息通过堂屋与里屋的门缝溜进来,和热腾腾的蒸汽在一起,暖絮絮的。

手暖了,脸、鼻子和耳朵却一程程觉出了凉意,寒冷真是有点奇怪,总是让他骨肉分家。他从炕上爬起来,他决定拿草烧炕,他要把炕烧热,之后好好地睡上一觉。然而,当他从冷冰冰的炕上爬起来,他听到门外传来咯吱咯吱的脚步声。

那一定是宁木匠。宁木匠是他的邻居,曾嘱咐为他照看家。每一回,他从外面回来,宁木匠都过来望一眼,说,"回来啦",之后转身就走。好像知道他回来了,就不必再为他的家操心了。

可是那进来的人进了堂屋,居然站在那里不动也不说话。

吉宽腾一声跳下炕,来到堂屋,来人简直吓了他一跳:他不是宁木匠,而是他的弟弟吉久。

吉久和他进小馆时一样,仿佛一个刚从雪窟窿里钻出来的狗熊,哪儿哪儿都是雪。只是吉久没背行李,也没戴帽子。

"冷库放假这么早?"吉宽惊中有喜。

吉久抖着身上的雪,"嗯"了一声。

就像从不跟小馆里的二妹子说话一样,吉宽平素也很少和弟弟说话,吉宽天性话少。他不说归不说,一说话就是发火,他看不惯弟弟胆子小得像个女子,说话不敢大声不说,一只耗子也能吓得嗷嗷叫。吉宽发火常喊的一句话是:"爹妈怎么就把你生成男人了,连女的都不如!"虽然吉久生性像个女的,很弱,可是在权衡家里到底留谁在家种庄稼时,他还是留了自己而没留弟弟。一来,可以让弟弟出去闯荡闯荡;二来,他留下来,除了种地,还能在农闲时节,出去干两季的苦力。那大东港挖碱泥的苦力,一干必得是一年,你干一季回家种地,再去,人家就不要了。也只有他,对方不敢不要,他混,他好发火,他一发火就说大话,就说不要我你走着瞧,我什么都干得出。他一说大话对方就害了怕,就不得不要他。

弟弟在大雪天里回来了,回来过年,吉宽自然没有任何理由发火。

虽说他们的母亲死了已经八年了,吉宽还没练出当母亲的本领,比如像母亲关心他们那样,让他坐到炕上看电视,由自己来做饭。吉宽也从来不觉得做饭是男人应该练的本领,一般的情况下,吉久回来,都是吉久做饭,做哥哥的骂弟弟像女人,可是弟弟像女人一样做饭,他却从来没有脾气。

今天不同,今天外面下了大雪,关键是,吉宽肚子里刚好有一碗面一瓶啤酒还有花生米,他的身子已被那些东西暖透了,而显然吉久是冷的,他没吃饭,嘴唇干巴巴的,上边还裂了硬撅撅的口子,他的手在胸前一个劲地抖。见弟弟手抖,吉宽赶紧来到东屋,拎起那只狗皮袖筒,递给他。就像他会在微醉的时候聪明地悟出响英的名字是一个化名一样,他在弟弟进门的瞬间想起刚翻出来的狗皮袖筒,吉宽对自己的细心都有些意外了。

因为有这意外的推动,接下来的事情,吉宽做起来饶有兴致,砸水缸里的冰,从冰下面舀出水,再到西屋的面袋里舀一瓢面。他准备给吉久晁一盆疙瘩汤。

吉久两手套在狗皮袖筒里,身子不再抖了,但是他一直站在堂屋不动,眼神飘忽着,看着吉宽为他忙,没有要帮的意思,也没有离开的意思。

吉宽还不习惯有人这么看自己,尤其是看自己做饭,他实在是太笨了,他想弟弟该进屋里看电视。这么想,吉宽突然想起在二妹子小馆里看到的那条新闻,于是吉宽说:"听说老黑山有人铲死人啦!"

吉久愣了一下,有些飘忽的眼神定下来,看看吉宽,但一个仓促的停顿之后,立即又飘走了。

吉宽说:"肯定是气不公,要不不可能铲人。"说着,面已经被他拌成一个个不大不小的疙瘩。

这时,吉久说话了,吉久的声音又细又低,像噎了面疙瘩在嗓眼里。"工棚里太冷了,工头又不让烧炉,大伙儿手脚麻木得睡不着,就去买烧酒喝,谁知喝多了,那天工头又没走……"

吉宽没吱声,心想果然不出所料,这些工头都他妈的该铲,他大东港那个承包挖土方的工头,也不让烧炉子,好在他们住的工棚边有一个苇塘,他们天天晚上到苇塘刨苇根烧。想到工棚里的冷,想到工棚里冷得都睡不着觉,吉宽不禁打了个寒战,喘息随之就粗了起来,气鼓鼓的。吉宽一气,刚才只在心里念叨的话就说了出来,他说:"他妈的他是该铲,铲死他。"

吉久说:"他监视大家不要紧,自己还在轿车里开着暖风玩女人……"这么说着,吉久的喘息也粗了起来,并且音调有些颤。

听吉久讲,吉宽更是气,但他什么也没说,他只是把弟弟推到东屋,打开电视,就出了家门。因为锅也刷了,就等着点火了,他的草还没拿回家。

可是,当吉宽来到门口草垛旁,从雪窟窿里扒出了稻草,直起腰身回转身时,要亲手做饭给弟弟吃的想法突然不见了,就像他在小馆里鼓足了勇气要弄一回女人最后又变了卦一样。然而小馆里的变化,他找不到来路,现在的变化,来路就在他家门前的雪地上,是一串模糊的脚印。那里不是道,却有一串脚印,那脚印又直通着他家门口，这明显是弟弟吉久的！老黑山在东，他从老黑山回来，无论如何都要走三岔路口，他怎么能走雪地？

吉宽辨清这串脚印是弟弟吉久的，窜在肚子里的一股气瞬时就从脚后跟窜了出去，使他在感到自己像一只撒了气的皮球的同时，脚后跟冷飕飕地发凉。有了这来路，吉宽做饭的念头如没进水里的石头似的不复存在了。吉宽在草垛旁站了一会儿，吉宽想，吉久像女孩子一样弱，他不会的……可是，如果不是他，他为什么不走大道？

其实，断定了那来路里隐藏的秘密，吉宽有一瞬间是有些兴奋的，他的弟弟终于做了男人该做的事儿了。然而也只是一瞬，没有多久，他就陷进了一团迷茫中：他不知道这个夜晚，他还该做些什么。

那去脉，那剩下的时光该做些什么的去脉，是在他一转身时才看清的。转身，他看到了一团影影绰绰的灯光，是二妹子小馆里的灯光。

吉宽从外面走回家，使劲摔了一下门，之后粗声大嗓地吼着："走，妈的，他工头干女人咱凭什么就不能干女人，走，咱不在家吃了，咱上小馆，咱上小馆干女人！"

见哥哥变了卦，吉久慌了，心想都是自个儿不好，提到那个工头。吉久说："不，不去，俺不去！"

听吉久说不去,吉宽更是火冒三丈："说你不像男人，你就不像个男人，干女人的事也害怕，你哥哥我挣了钱，今儿我请你，也请请我自个儿。咱就好好暖暖身子！"

吉宽真是被那工头气坏了的样子，越说喘息越粗，到后来，都有些接不上话了。

雪还在下，但已由雪片变成米粒，落到身上哗啦啦直响。出了院子，吉宽就把头上的帽子摘给吉久。虽是初夜，却因为雪的覆盖，屯街上特别的静，连狗叫声都没有，仿佛雪是一只巨大的狮子，它吞噬了这个世界上的一切。他们一前一后，雪在他们脚下咯吱咯吱响着，这是这个夜晚屯街上唯一的声音，唯一狮子吞不掉的声音，咯吱咯吱，和无边的沉闷做着对抗。

领弟弟返回二妹子小馆，小馆的门已经上了锁，棉被门帘没有遮住的缝隙里，虽还有灯光，却看出二妹子是不准备营业了的，因为那灯光是后厨的灯光。吉宽毫不犹豫，上前就用脚踢门，边踢边喊："来客了来客了，快开门！"

没一会儿，二妹子就掀开门帘，把门打开。见又是吉宽，二妹子愣了一下，当发现后边跟了他的弟弟，笑就跟到眉梢了。"请进，快请进！"

吉宽进来，老顾客似的坐到炉子旁，也示意弟弟坐，之后很有经验地喊："小姐哪儿去了，两碗面，要肉末的，一瓶二锅头，给炒一个猪腰花，一个大肥肠。"

拿酒，下面，炒菜，这都是二妹子的活儿，吉宽一进来就喊小姐,让二妹子有些意外。他在小馆里从来不说话的。据响英讲,吉宽傍晚时分还真活动过心眼儿的,不知后来怎么就变了卦。现在,是不是又有些后悔了?

在吉宽的再三招呼下,吉久慢腾腾在炉子旁边坐下来。吉久坐下来的时候,吉宽看见,他把狗皮袖筒也戴了出来。他的两只手虽然装在狗皮袖筒里,他的身子却一直是哆嗦的,仿佛有一架机器在他的身体里运转。

这是这一天多来吉久遇到的唯一的热乎气儿,也是这一冬以来遇到的唯一的热乎气儿,整整一冬,他的身子都没暖和过,他的手脚一直都是凉的、麻的,尤其手。因为他在扒虾头的时候不能戴棉手套,他的手往往冻得像是别人的手,毫无知觉。入冬以来,他做过好多次梦,那梦里总有母亲的笑脸,有狗皮袖筒两头伸出来的毛茸茸的狗毛。也怪了,他的梦里只要有母亲,就有狗皮袖筒,母亲总是站在堂屋,笑盈盈地送给他狗皮袖筒。今天,终于不再是梦了。

见火不旺,吉宽亲自拿起炉钩,在炉底哗啦哗啦来回钩着,火星顺着一杆烟地上升,立时蹿起了火苗,"小姐,拿柴火来,烧旺点。"

响英来了,依然是傍晚时分穿的那件对襟小花袄,嘴唇上依然沾着怯生生的笑,她抱了几根木棒扔到炉子旁,又转身倒水去了。她转身的时候,留下了一股粗粝粝的粉香。这时,吉宽沉住了脸,向吉久使了眼色,低声说:"像个男人!"

声音虽低,却是又重又狠,仿佛咬住了一个什么东西。

吉久的脸、鼻子、耳朵一点点红了起来,身子也不再像刚才那样哆嗦了,不知是真的暖了,还是哥哥那句话起了作用。

其实,吉宽知道,吉久再暖,他的腿和手肯定还是麻的,它们和耳朵鼻子肯定是骨肉分家的。所以,吉宽一次性的,把响英送来的木棒都填进了炉子。

腰花、肥肠,很快就端上来了,吉宽把一瓶白酒一分两半,和吉久一人一杯,吉宽一上口就下了半杯,之后说:"喝,哥今儿个赚了钱,咱好好喝!"

吉久抿了一小口,就放下了,他其实不怎么喜欢酒的,他只是太饿了,他除了盼望有个暖和气儿,最盼望的,还是吃一顿饱饭。他已经一天半没有吃饭了,所以,三口两口,就把一碗面吃了下去。

吉久吃完一碗面,吉宽把自己这一碗也推给他,说:"你都吃了吧,我要喝酒。"

吉宽不吃饭,当然是因为他吃过饭了,吉宽不吃饭,却一直不停地说话。吉宽不停地说话,只是一句话:"妈的,咱是男人,咱得学工头,咱怎么说也是个男人!"

吉宽不断地重复这句话,其中的含意吉久是应该明白的。吉久也确实明白了,因为后来,他不光脸膛、脖子、眼窝和脸、鼻子、耳朵一样放出光彩,他的头发,他的整个人,都放出了湿漉漉的光彩。

两碗面条下了肚,一条冻僵了的蛇复苏了,血管里的血像化开了的雪一样在身上流,痒酥酥地顺脖口往下走,直奔胳膊,直奔下体。这一点,吉宽看在眼里,也体会在心里。当吉宽感受到有东西在吉久身上痒酥酥地流,他从兜里掏出一张百元票子,"啪"的一声拍到桌子上,大声冲二妹子道:"来吧,侍候侍候俺哥儿俩。"

吉宽说出这句话,简直就像一个老嫖客,不但镇定且富有经验,傍晚时分闪烁迟疑的样子丝毫不见。

吉宽镇定,二妹子更是镇定,她早就觉得他不是新手,不过是在二妹子面前装装罢了。可是二妹子不知道他和弟弟,他俩到底谁要谁。是他弟弟要小姐,还是他要小姐。说实在话,不管是他,还是他弟弟,二妹子都是不想陪的,看外表,就知道他们根本不是她的对手。不过,下了一天的大雪,也实在是太无聊了,太寂寞了。

吉宽不由分说就把小姐指给了弟弟,并且让他们先走。小姐响英顺从地响应着吉宽,拽着吉久的手,进了后厨。

二妹子的后厨到底有多大,有几铺炕,吉宽是无法知道的,他只听村里人说,那后边还有好几个包间,专供村干部什么的领人来。今天,他想知道吗?说句心里话,非常想。可是,当他的弟弟和小姐离开了他,他立即又回到原来的他了,他看都没看二妹子一眼,佝着肩,缩着头,用一根手指,把钱推给二妹子,沉闷然而坚定地说:"结账!"

结了账,吉宽从小馆里走了出来,把自己送到夜晚的雪地里。雪似乎小了,但风却大了,呜呜呜的,仿佛有无数只野兽在号哭。吉宽站在风雪交加的夜晚里,故意让自己冷,让自己失去知觉。可是,他的知觉灵敏着呢,雪花刚刚打进他的领口,他就感到了一股痒酥酥的溪流,它们虫子似的,东爬西爬,一涌一涌的。

在这个晚上,由于怎么冻都不觉得冷,由于大脑的思维异常活跃,吉宽还想起了另一个晚上。那个晚上,他和一个女子差一点就睡在了一起。他要是和她睡在一起,他们就结婚了,就有一个温暖的家了。他和那女子,是经媒人介绍认识的,那一天媒人把那女子领到他家就走了,扔了他们俩。那是一个多好的机会呀!那时他才二十五岁。那时他和那女子之所以没睡成,是因为他一想抱那女子,那女子就提房子,说要是不答应盖新房就不让他动她。即使借钱,他也是有能力盖新房的,可是他就是不想在抱那女子之前给她他妈的说法,他就不知道他妈的这新房旧房和抱她有什么关系。她一而再再而三地说,他一下子就火了,呜呜嗷嗷把她骂了出去。黑灯瞎火的把一个就要成为自己媳妇的女子骂了出去,从此就没人敢提媒了,没人提媒也不要紧,人们还说他神经病！没有人提媒，他也绝不因此而盖房子，栽树引凤，绝不！他就是这么倔！他其实早就攒足了盖房子的钱！

不到二十分钟，身后小馆的门响了一下，吉宽知道这意味着什么。于是迈开步子朝家的方向走去。吉宽一路走着，没有回头。像来时一样，四周很静，连狗的叫声都没有，他们俩咯吱咯吱的踩雪声是这个夜晚唯一的声音。吉宽一直沉默着，不说一句话，他不说一句话，一直到揭开风门，一直到拿草烧了炕，看弟弟吉久在炕上睡去。

如果不是热透了，有热气在身上流动，这个冰冷的炕是没法睡觉的。吉宽烧了炕，被窝儿在前半夜也没热上来，是在后半夜，远方有鸡叫时，被子里才有了一点温度，那种潮乎乎的温度，吉宽才在潮乎乎的被窝儿里一点点迷糊过去。

不管是对于吉宽还是吉久，不管是对于这个叫着坎子的村庄还是歇马山庄，这都是一个重要的早上，关于这个早上应该发生的一切，吉宽在夜里想过一千遍了，想得他的头都有些疼了，所以，这个早上，当吉宽从睡梦中醒来，最先注意的，就是弟弟的被窝儿。

如吉宽想的一样，弟弟不在。弟弟的被已经叠得整整齐齐，如一块石板一样耸立在他的视线里。这时，吉宽慢腾腾从被窝儿爬起，下了地，吉宽的目光在屋子里搜索，开始是慢慢的，但一点点就由不得自己，眼神就疾速起来,似乎他不情愿验证什么又急着验证什么。他不放弃任何一个角落。他从东屋走到西屋,又从西屋走到外面。确实,弟弟走了,并且带走了母亲给他们缝的狗皮袖筒,并且带走了他放在他鞋壳里的三万块钱,那是他八年来的所有积蓄。

证实了这一点,吉宽压着石板一样的心嵌开一道缝儿,豁亮了一下:他的弟弟终于变了,是个男人了。

可是很快,那道缝儿又消失了,那石板再一次压了下来,因为门外,是漫山遍野的大雪,是呼天号地的北风。当吉宽看到那漫山遍野的大雪,听到那呼天号地的北风,他一扑扑到了炕上,就像晚上进家时那样。他扑到炕上,两手哗刺扑刺狠狠地捶打着炕席,嘴里大口大口吸着冷气。可是捶着捶着,他的手触到了一样东西,纸片一样的东西,很光滑,吉宽下意识地抬起头,向手指的方向看去,这一看,吉宽完全傻了,是钱。

原来,弟弟吉久并没拿走哥哥的钱,他把它放到了炕上。吉宽于是大骂起来:"混蛋王八蛋,你死去吧死去吧你——你以为你是男人——"

吉宽疯了似的骂了一遍又一遍,边骂边把钱在炕上摔了又摔,仿佛那钱就是吉久,就是他的弟弟。

然而,这个早上,事情到此并没有结束,当吉宽骂够了摔够了,在屋子里渐渐地平静下来,他听见了宁木匠的声音。宁木匠像往常一样,发现他回来,从西院走了过来,可是这个早上,他走过来,说出的并不是"回来啦"这么简单的话,而是"吉宽不好啦,出事啦,吉久杀人投案自首啦,赶紧给吉久送行李衣裳吧——"

吉宽与吉久的见面,被安排在歇马镇的派出所里。在见面之前,吉宽做足了准备,要狠狠地扇吉久耳光,他太无能了,他简直辜负了他。可是见了面,做哥哥的却把耳光扇给了自己,因为弟弟手里捧着那个母亲缝给他们的狗皮袖筒,看到它,他的心一下子就软了。

吉久用铐住的双手,捧着狗皮袖筒,笑模样地站在靠墙的一角,看着哥哥。

吉久说:"哥,俺知道你的好意,俺知道。"这么说着,吉久眼圈儿就红了。

"你知道什么你知道,你什么都不知道,你完蛋了你——"吉宽终于吼出来,这是他眼下最想告诉弟弟的话。

不知是因为哥哥声音太大,还是那句话里的内容震住了他,吉久刚刚洇出来的眼圈儿里的红迅速地褪了回去,随之而来的,是一脸的平静。他平静地看着哥哥,一字一顿地说:"哥,俺知道俺完蛋了,可是俺知足,俺知足了!"

"知足什么你?"吉宽还是吼。

吉久咧了咧嘴,把目光从哥哥脸上移开,移到门口。派出所门口,正有一缕阳光照进来,是雪后的阳光,一颤一颤的,映得铁门锃亮锃亮。吉久看着门口的阳光,将咧开的嘴角收拢,随后,把目光移回来,再次看定哥哥,说:"你不知道,俺昨天晚上回家,是想逃的,俺觉得俺太亏了,还不想死,可是……可是你帮了俺,你让俺知足了。"

听弟弟这么说,吉宽再也不说话了,木头一样呆在那里,他原来帮了弟弟倒忙,是他加快了弟弟的死期。

吉久说:"俺知足,不是你让俺弄了女人,俺其实什么都没弄,俺弄不成。俺知足,是你暖了俺的心,像妈一样……这些年,俺最想要的,就是像妈那样的温暖。"

泪已经涌在了吉宽眼角,但他狠命地咬住了嘴唇,把泪吸了进去。他把泪吸了进去,却把一只手伸了出来,伸到弟弟怀里的狗皮袖筒里,在狗皮袖筒的另一边,吉宽握住了弟弟被铐住了的手。

"你是个男人啦!"哥哥说。

女人林芬与女人小米

与小米相遇的一瞬，林芬感到心口有一个东西松动了一下，那情景就像一只锈在木杆上的螺丝被突然松动一样。小米的脸是紫红的，长期被日光曝晒那种紫红，红中隐约可见一条条地图上的河流似的血丝。衣服是鲜艳的，小镇市场上常能见到的那种鲜艳，肉粉色呢大衣上配一条天蓝色纱巾。她的肤色、装束和气质，同林芬的弟媳一样，都是林芬不喜欢的那种。她随林芬从门口进来时，林芬还想，这一群人，真是没办法，艳俗！每一次，林芬从城里回来，她的弟媳都从外边领些女人回来看她，让她讲城里又兴什么服装，讲女人该怎么打扮才不俗。林芬是一家妇女杂志社的记者，常在杂志上发一些谈女人服饰和修养的文章，小镇人都知道她，尤其是女人。弟媳将小米和一帮女人带进屋子时，林芬对小米毫无印象，后来，大家你一言我一语，把屋子搅得仿佛捅了马蜂窝，林芬才注意到，那个叫小米的女人一直没有说话，她夹在大家中间，一直抿着嘴笑，眼神平静而忧郁。

由于职业习惯，林芬常能在人群中迅速区分"这个"和"那个"的不同，林芬感到了小米与所有女人的不同。她的不同在于她的存在就像不存在一样。而正是她的不存在让林芬感到了她的存在。林芬还感到，她那忧郁的眼神中，有她十分熟悉的东西，是什么，她一时又说不清楚。将一帮人呼呼啦啦送走，林芬问弟媳，那个小米是……林芬想问她是干什么的。弟媳说，噢，于小米，可惨了，男人和她离婚，孩子都不给她，天天在商贸大世界门口蹲着卖塑料盆，挣一点零花钱，给她提媒，她又坚决不找。林芬凝住，长时间说不出话来，她似乎一下子就明白那眼神中她熟悉的东西是什么。是这一刻，是林芬的弟媳将小米的经历简单地述说完之后，林芬感到，她与一个人相遇了，林芬感到，她的心口有一个东西在松动。很显然，是感到与一个人相遇，心口的那个东西才得以松动。林芬说，秀娟，你给我问问她，愿不愿意做保姆，我想请她到我家做保姆。

林芬离婚十年，从没请过保姆来家。最初是没有条件，工资挣得少，住房又小，只有自己带孩子。后来调到杂志社，涨了工资，分了房子，又期待命运中有一个爱自己和自己爱的男人出现。后来，那个男人真的出现了，那个男人以隐私的方式出现，房子成了隐私的一部分。为了这个隐私，林芬宁肯自己挨累。再后来，与那个男人分手，生活明朗开来，空洞下来，林芬真的想过雇保姆，可是，一个心中全是梦的少女和一个心中没有一点梦的老妈子，她都不能接受。多梦少女往往情绪多变，需要她的呵护和指点，而她独自呵护指点了孩子好多年，她不想再呵护和指点任何人；那种独挡一切的老妈子倒是不需要照顾和指点，可她们往往会把大半生的人生经验化成语言，使这个家没有宁静的空间。她独身十年，在身边没有一个男人可以厮守、依赖时，唯一幸运的是她培植了一个属于自己的世界，如果连这个世界也被人打碎，那可就更惨了。可是，有梦而又能化解，有经验而又不诉说，这是什么样的女人，这样的女人有吗？

有，当然有！她应该是三四十岁之间的女人，她有过婚姻经历，有过爱与恨的经历，进而怀疑拒绝着梦的抵入；她应该是受过伤害的女人，她因为受过伤害而懂得沉默是保护别人的最佳选择。她是谁？她就是小米。小米不但有这些，小米刚来，擦地、擦玻璃、洗衣服、做饭，做了该做的一切，却让你觉得这个女人就像不存在一样。她的轻手轻脚，她的做活得体，她的有条不紊，让你觉得她什么都没做，可是她真真实实地做了该做的一切。

小米刚进林芬家时，神情有些拘谨，一个小镇女人刚刚进城，又面对这么讲究的房间，拘谨是毫无疑问的。她坐在沙发上，打量着房间四周，冲林芬笑一笑，又转向房间四周，好像一个刚到前线的战士在熟悉地形。当她擦完了各个屋子的灰尘，熟悉了所有该熟悉的地方，她的神情松弛下来。见小米有些松弛，林芬说，这个家，就你、我、贝贝，就我们三个人，你一定不要把自己当外人，请你来，是想让你给我们娘儿俩改善改善生活，这些年我们很苦，我想你也是，我们三人相依为命。林芬说到这儿，眼窝有些发热，似乎触及到命运中悲剧的部分。小米躲开林芬的目光，紫红的脸颊溢出一丝光彩，说，姐，只求一点，我干不好，千万别迁就，不习惯我，你就辞我。小米说着，眼睛眯成一条缝儿，笑了。林芬说，怎么会呢，不会的。

　　林芬的话不是搪塞，她怎么会辞掉小米呢！小米一进这个家门，就让她感到一种气息，一种无比亲切、温馨的气息。在此之前，她从不知道，陌生女人之间，会有这样一种气息产生，这气息像亲情又不同亲情，比如她的母亲和姐姐，她们也让她亲切、亲近和温馨，可她们到林芬家住不上两天，另外一种感觉就夏天的蚊虫一样飞将出来。母亲裸露的牙床，让她看到生命尽头的逼近；姐姐紧皱的双眉，让她看到两个没有工作的儿女给姐姐带来的压力。不但如此，她们总是用心疼的目光，隐隐的叹息，映照着她独身的现实，胁迫她承认上帝对自己的不公——亲情背后，溢漫着难以言说的沉重。而和小米在一起则不同，她带来的亲切是明快的，清纯的，是飞不出夏天的蚊虫的。她们的亲切就像男女之间的一见钟情，彼此所有的从前都不存在，所有的从前都变成一个彩色屏幕，从屏幕上走来的是她们的现在，是现在的相互吸引、相互改变。林芬总是在一进家门时看到小米的微笑，小米的微笑让她想起童年的伙伴，说来她们确实都出生在小镇，有过差不多状态的童年；林芬总是在冲完澡后听小米喊，姐，吃饭——小米的声音清脆而明快，像山泉叮咚；林芬总是在夜半写作时，喝上一杯小米送来的热奶，小米的脚步仿佛蜻蜓点水，轻捷而有韵律。林芬再也不用惦记是否该买卫生纸了，林芬再也不用想今天该买什么菜了，林芬尤其再也不用早上五点就起床给女儿做饭了，小米给了林芬母亲样的关怀姐姐样的细心丈夫样的体贴，小米唯一不给林芬沉重和伤害。

　　日子过着过着会有这么一天，林芬真是无论如何都不曾想到。这种轻松，这种像个日子的日子，离婚之后这么多年，她从没得到过。忙碌，一刻不停地忙碌成了生命中的克星，到幼儿园接送孩子，给孩子洗衣洗澡做饭，哄孩子入睡，又要翻开采访本理清思路写稿子。那个男人出现之后，思念和等待成了她每一个夜晚的炼狱：他回自己家，寂寞和嫉妒便燃烧着她的胸口；相互厮守，即将到来的分别又成了驱之不去的恐惧。夜晚的长期被占有，使她的白天困倦而疲惫，使她的白天更加紧张、慌乱，她必须将采、写、编都放在白天，她必须把跟生活有关的一切都挤到白天来做，她还必须在人前以强打的精神掩饰自己的煎熬，她累得不行了，倦得不行了。也许是上帝真的因为疼她而扔下剪刀，那个男人以调动的契机斩断了跟她的所有关系。可是事情并不像上帝安排的那样，那个男人走后，以为终于解脱了的她又无法面对这个裹藏了全部隐私的家，于是，百般的忙乱之中，又添了一忙——换房。用了不下半年，房子换了，开始了全新的生活，她却发现，一种委屈，一种从没有过的委屈，在她早醒为女儿做饭的时候，在她挤进菜市场买菜的时候，在她夜晚辅导女儿功课的时候，溪水渗入石缝儿似的无孔不入——大多女人都有一个男人在身边守着，凭什么就我无依无靠？委屈开始只是一条潺潺细流，在某种特殊的时刻咕嘟冒泡，后来，不经意间，这溪流就变成了滔滔洪水，泥沙俱下。那是一个平常的日子，她去学校给孩子开家长会，会后，在学校对面的幼儿园门口，看见她的同事冷力将孩子接走，扔下老婆和一群年轻的女孩去泡吧。回到家里，她几乎被委屈的洪水淹没了，她背着女儿流泪，她推搡桌子问它为什么要这样为什么要这样？当被女儿发现，她又赶紧用毛巾缠上手与女儿打拳，谎称自己要加紧锻炼。她，她太累了，太倦了，命运对她太不公了，她太缺乏平庸的快乐了。她……她真的想不到，这松弛，这平静，这平庸的快乐，会被一个叫做小米的女人携带而入，上帝好像早已在她的苦难历程中设置了坦途，只要过了某一关口，坦途便自然到来。小米是这坦途中第一串光明的密码。

感谢生活，不，感谢小米。没有小米，就没有林芬眼下的生活，没有林芬眼下的生活，真是很难想象另一种生活是什么样子。林芬为了表达自己的感激，为自己和女儿买衣服的同时，从不忘给小米也买上一套。她还专门为她选配了适合她干性皮肤的化妆品、护肤液、洗发露。小米到林芬家一月不到，皮肤变得白皙、光洁，隐在脸上地图上河流一样的血丝开始消失。小米最大的变化是气质，换了林芬给买的衣服，小米原来小镇女人的艳俗不见了，而完全一个知识家庭出身的娇小女子模样。小米更大的变化在于，她常常会用一些很深刻的词，比如邈远、跨越。也许邈远和跨越这样的词并不深刻，而被她那样用了，才显得深刻。有一回，林芬、小米、贝贝，都在看电视剧，剧中一个女人向男人施爱，小米自语道，傻瓜，相信爱情，它根本就不存在，它可是太邈远了。还有一回，小米买回一个西瓜，切的时候，她说，这西瓜长得非常丑，身子还有些歪，不过我打眼就看上了它，它肯定是从歪往周正上跨越时长熟了，就被揪了下来。小米用词，不是套用搬用，而是加进了自己的经验和体验，邈远和遥远的区别，正在于遥远是可以达到可以实现，而邈远既不可以达到又不可以实现，近似于虚无。小米用词还在经验当中大胆发展，西瓜在从

歪长正的路上熟了,就如同一个人在跳到半空时被定了格,这跟现代科技有关,是在变化中看问题。林芬目睹着小米的变化,林芬想小米的变化其实不是变化,而是原本的样子,就像她的生活原本就该是平和的,平静的,完整的,只不过上帝让她路遇泥泞,让她在跋涉中蝗虫似的亦步亦趋,现在她拱出地面了。小米原本就是有悟性、有品位、有修养、光洁明媚的女子,只不过命运使她一块石头似的没入水底,现在水落石出了。林芬扮演的,只不过是使那些泡沫飞溅的水退下去的角色,当然小米也扮演了使林芬剥离身上沉重泥土的角色。她们真是两个幸运的女人,两个有缘分的女人,两个上帝早就把她们各自的后半生托付给对方的女人。她们在以往那些年中摸黑走路,谁也不知道黑暗的前方是什么,有谁在等待,她们原以为应该是一个男人,一个书上写的那种有力量、有体魄、有爱心,更有人格的男人。那个男人的骨架是早就被她们设计好了的,只待一些血肉充填进去。现在,她们,尤其是林芬,终于走到黑暗的前方了,撩开了命运的面纱,发现了那个男人的骨架里,原来充填进了女人的血肉,她体格娇小,却像山一样让她依赖,她动作轻巧,却能支撑她的人生。有一天,自来水龙头的皮垫出了毛病,水如井喷不可遏制,她用毛巾垫在额头顶住水流,之后,倾着身子,将从自己皮包上剪下的皮垫换上去。林芬晚上回家,听说后,问你哪儿来的那个招法，小米说她就是因为这个，第一次提出跟丈夫离婚的。她说刚结婚不久，家里自来水出了毛病，她不懂，急得团团转，最后不得不打电话叫回丈夫，丈夫正在打牌，摸了一手空前的好牌，回家里一看是这事儿，撒腿又跑回赌场。无奈之中，她就用了以上的办法。丈夫回来后，她赌气说离婚，他没吱声。后来，几年以后，她下岗了，没有前景了，他答应了她事过好多年的要求，将她一脚踢出。

女人的办法，都是被男人逼出来的，女人的力量，都是被男人逼出来的，林芬听着，由震惊到感动，继而，得出一个结论：不要相信男人，一定不要！

是这个晚上，林芬决定，从今以后，无论发生什么，她们都不要分开。因为小米也说，她终生不会再嫁男人了。林芬心疼地看着小米，林芬说，在西方，许多保姆都跟了主人一辈子，成了主人生命中最亲近的人，我们相依为命，一辈子也不分开。小米看着林芬，止不住热泪盈眶。

是从这个晚上开始，林芬和小米之间，由亲切气息中的依偎，上升到对以往精神苦难的回忆。没有发稿压力，又不想读书的时候，林芬把小米叫到自己房间，和她讲她的过去。林芬从没跟任何人讲她的过去，但自从听了小米的故事，不知为什么，她非常想把自己的故事讲给她。林芬是从丈夫开始讲起的，她的丈夫和小米的丈夫一样，只有块头，却没有丁点儿爱心，刚结婚时还是计划经济，月月领粮，都是她领。有一次下大雨，楼下蓄水齐腰，她扛着米袋趟过水时，被楼上邻居发现，邻居用力敲她家的门，见家里没人，便跑下来帮她拿上去。可是进门之后，她竟发现丈夫在家看电视。听林芬讲，又勾起小米的回忆，于是她们你一段我一段。相同的经历，引出她们不同的故事，不同的故事，引出她们对男人共同的失望。林芬说，不是坏男人都叫我们碰上，而是天下男人差不多都一个德行，就说后来遇到的那个男人吧——林芬在后来的某个晚上，不由自主讲出了她的隐私。林芬说，他一直表达着爱我，可是他从来不提出离婚，现在想想，这种男人与前一种男人又有什么不同？他们都自私，只不过前一种自私是把你挖到筐里便不再管你，后一种自私是不想往筐里挖才说爱你，本质都是一样的。林芬说到这节，目光蒸腾了，觉得对男人的失望又深了一层；林芬说到这节，觉得对与小米相依为命的感觉又深了一层。渐渐地，小米不但成了林芬生活的依靠，还成了交流的对象。小米虽然话语不多，但她的语言会像她的目光一样，在宁静中引出你说话的欲望。小米有时听懂了什么，就会道出简短的心得，使你的思维往问题的核心步一层台阶。有时，她不说话，只是点头微笑，目光在一段铺满青苔的路上闪烁。如果把问题的核心喻成一眼深井，小米的目光便映现了井底的幽暗与深邃，使林芬往井底的滑落情不自禁。

是的，小米的温馨和亲切不像以前那样清纯了，她让林芬想起悲惨与艰难的过去，但这又有什么关系呢？她不但不让林芬沉重，反倒使她能够客观、旁观而又条分缕析地梳理过去，总结过去，从而认清未来的路该如何走，以免重蹈覆辙，并从而看到，悲惨和苦难在摧残人的同时，还有着锤炼人生的意义。当然，更重要的是，正是小米的温馨和亲切不是停留在表面，才使她对林芬更具有魅力，就像一见钟情的一对情人享用一见钟情的狂喜之后，回忆各自的过去成了必不可少的表达情感的部分，而这种表达，必得相互的吸引依然存在才能得以进行。

当然，林芬和小米并不是每天都要说话，有时，她们跟着电视里的音乐跳操，与贝贝三个人化很艳很艳的浓妆相互恐吓，然后开怀大笑。有时把所有衣服拿出来试穿，你试我的我试你的，试来试去，林芬逼大家把衣服全部脱掉，只穿三点式。于是，试衣服的夜晚最后就变成了比体形、比肌肤的夜晚。而这样的夜晚，林芬和小米并没因为贝贝的肌肤的细腻而沮丧，因为她们都看到自己虽已年届四十或正步入四十，但她们的体形还是曲直分明有着美感的，她们的肌肤虽然不算白洁，但隐匿其中的弹力还是依稀可见的。尤其小米，她那丰腴丰满的乳房，仿佛两只鲜艳欲滴的水蜜桃，颤颤巍巍；她那饱而不满的小腹简直就像体操运动员，一拳上去马上就反弹回来。林芬在上边击拳时不时感叹道：太嫉妒你了，没做剖腹产就是不一样。而这时小米总要反击林芬，手在林芬肌肤上调皮地乱捣，痒得林芬呜哇乱叫。

小米给林芬带来了种种可期不可遇的东西——松弛，温馨，殷实，但最最重要的还是一种解放。这种解放的重要标志是，她再也不必像以往那样必须按点回家了，在酒吧里谈天时再也不用时不时地看表了，只要自己愿意，她想什么时候回家就什么时候回家，想谈到什么时候就谈到什么时候。有一次，她和编辑部的几个同事出去泡吧，居然一泡泡到第二天八点，那一晚上，她跳了这一辈子没有跳过的舞，唱了这一辈子没有唱过的歌，她疯得简直都快不像她了。

事情就是在这个泡吧的通宵过后发生的。事情在发生之前，林芬毫无准备，事情在发生当中，林芬毫无察觉。那是一个日光暗淡的午后，她因为一夜没睡有些困倦，想趴在办公桌上眯一会儿。可是刚刚清理了桌子，只听门吱扭一声响了。她抬起头来，见编辑部管文学版的冷力站在门口。冷力推开门并不进屋，而是静静地伫立在那儿，直直地盯住林芬。冷力是部里最有才气、最有思想的编辑，他比林芬小十岁左右，看上去却十分老成。林芬与他妻子晓尧是师生好友，常同他们在一起坐坐，谈一些与文学有关的话题。如果说林芬羡慕哪个女人找了好男人，那她最羡慕的就是她的学生晓尧，冷力对晓尧的呵护、爱怜、疼爱简直无人敢比，林芬在一次家长会后唤起的委屈让她一直不忘。他的妻子玩到半夜醉在外边，他居然能打车把她接回，并亲手把她洗净送到床上。林芬不止一次当冷力的面说，好男人需要素质，就像爱需要素质。冷力面对林芬的夸奖总是抿嘴一笑。可是这次林芬却不知道他为什么冷冷地站在门口，直直地盯着林芬一言不发。

在最初的一瞬，林芬以为他的妻子出事了。昨天晚上在酒吧里，冷力与她跳舞时告诉她，晓尧越来越不像话，已经半个月了，天天半夜才回家。林芬说，出了什么事？冷力细眯着小眼睛，仍是一眨不眨地盯住林芬。林芬有些怕了，急了，上前摇了一下冷力肩膀，你怎么啦，怎么这样看我？到底发生了什么？这时，只见冷力向前跨过一步，嗵一声把门关上，之后猛地扳住林芬的肩膀，一个警察逮住歹徒似的目光凌厉，嘴里狠狠地迸出几个字：你应该知道发生了什么你应该知道！林芬更加迷茫，到底发生了什么？她除了她的生命里走进了一个保姆她确实什么都不知道，最近编辑部里评职称她根本都没参加，还会有什么事呢？

蓦地，冷力放开林芬，慢慢退到靠窗的墙壁上，脸上的凌厉被一种放松了的傲慢替代。他干咳了一声，又吞了一下唾沫，他喉结滑动的样子就像警察审讯罪犯之前的忍耐。林芬从没做过对不起冷力的事情，在这个编辑部里，甚至在林芬的所有朋友中，冷力可以说是她能够欣赏的男人中少有的一个，也是她最最信赖的一个。林芬后来放松下来，一副天不怕地不怕的样子。这时冷力终于开始说话。走廊里不时有人走动，对面办公室有一群人在打牌，冷力努力压低声音，冷力说，你不知道发生什么是不是？那么我告诉你，你听着你不要发抖，你看着我的眼睛。冷力说不让林芬发抖，自己的声音却颤抖起来，使林芬的胸口不由得揪紧。冷力说，我爱你，我爱上了你。冷力的眼中有一串火苗蹿出，但瞬间，又恢复了阴冷。他说，你欣赏我懂得我，可是你不该走进我的内心让我爱上你，你不该让我受这炼狱之苦你知道吗？两年了，我上班渴望见到你，下班回家牵挂你，可你总是以老师自居拒绝着我，总是以严肃的表情拒绝着我，你不拒绝我与你交往却从来不给我表达的机会，每一次约你坐，你必让我带上晓尧，你以为我还爱着你的学生，我其实早已经不爱她你知道吗？我以为，我这一生不会说出心底的话了，可是昨天晚上你的放松放纵发疯鼓足了我的勇气，是你给了我勇气你记着记着！冷力越说越快，越说越急，好像不快一点说那些话就永远凝在了心里。冷力说完之后，一只猛兽似的，狠狠瞪了一眼林芬，之后，一甩门扬长而去。

　　林芬惊呆了。遭了雷击似的彻底惊呆了。她不知道冷力在说什么，只是木木地站在那里，脑袋嗡嗡作响。许久，当冷力的脚步声渐渐走远，冷力一段时间以来在公众场合对自己莫名其妙的敌视便电影镜头似的叠在了林芬脑际。这时，林芬脸蓦地涨红了，她感到有股暖流从上至下奔涌而来，使她浑身一阵燥热。

爱，这个字由一个人当面对她说出，林芬已经太感陌生了。那个曾以隐私方式占据着她的生活的男人在后来的日子里，也只有动作而没有语言了，倒有一些貌似喜欢自己的男人偶尔暗示一些什么，但她从没让他们把那个字说出来。林芬瘫软地坐到椅子上，林芬一整个下午都这么瘫软地坐着，一程程回想着与冷力的相处。是的，她是欣赏他，读一些文章有了感觉，他是部里唯一可以交流的对象。他总能几句话就把事情的本质说出来，并且到位。他性情、随意、有趣，年纪轻轻，却在任何场合都能体现自己的分量。她一直把他当成一个比朋友还要近一层的朋友看待。她欣赏他对她的学生晓尧的呵护和关爱，可从来就没有过非分之想，从来就没有……这时，当林芬想到他的妻子晓尧，刚才的意志一下子回到了她的内心。并不是林芬想到冷力是晓尧的丈夫，不该与他有什么瓜葛，不是。林芬在这个下午，认真思考了冷力对自己爱情的出处，她想，如果冷力表达的爱情是真实的，那一定是因为晓尧太现代太自我太另类，从不关心他的缘故，他是因为寂寞和被忽视，才使她对他的那一点点欣赏长成青藤般爬满他心灵的墙壁，仅此而已。

找到出处，林芬彻底解放出来，就像小米对她个人生活的解放一样。林芬既不必为自己的所作所为感到歉疚，又不必为冷力的痛苦承担什么。然而，奇妙的是，从此，林芬上班开始注意自己了，化妆时总能看到脸上的皱纹，总是抹一遍再抹一遍；午休时总是注意走廊里的脚步，一有脚步走近，或者敲门声响起，她的心口就怦怦直跳；尤其在外边有什么活动，通知谁谁参加，她总希望同时都有他俩的名字。而一旦他俩都在，这个晚上，她就害怕有人说不早了，撤吧。冷力一如既往地，冷冷地用小眼睛看着她。可是，自从他说出那番话，他的小眼睛便汪进了一团火，那火别人看不见，只有林芬能看见，那火过去就汪在里边，但林芬没有在意。那样的晚上，林芬会清晰地感到她的整个人都是潮湿的，沐浴了春雨一样潮湿，心里，血液里，骨髓里，有一股液体在静静地、慢慢地流淌，让她大脑发轻身子发飘，让她感到生命的奇妙和美丽。

这真是一件意想不到的事情，这件事在林芬的生活中恍如一个奇迹。她一直相信自己不会再爱谁了，可是这种感觉不是爱又是什么？这个冷力，在她身边走动了近十年，十年来她对他毫无感觉，他比她小十岁，她看着他与她的学生恋爱、结婚、生子，怎么就没想到有一天会像发掘文物一样，把他发掘到自己的人生里来呢？十年来，她不但对他毫无感觉，她对身边所有男人都毫无感觉，怎么就会被一个小自己十岁的男人的即兴表达颠覆了呢？困惑在每一个独处的夜晚都如期而至，困惑使林芬跟小米的对话有了崭新的内容，这个对话所诉说的事情不属于过去时，而是现在进行时，这个对话所涉及的主题，不是批判男人，而是不懂自己，而是批判自己。林芬第一次向小米讲述时，小米眼睛瞪得圆圆，好像不认识林芬。林芬看着小米，最后说，不行，坚决不行，我不能叫这么个毛头小子骗了，他有晓尧。我是谁，我都徐娘半老了。

　　决心是一码事，可事实往往又是一码事，小米目睹了林芬一日不同一日的变化，她化妆的时间越来越长了，她走路的步子越来越轻巧了，她在外面应酬的次数越来越多了，偶尔哪天回家早些，她们一起吃饭，她的目光雾一样缥缈了，尤其某个晚上，她们试完了衣服，开始比身材比体形，林芬的目光里会突然地满含羞涩，并且那羞涩中镶嵌着朝露一样颤巍巍的晶莹。小米看在眼里，意会在心上，有一回，小米说，姐，你爱上了他。小米的这句话，林芬真是等待太久了，她早就想告诉小米她真的是爱上了他。她等待小米说，是因为她不好意思启齿，她曾经在小米面前下过决心的。说出了这句话，等于接受了这个事实，林芬最怕小米在观念上排斥这个事实，这对林芬很重要，这意味着林芬可以毫无顾忌地向小米诉说。林芬多么想向小米诉说，多想让小米分享她的快乐，她的幸福，她的又一个生命的诞生。

林芬告诉小米，没有你的到来，就没有我的现在，我感谢你。小米说，不能这么说，千万可别这么说。

林芬告诉小米，今天在走廊里看到了他痛苦的眼神，我的心很疼。小米说，是吗，肯定是要疼的。

林芬告诉小米，今天他到我的房间去了，他不由分说地抱住我，我的整个人生都旋转了。小米张了张嘴，想说什么，可是什么也没说出。

林芬告诉小米，今晚有一个采访，我带了他，我们在那个曾经疯狂一通宵的酒吧坐了整整六小时，我们……林芬说着，迟疑了，好像有些难以启齿。这时，小米缓缓地低下了头。可是，小米刚看到自己脚尖，就听见林芬后面的话，林芬说，我们约好明天晚上去他母亲的旧房子，我，我也没想到一切到来得会这么快……

…… ……

现在，就是林芬跟小米说过的那个"明天晚上"，现在，林芬已经同冷力在他母亲的旧房子里度过了熊熊如火的长夜，他们翻倒了椅子打碎了茶几弄乱了沙发靠垫，他们撕破了床单松动了床腿碰肿了头皮，他们一整晚上没说一句话，他们的世纪长吻一直持续到后半夜，当黎明前的黑暗到来的时候，他们才不得不生生分开。

为了不被别人看见，林芬出来，自己先上了一辆出租车。现在，林芬坐在出租车上，身体还没有从刚才的温度中冷却下来。现在，林芬走在回家的路上，手一丝丝捋着凌乱的头发。现在，林芬要告诉小米，这是一次穿越百年千年的长吻，这是一次真正令身体化作氢气飞入太空的长吻；林芬要告诉小米，这样的吻，能够吻破绝望，也能够吻穿梦想，能够吻平伤口，也能够吻净曙光，这样的吻，是再生又是毁灭，是毁灭又是女人等了一万年之久的再生。林芬要告诉小米——林芬只想告诉小米，小米是林芬最最信赖的朋友，在林芬眼下的生活中，只有小米能够懂得林芬的生命，只有小米……

林芬开了门，换了拖鞋，轻手轻脚走进客厅。客厅的灯亮着，林芬不回来，小米一直会让客厅的灯亮着。林芬到卫生间洗了洗手，理了理头发。林芬等待着小米的声音，"姐——"以往她回来，不管多晚，她都会从她的房间出来，轻轻地叫一声姐。林芬在等待中看了看自己的面颊，桃红渗在皮肤里面，抻平了细密的皱褶。林芬想，只要小米叫一声姐，她就把她桃红的面颊呈现给她，让她好好地分享她的幸福。可是，一等，再等，终于没有小米的声音。于是林芬走出来，望望小米的卧室。林芬想也许小米昨晚等得太晚了，现在睡沉了。可是那卧室的门敞开着，没有小米。林芬又推开女儿贝贝的卧室，小米常常和贝贝玩够了，就睡在一起。可是，贝贝自己躺在床上,仍然没有小米。这时,林芬突然紧张了,诉说什么的愿望被一种恐惧替代,林芬快速将所有的屋门推开,嘴里轻轻喊着,小米——小米——

没有回声,屋子静静的,贝贝的鼾声均匀而殷实。林芬在屋子里转着,心想莫非想孩子回去看孩子啦,可是她应该打个招呼才对呀。林芬转着,转着,头皮在时间的推移中一阵阵起栗。突然,在林芬无奈地坐到沙发上的时候,她发现了一张纸条,那纸条在一摞衣服上,那衣服是林芬买给小米的衣服,林芬赶紧凑过去,拿起纸条,展开,几个规规矩矩的小字映入眼帘:

姐,原谅我不辞而别,祝你幸福!

于小米

5月18日晨

林芬捧着纸条,一动不动,纸上的字一瞬间飞了起来,使她眼前一片迷蒙。林芬静静地看着它们,仿佛看着一串飞翔的鸥鸟。许久,她放下纸条,目光转向那摞衣服,当触到那摞小米有的穿过的有的没穿过的衣服,她两只手蓦地从胸前垂了下来,之后,木头人似的僵在那里……

经历过世纪长吻的林芬,在这样一个黎明,又经历了比世纪还长的伫立。

台　阶

老钟做了三十多年刑警，办了三十多年案子，还是头一回干这种活，护送一个女孩上学下学。518强奸案发生后，所里开了大会，严格布置了破案措施。近一段时间，桃源小区各种犯罪猖獗，开地下印刷厂，抢劫毁容，竟然还有罪犯大白天蒙面入室强奸，干警个个义愤填膺，嗷嗷叫着抢着担当破案主线，恨不能马上捉拿罪犯千刀万剐。可是在分到最后一项任务，由谁来陪护受害者米米，干警突然冷了下来，没有任何人愿意干这抖不起精神的活。大家不约而同将目光投向老钟，好像这活非老钟莫属。看到大家投来的目光，老钟脸腾地一下红了，心里恨恨地说，就看我老啦。

从米米家到职业学校可走两条路，一条是山路，不通公交车。B城是山城，许多民宅雄踞山腰，许多山腰都有捷径通向市内，从米米家到学校，走山路只需二十分钟就到。一条是公路，公路在七十二层台阶下边，503、601、709、4路，好几路公交车经这儿而过。这一站的站名叫民圣，从民圣到职高总共两站，一层层台阶拾级而下，然后坐601，下车走一段路，然后沿九十八层台阶拾级而上就是米米学校。

米米平素习惯上学坐601、放学走山路。老钟并不知道米米平素习惯，老钟在电话里问怎么坐车，米米说坐601，老钟问怎么坐车而不是问怎么走，米米就只有告诉了坐车的路线，就依然保持了旧时习惯。

老钟第一天陪女孩，是在五点四十赶到女孩家。老钟家离女孩家很远，如果把楼房全部消灭在目光里，他家在她家对着的那座远山的东面，属两个区，好在老钟有摩托车。老钟当了三十年刑警，破了不少案，立了不少功，却因为生性倔强，只认一人干活不会协调大家，一直没被提起。当然老钟也从未想过提起，只想能有一辆属于自己的摩托车。五年前他在追捕一杀人犯时立了大功，局里就奖了一辆摩托车。老钟一早骑摩托车到所里，然后再走到桃源住宅小区女孩家。

老钟来到女孩家的过程是这样的，老钟敲门，女孩父亲开门,之后相互点头。有刑警专护,本来是一桩好事，却因为这好事的起因是坏事，是坏到不能再坏的坏事，至亲至爱的女儿遭到强暴，女孩父亲就在老钟来接时，点头无话。老钟心领神会这无语，就也无语等那女孩出来。因为老钟是正点到，就省去了进门的过程，只需开门，就可回身携女孩下楼。楼里的十几层阶梯是老钟在前女孩在后，到了外边，下外边的七十二层阶梯，老钟停了下来,将女孩让在前边。女孩沉着脸,什么也不说,呼啦一阵风掠过老钟,就走在了老钟的前边。

星期五发案,隔了双休日,无论是受害者还是知情者,都会从渐稳的惊魂中接受事实的存在,亦都从存在的事实中寻到了无奈,女孩表情看不出任何痕迹,女孩虽然下楼,却并不低头,女孩披散着直直的长发,一层一层跳跃着,像一只凭空下落的毽子。女孩穿一身水红运动衣,从石阶上往下跳跃时,就给人晃眼的感觉。老钟无意去看女孩的长相,遭了强暴的女孩老钟本能上有一种抵触,这抵触并非有什么具体缘由,所里人都说女孩漂亮,还属电影演员巩俐那一种,很味儿。而老钟最看不上巩俐那一种——看上去沉稳无话,眉眼里却尽是风张。所里人还说女孩是职高学生,老钟最看不上职高学生,职高学生简直就是社会青年,两年前打击卖淫嫖娼,抓一个犯罪团伙,其中有三男两女是职高学生。职高因为没有高考的压力,没有学业的约束,自由主义横行,比社会还社会。当然这都不重要,重要的是老钟骨子里不喜欢风张女人,老钟认为好女人都应该像老伴那样,安于守家过日子,安于侍候男人,也有工作和交往,但那些工作和交往都是围着家庭生活这个主题。老伴就坚持三十年给老钟端洗脚水。当然重要的也不是能不能端洗脚水,而是看她是不是妖冶,老钟抵御的是那些妖冶的女人,她们是男人的祸水。她们怎么就能成为男人的祸水老钟说不清楚，反正许多历史故事明明地写着，楚霸王就是败在虞姬手里的。

水红色的毽子一跳一跳，老钟跟女孩来到601站前，他们相距有三步之遥，他们不说话。他们不说话，没有人认为他们之间有什么联系，没有联系老钟觉得很好，他很不愿意让人觉得他们之间有什么联系。他甚至在心里从未叫过女孩米米，518案件发生之后，所里所有青年警察议起十九岁的受害人都叫米米而不说受害人，说米米提供证词时是如何如何迷人，说米米这米米那，那情形好像米米是他们亲妹子。老钟不这么叫，也不叫她受害人，他在心里坚硬地叫她女孩，女孩二字能够划开他们之间的距离。这时老钟才知道，他在心里与女孩划开距离恰恰因为他目前的状态特像女孩的父亲，他因为不能穿警服特别容易被外人看成是父亲。601车来了，他们一前一后上去，女孩很洒脱地亮了一下月票，之后站定在一个空座旁，老钟上车，女孩往后退了退让出空隙，示意老钟坐，老钟没坐，老钟警觉地把女孩按到座位上，心说坐着吧你，我是执行任务。两站路一会儿就到，老钟始终保持着职业的警惕，所有射向女孩的目光都在一双老眼的监视之下。一个梳着寸头的小伙儿一上车就往女孩身边挤，老钟登时两手一伸，将女孩上方的座位抱住，任怎么拥挤他都雷打不动，双脚紧紧铆住车面。其实是有惊险，下车后老钟的掌心握出一把汗。

台　阶

　　到职业高中要途经一座高墙，墙内是新建的模特学校，模特学校为什么要有高墙谁也说不清楚，洁白的高墙却把女孩水红的身影映得光彩四溢。初夏早上的阳光有一种叫人心悸的暖意，女孩走在光影里，不时地一梗脖一甩发，甩发时下颏微扬，就像男人在酒桌上纵酒。老钟对女孩这一举动很反感，走路就走路看什么天？女孩走得很快，胳膊和腿前后摆动，形成一种水红的波动，这波动一颤一颤在前边牵引着老钟，使老钟渐渐熟悉她的个头儿、身材和习惯动作。老钟真是无意关心这些，关键是她一直在他的视野里，关键是他必须让她一直在他的视野里。女孩中上个头儿，腰身细长像一根稻秧，走起路来脚跟像门轴一样扭动，脚跟起落似风抖树叶。女孩走路的样子让老钟越来越觉得像谁，可是像谁一时又说不清，总之非常熟悉。老钟觉得像谁时，就用心地捕捉着从前的记忆，他觉得这身影好像与夜晚有什么关系。老钟认真地盯着女孩印在大墙上的影像，拚力捕捉着一闪而来的踪迹，就在这时，他感到有一个灵感闪在脑际，像一星火苗，然而就在这时，女孩走出大墙，大墙结束，祖出一程开阔的向上去的台阶，一幢明亮的楼房就在台阶顶端。女孩从白墙上走出，就仿佛从画框里走出，让老钟兀地迷失了刚才的灵感，关键是女孩望见了学校的高楼就停了下来，女孩停下来等老钟走近，然后朝老钟点头，沉郁的目光落在了老钟脚下。老钟蓦地明白了什么，停下不动。女孩用小颠步向水白色的台阶走去，台阶上有三五成群的学生，女孩一入学生群就再没回头，一直到一抹水红消失在满天的明亮里。老钟望着，远远地望着，职业责任心刺花了他的眼睛，他终于揉揉眼睛，转回身去，将自己缓慢地印进刚才走过的白墙里。

按着来时路线，老钟又走了一遍，他把这条路线的所有建筑物都摸个清楚，之后，又去那条山道。山道无比幽静，满目苍翠中掩映着不断流的出租车，偶尔有些老人在路口晃动。老钟走着，看着，想象着女孩走在这条路上是怎样一种情景。可是不知为什么，老钟一点也设想不出女孩走在这条路上是怎样的情景，老钟发现离开女孩之后满脑子尽想一些与女孩无关的案子，比如319杀人案，613盗车案，在那些案子里，他虽不都担任A线，却可以充分发挥自己在案子上的想象力，而现在不行，现在他面对的是一个女孩，关键是，局里规定，作为女孩的保护人单独与女孩在一起，他不得盘问任何与案子有关的事情，破案重要，保护一个女孩心理健康更重要。关键的是，他在女孩身上毫无想象力可言，老钟根本不知道他除了陪护女孩之外还该做些什么，老钟非常想像其他人那样，去实际地为案子做些什么，比如明察暗访，调卷选宗，比如蹲坑。

对于老钟来说，这是一个异常沉闷的日子，沉闷时他刀鞘一样的脸拉得挺长，像被捏握的面包。老钟很少有把不快压在心里的时候，他是在B城的第二代山东人，性格里一锛一斧子的倔强劲使他很少有委屈自己的时候，倔就倔个痛快犟就犟个明白，一句话把人撞到南墙之后，心安理得地按自己意志做事。中午回所时，年轻刑警看他拉长着脸的样子，暗中窃笑，说这把老钟可是豆腐掉进灰里，咱们多想陪米米，人家不用，用了这么个老疙瘩头，还打心眼儿里难受。大家于是哄笑。老钟听到哄笑，回过头，见大家目光正瞅自己，蓦地火了，说我日你们年轻！

下午五点一刻，老钟按时来到白墙后身向上的台阶底端，水红在晚霞里渐渐凸现出来，这水红一映入老钟眼帘，他胸部就涌上一股压抑的气流，这气流跟中午大家的哄笑是连着的，或者说是大家的哄笑使他在看到女孩时触动了情绪，这气流随水红的飘近，一点点膨胀、散发，散成一股风样的动力向下肢漫去，老钟一刹那启动脚步拾级而上，他擦着向下走的学生，穿过滚动的欢歌笑语。他脚步的麻利、简洁，像在练操。当老钟感到自己靠近了水红，他慢下来，他很概念地看了看女孩的脸——这是他跟她在这一天里的第一次正面对视。女孩停下来，女孩目光游移，脸色土豆皮一样难看，他在一帮学生走远之后,小声说了句,走山道!一股气闷顶得老钟没用商量的口气,说完就径直向上,女孩顿了一会儿,男人纵酒一样一梗脖一甩发,瓜子样的下巴颏儿里冲出一声长叹。不过这个老钟反感的动作没被老钟看见,她徐徐转身,向上走去,当她向上走去,老钟自信地停了下来,像早晨那样,任其水红毽子一样一跳一跳。

山道上的静谧遭到了短暂的破坏,一群男学生一路踢着足球赶了过来,B城是足球城市,足球占领了学生大量的课余时间。女孩先是被拥进踢球的人堆里,一会儿就被球和踢球的人落下。镜头滤走了不相干的人群,于是,女孩跟五月山野上的花草一同清晰地印进老钟的瞳仁里。

老钟十分清楚他为什么要选择山路,那股压抑的气流其实是在让他由破案的配角向主角发起进攻,他要找到侦破的感觉,他要在两条路线上找到罪犯作案的契机,从而打开捕抓罪犯的缺口;他要证明自己是一个老警察,而绝不是只有老警察才可以做配角,老警察拥有丰富的经验。可是老钟跟女孩在花草的薰香中走了近二十分钟,终是什么感觉也没找到,倒是让女孩连续不断的习惯动作气个半死,她走一程就一梗脖一甩发,梗脖时长发飘散得很风张,胯部扭动得像一页门板。老钟恼恨女人风张,老钟不用看脸儿就知道那时刻女孩的脸上有巩俐眼神里的东西。老钟在把女孩交到女孩父母手里时,面包样的脸怎么也舒展不开。

第二天,依然是第一天的顺序、路线,老钟从女孩家接出女孩,看女孩红肿着眼皮跟自己下楼,看女孩在自己前边毽子似的一跳一跳,之后上车,下车,之后经过模特学校外面的大墙。第二天,当女孩再次印进白色大墙,扭动着臀部在老钟视野里走,老钟一瞬间捕捉到了昨天没有捕捉到的感觉:女孩像电视里的模特儿,女孩简直就是一个模特儿!老钟也更清楚地找到了他抵触女孩的原因,她像模特儿!老钟最反感模特儿的搔首弄姿。当然老钟不会用搔首弄姿这个词,用他的话,叫贱!当然他从来没把心底这些话说出来,因为他是人民警察,人民警察应该有觉悟,应该接受新生事物。重要的是,他的儿媳也属于贱的那一种,他的儿媳娟娟,第一次进家门是开春二月,却穿了条超短皮裙,冰雪未化的季节她露着个长长肉腿,就像群居时刚知遮羞的猿人,老钟见了登时火冒三丈,敲着桌子骂,妈的还知道差耻?娟娟不但不恼,且回回穿着奇装异服登堂入室喊他爸爸,他从来没有应过,可毕竟他没有改变女孩,最终也在背后叫女孩娟娟,承认她是家里人。女孩模特儿一样忽闪着一抹水红消失在老钟视线里。老钟又用漫长的等待迎来了放学。觉得等待时间的漫长完全因为老钟的职业习惯，当他决定反守为攻——他真的不知为什么老了老了却不愿意见到小青年在自己眼前展示优越，他要主动寻找侦破线索，他开始盼望与女孩在一起时间的降临。当然这一天里他并没有白过，他读了一些法制报和刑侦特刊，那上面有一句话给他留下很深印象：警察必须研究罪犯的犯罪心理。这话对有三十多年警龄的老钟不该有什么特殊启发，作为一个警察，只要还要干下去，就得深入研究犯罪心理，五年前破获的那起杀人案，就是从犯罪现场用血迹写下的字判断罪犯是连续失败的商人来打开缺口的。对这样一句话老钟留有印象，完全因为他发现他无法接近一个强奸犯的犯罪心理，就像他怎么也无法从儿媳的超短裙和舞台上扭来扭去的模特儿身上看出美，就像他怎么也无法懂得女孩为什么走路时老梗脖甩发。这一天中午吃饭时没有人再同老钟开玩笑，小青年们都凑到南边的饭桌上，A线组长刘阳一坐下就讲米米，所里人的谈话中心总是在近期发生的案子上。刘阳说昨晚找米米取证，问她罪犯作案时有没有说什么话，她就是不说，她哭了，哭得非常伤心，这里边绝对有文章。B组大秦问，那到底说没说？刘阳说，没说。大秦说那不行，得逼她说。不说就破不了案。刘阳说，得了，叫你你也不忍心，米米哭那样子太叫人动心。这些话撞入了老钟的耳膜，胸膛里一股压抑的气体就又开始弥漫——他说不出是嫉妒刘阳他们担任了此案的主线，还是恼恨他们夸那女孩动人,且直呼米米,不过他们这些话倒给了老钟在此案跟前呈现的那份木讷里注入了活泛,老钟一整个下午都在想罪犯作案时到底说了什么话让女孩难以启齿,然而就好像把磨米机推进了空粮仓里,磨来磨去终是什么都没有磨出。

五点一刻,老钟准时到了学校门口,老钟不再在大墙后边停脚,他上了台阶,他在学校大门外很远的地方站着。第一天大墙外女孩看他脚下让他停住的镜头他没有忘,他懂得女孩的心思,他再木讷也懂得女孩的心思,女孩不愿同学们对她的事有丝毫察觉,事实上同学们永远不可能知道她的遭遇,派出所已做了严格的封锁,但有一个陌生人在身旁护着,会使女孩在学生群里强烈感到一种阴影。老钟尽管躲得很远,还是一眼就印进了一束水红。女孩出门直奔山道而去,老钟可以想见,在女孩的目光里,他也已经变成了一棵树桩,他相信女孩眼里的他就是一棵树桩,土黄的颜色,僵硬的躯干。水红很快与树桩和谐成一前一后。在女孩擦身而过的刹那老钟扫了一下她的眼睛,那眼皮微微有些突出,但已消除了红肿,那眼睑上翘的样子有点像老伴侍弄在阳台上的月季花瓣。老伴爱花如命大概是因为没有女儿的缘由,老钟却一点不喜欢花,花给他留下的所有印象就是山东曲阜老家月亮山上春天开花的洋奶子,那花好吃,像奶一样甜。小时候一到春天就去山上抢洋奶子吃。老伴的

月季花不好吃,他就看都不看,当然再不看也还是要看,就像女孩在他的视野里,想不看都不成,那些月季灌满了家的视野。当老钟感到女孩的眼皮儿像老伴的月季花,他便发现女孩真的有些可怜。

　　一些踢球的学生拥进来又拥出去,水红一会儿在屏幕的中央一会儿又在屏幕边缘,她是为了躲避踢球的学生和球。可是一个光头学生故意把球踢向女孩,而另一个平头的学生见球冲向女孩,上去就揪住光头学生的袖子给了一拳。这细节让老钟抖了一下,老钟抖完之后好像突然之间找到一种感觉,一种侦破意识真的在体内活起来了的感觉,因为他发现他很快就进入一种心理分析,光头学生专往女孩身边踢是发贱,是故意逗弄,也许是喜欢女孩。老钟不懂得早恋是一种什么样的情感,但老钟承认早恋这种事实的存在,凡是党报党刊上揭示过的事实,他都毫无保留地承认,青春期男孩子容易发贱。可是那个平头男孩不让光头男孩发贱,是不喜欢靠近女孩吗?老钟想肯定不是,老钟尽管不记得自己有没有过青春期,但这男孩使他想起小时候,就是他在山东老家月亮山放牛时,夜晚常梦见一个女教师的情景。那女教师麻秆儿一样的瘦,鼻子也不怎么好看,可天天在月亮山道上走,总是牵动他的目光。重要的是,没做梦时,他会大大方方看她,有时还会远远朝她扔石头。自从梦见她,再遇到她就远远躲着,他清楚躲她时其实是最想看她。老钟想到这里脸刷一下红了，因为老钟想起他躲在包米地里偷看女教师时被看山的抓着的情景，这情景让他一辈子感到耻辱。与老伴结婚之后，他从不去走近这段记忆的边缘，他把他那段人生的丑恶心理用老家的牛皮纸包了又包压在了老家的箱底儿里，使他后来即使接触流氓犯罪案也想不起它。老钟意想不到这个案子会让他想起自己曾经有过的短暂的丑恶，不过这只有一个人感知的事情使老钟的灵感突如其来，老钟蓦地有个感觉，罪犯绝不是光头学生那种性格的人，而像这位平头学生，想走近反而躲起来。老钟循着这个思路，就一下子找到一种感觉，这罪犯躲在可以看到女孩的地方看了她好多天或者好多个季节，没准儿就在身边的树丛里。当老钟想到罪犯就在身边的树丛里，当老钟想到罪犯就在身边树丛里用眼盯着女孩，老钟明白自己眼下扮演的，正是罪犯的角色，每天远远地看着她，跟踪着她。这么想老钟就努力在心里调整角度，由警察到罪犯，老钟变成罪犯，老钟用罪犯的目光看着女孩，女孩在屏幕里一跳一跳，偶尔一扬脖一甩发。可是老钟发现他的感觉到这里一下卡壳，女孩还是老钟眼里的女孩，女孩甩发的毛病让他反感，反感肯定不是罪犯的心理，罪犯绝不会讨厌一个女孩还要跟踪。后来，走着走着，感觉又出现，老钟把女孩想成月亮山上瘦麻秆儿似的女教师，而老钟就是月亮山地里偷看女教师的小钟，如此换位，奇迹终

于出现,老钟看到了女孩的一身水红变成了蓝制服,小钟看见那对滚动的屁股蛋儿像鹅卵石非常好看,女孩的长发变成了女教师的长辫,女教师常常走走路就把长辫拿到两边,再往后一甩,而只要看到女教师一甩长辫,他的心就不由自主涌上甜蜜。小钟看着女教师,老钟看着女孩,眼前完全是一幅全新的画面,这画面重复着记忆里的镜头,又开辟着旧时不曾延伸的一切,小钟发现这女孩也有些像模特儿,像巩俐。这意料之外的开辟使老钟送回女孩再回到自己家里时长久找不回自己。

老钟回到家里像一个痴迷的呆子,老伴唠叨什么他都没感觉没反应。当然平素老钟也和所里其他干警一样,常常人在家里心在案里,老伴早已习以为常。然而今天让老伴觉得反常的是老钟动作性太大,他一会儿躺下一会儿坐起,一会儿翻旧时的照片,一会儿又走到阳台在阳台上盯着月季花出神。最让老伴奇怪的是,他把电视遥控器拿在手里一个劲调台,平时他最爱看中央一台的《英雄无悔》,眼下他却绕过中央一台乱找一气,最终将频道定在B城每晚重播多遍的服装节广告上,黑头发黄头发全世界的模特儿都在上边扭动,忽高忽低的音乐搞得满屋哗然。老钟呆呆地看着,广告结束,他便啪一声关掉电视,一个失恋了的少年式的一扑扑到床上,和衣躺了一夜。

台　阶

　　谁也不知这一夜老钟究竟经历了什么，反正第二天老钟完全变了一个人，他刮了胡子换了一身西装。这套西装他一直都没穿过，国庆节局里开家属联欢会，大家都穿西装只有他面貌依旧，从不生气的老伴气得回家半天不和他说话。老伴却不知犯了什么邪，一早起来他就要西服，穿上西服老钟站在镜前自然地笑了笑，好像对自己非常满意。他本是算好时间正点到女孩家的，却不知怎么搞的提前了十分钟。老钟因为提前十分钟，在女孩家楼下转来转去，六点刚到，他就爬到楼上，女孩父亲正好开门。女孩依旧表情沉郁，但老钟却朝女孩也朝女孩父亲笑了笑，女孩父亲见老钟笑，开始说话，说米米拖累你了。老钟微微点头又摇头之后返身下楼，下到一楼平台，停住，将米米让到前边。老钟心里很自然地将女孩改成米米。米米不再是水红，而是学生蓝制服，米米变成一只蓝色的毽子在向下的台阶上跳动，老钟眼里的米米就完完全全彻彻底底变成了月亮山上的女教师。

　　米米变成乡村女教师。老钟在与乡村女教师挨近时，感到了一股特殊的气息。老钟发现这气息让他心中某个部位旋动了一下，这旋动就好像警车在坡路上急速行驶下坡时心被悬起来的感觉，这感觉老钟经历过又从未经历过。老钟放纵着这种感觉，因为老钟需要扮演罪犯，他必须彻底地体会和理解罪犯。他能在这样一个案子中找到感觉实在是太不容易，他得感谢那位不知姓名的女教师。学生蓝在大墙上不住地跳动，阳光极其透明，透明的阳光洒在人流里，好像月亮山上的阳光洒在了婆婆的庄稼里，那面洁白的墙壁就是月亮山外遥远的天空，女教师从天空中来，又走到天空中去，女教师在向上的台阶上，用宽臀扭动着无限神秘。老钟久久望着，一股山泉一样清澈的溪流顺胸腔直流而下，使他还没离开向上的台阶，就盼望米米放学时间的赶紧到来。

老钟在等米米放学的时光里满眼都是米米，满眼都是米米幻化的女教师。放学时间终于到了，罪犯早已走上向上的台阶，站在学校门口一隅，米米出门旁若无人朝山路走去。米米因为孤僻好静，常常一个人走路。米米的身材虽苗条细弱，却有成年女性的丰满，两臀河床上的卵石一样拥在外面，一走一滚一走一滚。米米最好看的是她那步态，那步态轻盈，看似着地又像蜻蜓点水，一踏一踏有一种韵律；米米走路常爱梗脖甩发，米米所有富有女性意味的青春的气息都被这习惯动作张扬极致；米米扬着下巴颏儿吸气时，便把这种青春的电流导进了空间导进了城市的旷野，米米椭圆的下巴颏儿呈一个弧状将电流导进罪犯的体内，使罪犯日思夜想，如痴如醉，使罪犯愈想靠近愈有一种恐惧。那透过米米下巴颏儿导出的青春气流在日里夜里流动，在屋里屋外流动，侵扰着罪犯的所有青春梦想和意念。罪犯在意念里无所不做，行为里却只有默默追随。罪犯正是情窦初开的年龄，对自己所到来的一切毫无准备，因为毫无准备就一味怀疑它的正当、美好，就对自己毫无信心，就不敢去与米米当面袒露……老钟和罪犯走在一条路上，老钟和小钟走在一条路上，老钟与女教师走在一条路上。老钟因为重温并发展了小钟和女教师的过去而知道了什么叫青春，老钟因为变成小钟而知道罪犯在米米走进她的家门后无数次启动了追踪入室的动机，罪犯费尽百般周折，每次周折的艰难都被米米在向上的台阶和向下的台阶上散发的气息鼓动。米米遭遇罪犯因为她身材、相貌的与众不同，更重要的是性格的与众不同，她喜欢独处，独处和不独处对罪犯很重要。小钟在山上放牛时，如果看到一帮女教师嬉笑哗声走过月亮山，就什么念想都不会有。当然这么想老钟并不是说米米遭遇强暴是自作自受，绝对不是，老钟是说米米的独自往来一次次压抑着罪犯的信心又一次次煽动着罪犯犯罪的勇气，最终以蒙面的方式伤害了米米并不是他的本意，伤害却是吸引他坠落的耀眼的星光，就像扑火的蚊蝇，无法自制。当那些惶乱中闻到的气息和尖叫在耳畔愈来愈远，当犯罪的感觉随日光的升起落下愈来愈远，罪犯会重新拾起对米米的神秘追逐。这时的罪犯，因为经历了从精神到肉体的转折，已经不再满足于对身影和气息的兴趣，那个富有质感的尖叫因为历史性的进入会渐渐在罪犯心中变成另一种期盼……这时老钟已经走到派出所，罪犯的另一种期盼在老钟走进派出所时形成了一个决定，老钟径直走进所长办公室。

所长见老钟进来赶紧让座，向老钟通报A线B线进展情况，所长说工作进展顺利，已缩小了范围和区域，并且排除了米米所有认识的青年和学生，老钟打断所长的话，老钟说所长我有一个非常重要的建议，老钟说我建议在米米家装录音电话。所长笑了，所长说我以为什么好主意，没那个必要，罪犯阴谋得逞，不可能去自投罗网。所长说这话时，老钟在心里窃笑，心说，哼你还年轻人呢，根本不懂。老钟说我们不能排除特殊情况，办案不能丢掉任何可能的线索，靠我直觉，罪犯三五天之后，会打电话给米米。为什么？所长问。老钟说，就是直觉，这个罪犯和一般罪犯不一样。老钟这次说直觉时，脸略微有些红。所长说，罪犯不是米米熟悉中人，怎么会知道她家电话。老钟说他会想方设法。年轻所长很愣，这老倔头再也不扭着脸，还有了直觉。但所长从不怀疑任何一个警察的直觉，尤其像老钟这样的老警察。所长说好，明晚受害者家长回家就上录音。

这是老钟接案之后最最兴奋的又一种日子，在这个日子里老钟已经从扮演罪犯的角色中蜕变出来，重新恢复了警察身份。老钟的兴奋一方面因为米米家装了录音电话，成了此案的主线，一方面因为他发现他有点喜欢米米。为什么会喜欢上米米呢？是因为米米像月亮山上的女教师吗？肯定不是，老钟想应该说是月亮山的女教师救了他的案子，而他是因为案子的原因与米米有了长时间的接触。人都是这样，就怕接触。

自从装上录音电话，老钟接送米米时的心情就放松下来，好像这完全是一个前奏，一个过门儿，好像他特别有把握那接下来的乐章是什么。看米米从七十二层台阶跳下去，看米米又走上九十八层台阶，这上下台阶的过程对老钟就像每天站在家里阳台看老伴的月季花。老钟每天晚上还要在米米家待到十点，与家里人唠嗑说话。大家都清楚这唠嗑说话其实是在等罪犯的电话，然而一段时间以来那样的电话一直没来。周五下午，区人事局又借米米学校办培训班，老钟中午接回米米。老钟接回米米就与米米拉话，以打破他们共处一屋的凝重气息。米米父母不在老钟觉得时光难对付多了。老钟说女孩子还是应该开朗些才是，要多交些朋友，和朋友玩玩。米米眨着眼睛看着老钟，说，其实也有朋友的，我的那些朋友都不喜欢说话。米米说话的声音非常悦耳、柔和、亮丽，像山泉叮咚。我怎么很少见你和同学玩？米米看了看老钟，刚想说话又咽了回去，陷入沉思状态，眼睑低垂着，许久，她叹了口气，她说我那几个朋友真好玩，我们都喜欢服装设计。老钟说你们在一起玩服装设计？米米说，什么都玩，我们用报纸剪缝各种衣服穿着在屋里走。米米说着，就露出了无比的欢欣和明亮，那明亮的表情就像突然打开了一扇窗户，米米说，我们的理想是做自己设计的服装的模特儿，把服装和模特儿一块打到世界去，我们一到周日就狂得一塌糊涂。老钟看着米米，看着米米那出事之后从未见过的欢快表情。米米本来是非常幸福的女孩，有父爱母爱，有学业，有理想，一场劫难就这么将幸福划在了另一边，就像王母娘娘把织女划在了银河的那一边。生活对米米多不公平。老钟这么想着脸上露出了一些老人的忧虑。米米敏感地捕捉了老钟的忧虑，不再说话。见米米不再说话，老钟对自己很不满意，可是已再找不到什么话题，就只有闷着。然而，就在闷着的时候，老钟接到一个传呼，老钟一看是所长的，马上往所长那儿挂了电话。所长说，老钟啊让你言中，罪犯真的动用了电话。所长说，罪犯刚才往学校打电话问米米家的电话，校方已将电话号码告诉了他，估计他就在桃源一带公用电话亭旁，我们已将一百二十四台公用电话全部监控。所长说老钟你得做好米米工作，让她配合，让她一定镇定地和对方说话，尽量把说话时间拉长。老钟在听电话时身上是颤抖的，义愤和兴奋共同激撞着他血管里的血，他放下电话转向米米，可是不等他同米米讲，米米已在椅子上哆嗦成一团，米米知道了电话的全部内容，米米眼泪豆子似的在腮上穿成串串，老钟抱住米米颤抖的肩膀，连连说，米米别害怕,别害怕,米米你是一个懂事的孩子你要配合伯伯,配合破案。米米不再颤抖,可是却出声地哭了起来。安上录音电话之后,本也设想过米米来电话的情景,米米都答应过配合的,没想到事到临头,她又把持不住。又过一会儿,米米止住抽泣,抹着泪眼看着老钟,说钟伯伯,他曾在这个屋子里跟我说过,能听到我的声音就是一种享受,我怎么能再让坏蛋得逞?

老钟无言以对。

罪犯是在星期天上午第一次给米米挂电话的,米米表现非常出色,她坦然、镇定,一点也不像一个十九岁女孩,她甚至还在语言里给予了对方谈情说爱的感觉,使罪犯着了魔似的换一个电话又一个电话。罪犯起初是压抑不住激动,喘息声风一样刮着话筒,后来见自己不说话米米也不说话,就问米米心情如何,跟米米谈米米的老师,米米的父母,以至于米米家夜里熄灯的时间。大概是在换第六个电话时,被警方抓获。

米米听到对方话筒摔掉的声音,放下电话扑到老钟怀里,米米放声大哭。

罪犯是个二十岁的男孩,无业,家住民泽小区。男孩个子瘦小,属台湾小虎队男孩的气质,眉毛浓密,目光阴郁。据交代从小没有父爱母爱,父母都是戏校的老师,从来不管孩子成长。男孩性格内向,没有朋友,自卑感很重。十八岁那年一个偶然的机会在向下的台阶上看见米米，一直跟到向上的台阶，就在心里喜欢上她。他因为自卑不敢向米米表达，就暗暗跟踪米米两年，后来一个电影的启发，那电影有类似的情节，一个"文革"时期无人看管的男孩因为强暴女孩最终得到女孩。那男孩跟到女孩学校配了钥匙。他如此效法，直至犯罪。

518案件由老钟主审，因为老钟最终成了此案的主线。罪犯毫无保留地交代事实，罪犯一再地重复着向上的台阶和向下的台阶，在罪犯说到经模特儿学校到向上的台阶时，老钟说，是不是爱看她在台阶上一跳一跳的样子？罪犯说是。老钟说是不是爱看她上下台阶时梗脖甩发的样子？罪犯惊讶地说是。老钟蓦地站起来一拍桌子：退下！

罪犯退下之后，老钟狠狠捶了自己两拳，他想不到自己会循着罪犯的思路引出这样的话，这令他对自己发怒，老钟拍桌子其实是对自己发怒。

事过不久，518案件结案，可是结案后，家住桃源小区的年轻刑警刘阳，常看见老钟骑摩托到模特儿学校大墙外去看那些向上的台阶，刘阳不明白案已结了米米也已转了学校，老钟还去干什么。

又过不久，从不休假的老钟提出休假，回了一趟山东老家。

天河洗浴

这一时刻,吉佳在心里头想象过无数次了,早在没从歇马山庄出来时就已经想象过了,城市把自己变得白净又洋气,说话吐字再也不像从前那样狠了,走起路来高跟鞋着地,本可以风摇谷穗似的颤悠悠的,可是挣了钱,又是回家过年,不能不买些东西,于是提着鼓胀胀沉甸甸的包裹,就不得不缩着肩猫着腰,气喘吁吁。当然最重要的还是心情,在吉佳无数次的想象里,这一时刻,她的心情是甜蜜又美妙的,就像来时那样,和吉美挨着坐在一起,看着眼前的马路被车辗到脚底又甩到身后,激动的心一颤一颤的,仿佛有一个线团在心底滚动,仿佛那线团上的线头甩在了路的后边,车飞得越快心里越滚动得厉害。然而现在,当吉佳真的提着沉甸甸的包裹上了车,迎来这想象过无数次的回家的一刻,她心里的线团不但不滚动,反而被谁揉搓了似的,乱糟糟的。

实际上,吉佳和吉美就坐在一辆车上,她们只是没有挨着坐在一起。吉佳心乱,并不是乱在她们在一辆车上却没坐在一起,而是她们压根儿就不该坐一辆车。吉佳和吉美是同一年出生的堂姐妹，年初，她们一起离开歇马山庄进城，一起找到一家火锅店当服务员，又一起在店外边租了房子。进进出出，她们成双成对，就像一个人。可是后来，一夜之间，她们就由一个人变成两个人了，吉美从吉佳那里搬了出去。谁也说不清，是因为吉美从吉佳那里搬了出去她们才成了两个人，还是先成了两个人才使吉美从吉佳那里搬了出去。反正，从此两个人就不好了，谁也不理谁了；从此，吉佳就不能闻吉美身上的香水味了，一闻就心烦意乱。其实那香水的味道并不难闻，是黄瓜一样的清香，可不知为什么她就是不能闻。也是怪了，越是不能闻越是敏感，有的早上，吉美人还没到，那味道就顺门缝溜了进来，弄得吉佳赌气似的狠劲儿捏自己的鼻子。为了躲过这味道，躲过这味道带来的烦恼，吉佳对回家过年这一天真是盼望太久了，简直可以说是天天想夜夜盼了。并且，为了不跟她上一个车，吉佳提前两天就买了车票，可是人打算不如天打算，吉佳刚刚上车不到两分钟，吉美乳白色的身影就晃动在她的眼前了，于是，整个车厢，一瞬间就溢满了黄瓜样的清香。

很显然，吉美也看见了吉佳，因为她刚上车时还抿着肉嘟嘟的小嘴儿，大模大样地虚睨着一个地方往后看。只要想展示自己好看的小嘴儿，她一定是这么紧紧地抿着，然后大模大样地虚睨着一个地方看。可是几乎是眨眼工夫，吉佳在愣神儿时，她已经扭过头，将身子转了回去。见吉美扭头转回去，吉佳乱糟糟的心仿佛又被揉搓一下，她不得不移开脸，将目光送到窗外乱糟糟的人群里。

车很快就开了，城里的车站就是好，从来都是人等车车不等人。已经是腊月二十八了，被关在车门外的人们眼里爬满了豆绿色的光。看着这些焦急的面孔，吉佳没有丝毫同情。事情就是这样，没上车的人永远别指望上了车的人能给予同情，不是上了车的人没有同情心，而是没上车的人永远不知道人一旦上了车，心里立即又会涌来别的事情。比如眼下的吉佳，她无论眼里还是心里，都鼓胀着一团乱糟糟的烦。

吉佳已经十九岁了，依她的年龄，不可能不知道她的心烦意乱是什么东西，但是确实，她不知道一向大大咧咧的自己怎么就会有这种东西。那东西她以前从未见过，比如在歇马山庄人们毫无顾忌地拿她和吉美比，说她长得怎么怎么丑吉美长得怎么怎么漂亮的时候，在人们断定，她即使进城工作将来也得回乡下找对象，而吉美注定要被城里人娶走的时候，她从来没有在意过。她不但不在意，还傻呵呵地笑，回答说俺才不稀罕找城里对象哩。可是某一天，她和吉美同在火锅店上班之后某一天，那东西像被水泡过的豆苗似的，耀武扬威钻出来了，直棱棱地戳在她的心窝。那是一个早上，她和吉美一进店，老板就把吉美叫上了楼，十几分钟之后，吉美从楼上下来了。吉美从楼上下来，再也不是原来的吉美了，而是一只妖艳的蝴蝶。她的长发绾了起来，亮铿铿地悬在后脑勺上，上边别了一只蝴蝶形状的发结；她穿了一件绛紫色的旗袍，绿色白色黄色的蝴蝶在上边狂飞乱舞，关键是那旗袍的两侧开得很高，露着白白的大腿，一迈步，下摆前后飘动，活像蝴蝶在飞。吉美变成一只蝴蝶，吉佳并不意外，她那么漂亮，稍一打扮就能飞起来，意外的是当她从楼上翩翩走下来，她发现吉美身上，有了一种让她感到陌生的气流，那气流很古怪，是她从没闻过的香水味，但这不重要，重要的是，吉美的目光和姿势里，有了一种被害羞掩盖着的高傲和得意。吉美原来只有害羞，没有高傲和得意。就是这时，她觉得心底某个部位掀动了一下，紧接着，就有东西破土而出了。应该说，那东西刚开始并不茁壮，只是一种不太舒服的感觉，后来就不一样了。后来，吉美变成蝴蝶并没飞走，还在店里；她在店里，却再也不跟自己干端盘子的活了，而是站在店门口迎接来往客人；她迎接来往客人，却常常吸引老板的目光。老板一向阴着脸，可是只要见了吉美保准满天云彩都散了。关键是，吉佳明显感到，自从穿上旗袍，露出大腿，从大腿里散发出黄瓜似的香水味，吉美和自己的话就越来越少了，好像那双裸露的大腿灌进了太多的风，那风足以把香水味冲进她的胸腔塞满她的喉咙，让她说不出话来。说不出话，可以少说或者不说，都不要紧，关键是这之后，她买回了一套满身金色网眼的乳罩裤衩，夜里动辄就穿到身上站到镜前。那鼓胀胀的隐秘的地方从网眼里散发出香水味时，她熏得头都疼了。好在吉美不久就搬走了。她搬走，无非是变坏了，变成一个坏女人，像电视里演的那样，身体被男人占了。可是吉佳发现，明知道她变坏了，不干净了，生她的气，讨厌她，不愿意看到她，可是夜里下了班，再也不必看了，她却一点也没有骄傲起来，得意起来。不但如此，反而对着镜子看开了自己，看的结果反而是越看越来气，她的脸太黑了，下巴太宽了，胸脯又太平了。就这样，白天里，她生吉美的气，到了晚上，又生自己的气。在那驱之不去的气中浸泡，吉佳眼见着那东西在她身体里疯长，它开始只在眼睛里，在胸口里，一点点地，它们蹿向了她的血管，蹿向了她的四肢。尤其夜里，一个人静静地躺在床上的时候，她觉得身体里有一股滚烫的热浪在翻腾，直至她感到焦灼，感到某种渴望。那渴望是她长大以来从未有过的，常常地，她心潮澎湃，浑身潮湿。要说意外，这是吉佳最大的意外，她不但有了那样的东西，她居然会在那东西驱使下心潮澎湃浑身潮湿，居然会有一种深深的罪恶感。问题是，有了那么深的罪恶感，第二天上班，却还要去看吉美的大腿，那种欲罢不能、魂不守舍的样子，让她痛苦不堪。

大客在黄海大道上飞快地跑着,仿佛深知吉佳在城里的痛苦,试图甩掉它。其实错了,无论它跑得多么快,痛苦都甩不掉,它不但伴随着黄瓜的清香溢漫在车厢里,还高高地耸立在吉佳的视线里。因为吉美即使不穿旗袍,她的头发也依然绾着,那高耸云端的部分仿佛有着某种表情,很是理直气壮。在那样的表情对视下,吉佳几乎是开车不久就闭上了眼睛。她闭上眼睛,她看不到吉美耸入云端的现在,可是却能看到吉美深入人心的过去。在那过去里,吉美因为老板宠她,全店的人都宠她、怕她,即使像吉佳一样厌恶她的人,就说那个黑不溜秋的小四川,明明心底里恨死了吉美,可是当吉佳压抑得受不了,想找她说几句吉美的坏话,还不等吐出一个字,她就吓得赶紧逃开,那样子仿佛她是一只遭人厌恶的苍蝇。后来,不自觉地,她也开始打扮了,似乎不得不为自己的心情找一条出路。在饭店工作,穿店里服装,没有机会在衣服上突破自己,她只有像吉美那样,把头烫出几缕黄。可是,吉美烫几缕黄,跟她头上的蝴蝶结是呼应着的,仿佛是那蝴蝶的须子,而自己烫那几缕黄,前不着村后不着店,像荒山野岭上的几撮儿干草,要多难看有多难看。关键是这样一来,像是自己也变成坏女孩了,连原来纯洁干净的感觉也找不到了,气得她呀!在这驱之不去的气的浸泡中,她开始想家。在此之前,店里有乡下人来,她看都不愿看一眼,仿佛他们脸上有一块属于自己的伤疤，她要是看了，就看到了自己不体面的过去。可是后来不一样了，她不但要看他们，还要冲他们笑，因为他们让她感到了亲切。这时节，她往往就把一张陌生然而亲切的脸转换成母亲的脸，并且会盯着这张脸，长时间地想，要是还在歇马山庄，在母亲身边，那该多好！要是还在歇马山庄，吉美一定不会变成这个样子。吉美不会变成这个样子，自己就不会是现在这个样子，关键是，自己再丑，母亲都不会嫌丑，以往在乡下生活的那些年里，母亲不管多么生气，一看见她，就满天云彩都散了，那情形就像火锅店的老板看见吉美。

想到这一节，吉佳慢慢睁开眼睛，绕过那耸立在前方的表情，将目光移向窗外空阔的野地。高低不平的野地雪迹斑斑，一些叫不上名的树木光秃秃的，要么在山上，要么在河边，一丛一丛地直立着，密密麻麻的树梢因为风的摇动，现出影影绰绰扑朔迷离的幻象。就在这一丛丛树的远方，坐落着一些村庄，它们扑食的麻雀似的，专注而孤单地匍匐在大地上。尽管吉佳知道，无论村庄怎么小，你一旦走进它，它就再也不是车上看到的样子，比如歇马山庄，你要是挨家挨户转一圈，一上午都转不完，但要是换一个角度，坐在车上看，它确实很可怜，它麻雀一样在空旷的天底下，孤单又孤独。这种感受，不是现在才有，是她上小学五年级那年就有的。那年暑假，她跟母亲去县城，第一次坐上她向往已久的大客，车开起来时，她问母亲，远处那些黑乎乎的是什么，母亲漫不经心地说："小傻瓜，村庄呗，就是歇马山庄那样的村庄！"她惊愣片刻后，一下子哭了起来。在她眼里一直很大的村庄居然就像麻雀，那么孤单、可怜。那次回来，一向大大咧咧没心没肺的她沉闷了好久，好像什么心爱的东西被弄坏了，弄丢了，就是从那次起，她的心就飞走了，飞到歇马山庄外面去了。然而现在，当她真的到了外面，在外面工作一年以后，再看到这麻雀一样可怜的村庄，她竟有一种被呼唤的感觉，有一种说不出的激动。

就这样，在一种被村庄呼唤的激动中，吉佳暂时忘掉了耸在眼前的痛苦。说是忘掉，不过是避开，就像她曾经在客人身上寻找乡下人的亲切，来避开由吉美带来的压抑一样。实际上，不管她的心怎样被窗外的村庄呼唤，她都能够感到那个豆苗一样东西的存在，只不过它们暂时没了气的浸泡，有些蔫头耷脑。因为正在她看着窗外一个又一个可怜的村庄时，车在一个高速路口停下来，有人下车。下车的是一男一女，他们提了好多包裹，有一只帆布大包竟像一座小山，费了好大的劲才拖死狗似的从车厢里拖下去。看到这只小山一样的包裹，吉佳心里咯噔一下，豆苗一样蔫蔫的东西立即耀武扬威起来。它耀武扬威，自然跟包裹有关，是别人的包裹让她联想起吉美的包裹。吉美在自己身后上的车，直到现在，她都不知道吉美拿了多大的包裹。要说不想跟她坐一辆车，除了不想闻她身上的香水味，最重要的一点是不想看到她的包裹。不管她怎么不想花钱，她的包裹都注定要比自己的大，吉佳从来不知道吉美工资的具体数目，她们所有服务员的工资都是暗的，老板给的红包，但从老板对吉美的好，从吉美对老板的顺从，从吉美化妆品的档次，是一目了然的。还有，吉美到底住在哪里一直是个谜。有一次，小四川跟她说："你猜吉美住哪儿了？""住哪儿了？"有上次对自己的冷淡，她本不想搭理她，可是不知怎么就脱口而出了。看得出，小四川也是实在憋不住了，她说："就住在对面的宾馆里，我看见她从后门绕过去的。"想想看，老板都能为她包宾馆，回家过年，他能不为她准备礼物吗！

那东西根本不是豆苗，而是一只蓄势待发的小兽，因为此时此刻，想到包裹，吉佳觉得有一只手在她心里抓了一下，让她木胀胀地疼。她知道，不管是乡亲还是母亲，都不会容忍吉美的卖身行为，但只要她不说，没有人会知道这一切。乡亲和母亲不知道，自然就会拿她和吉美比，自己一身清白却要遭到笑话，实在不公平。在大客再一次启程之后，吉佳不再神情恍惚了，而是全神贯注。吉佳全神贯注，想的只是一件事，就是下车后怎么办，是让吉美先走还是抢到吉美前边。如果抢到前边，自己的小包裹暴露在她的眼皮底下，实在是不甘心；

如果留在后边,让她的大包占着自己眼球,不是更难受?犹豫一会儿,一个念头忽地涌上吉佳脑门:打车!歇马镇有的是三轮面包车,坐进三轮面包车,她既可以不被吉美看见,也可以不被村里人看见。

可是,就像吉佳一早刚上车就发现自己的打算全盘落空一样,这个要打车的想法在大客刚刚到站就全告吹了。因为车停下时,一群出租摩托车的人嗡一声就围上来了,吉美几乎是脚没着地,就连包带人被架上一辆摩托。正是吉佳预料的那样,她的包裹不但大,且加起来有三四个,且不再是进城时的塑料编织袋,一水儿都是旅行袋,开摩托的男人把它们搭在前边,让吉美搂腰坐在他的后边,突突突就开走了。歇马镇有摩托车出租,这一点吉佳是知道的,可是刚才,她居然就没有想到这一点。没想到这一点最要命的结果是,她不知道该不该去打那个三轮面包车了。

吉佳目送吉美消失在一股浓烟中的背影,之后,提着塑料编织袋痴呆呆地站在那儿。她站在那儿,眼神中恍惚、迷茫的样子,仿佛来到了一个完全陌生的世界。歇马镇她要多熟悉有多熟悉,一年前,这里是她现实中最繁华的地方,也是读高中时每天必穿行的地方。现在,因为从城里带回乱糟糟的心情,站在这里,她竟彻底蒙了头,竟不知道自己要干什么,为什么要在这里下车。尤其,当那些出租摩托的男人横冲直撞围上来,穷追不舍地叫着大姐大姐，迷茫、恍惚的她居然对这地方生出深入肺腑的厌恶感。这厌恶感，刚开始还是冲着这个地方，但很快，就转移了目标，由地方转移到出租摩托的男人身上了。实际上，正是这些男人的横冲直撞，让她厌恶的目标不经意间有了转移，因为这时，吉佳眼前出现了这样一幕，吉美紧紧地搂着一个男人的腰。想起这一幕，吉佳猛醒似的，迅速收拢目光，小眼睛斜睨着眼前飘着土腥味的男人，大声喊道"滚开——"，之后一下子冲出人群。

很自然，吉佳选择了步行，因为当她亮出那一嗓子，一种久违了的自信和自豪一下子蹿到她的眼前了，她看到了一年多来自己的清白和清洁，并因此对比了吉美的不洁。这感受可实在是太爽了，在车上以及上车之前的近一年的时光里，她无论怎样都找不到自信的，即使把吉美看成一个妓女、婊子。她原以为，这样的自信只有在村子里、在母亲身边才能找到，想不到还在途中，就找到了它。都是吉美和摩托车帮了大忙！

因为突如其来的自信和自豪，吉佳把什么都忘在脑后了，比如村里人怎么看她和吉美，人家坐个摩托，身前身后搭了好几个旅行袋，而自己，就一个包不说，且还是原来的塑料编织袋，且要步行在光天化日之下。从歇马镇到歇马山庄只有八里路，步行最少也得四十分钟。但吉佳一点也不觉得这路有多么远，因为当她告别喧嚣的人声，离开小镇，独自一步一个脚印地走在土路上，她觉得自己从未有过的精神抖擞腰杆挺直。在她的想象里，吉美搂着一个男人的腰回到村子，无异于向全村人公布她的不洁。这让她不由自主就腰杆挺直。如果说车站上，因为自身清白而蹿到眼前的自信还仅仅是一股虚幻的气，那么现在，随着泥土气息的扑面而来，随着土地在脚下真实的延伸，它变得实实在在了，它变成了一条起伏不平的道，一只看不到尽头的地垄，一片辽阔无边的田野，因为此时此刻，吉佳觉得整个大地，大地上的空气都在拥抱她！

北方的冬天昼短夜长，才下午四点钟光景，就已经是黄昏时分了。屯街上零星地有一些在清理草垛的人们，乡下的草垛一年都是破破烂烂的，唯有到了过年才要有模有样。王家大院门口聚了几个女人在拉呱儿谈天，那里似乎是个勾魂的地方，总有人在那里拉呱儿谈天。吉佳一路和清理草垛的人们打着招呼，跟想象一样，他们都很热情，都笑着问"可回来了，你妈都急坏了"。在快到王家大院门口的时候，有人突然从人群里冲出来，风似的跑向她。这时，吉佳心口不由得一热，因为那人刚跑几步，她就发现那是自己的母亲。母亲从她手中接过包，连声说："你个傻闺女，打个摩托多好，人家吉美都打摩托。"

母亲的话，无疑让吉佳一路昂扬的心情遭到破坏，关键是母亲的话音刚落,前边人群里就爆包米花一样轰地爆出满天声音:"你说你傻不傻,挣了一提包的钱不舍得打个摩托。""都快把你妈急死了,以为十个八个包儿得雇个大解放呢。"很显然,村里人都看到吉美的摩托车了,都发现她比自己多几倍的包裹了,但她心情遭到破坏远不是这个,而是无论是母亲,还是乡亲,他们居然谁也没把吉美搂一个男人的腰看成坏事,谁也没有!扑面而来的乡土气息一下子凝住了,凝在吉佳脸上,使吉佳的脸上有了一层灰溜溜的黄色。

吉佳不知道自己是怎么离开那些人的,尽管不知道,但走进自家院子,打开风门,吉佳还是闻到香喷喷的烀肉味和家里边特有的草灰味。或许是饿了,香喷喷的肉味唤醒了胃里的食欲,当然,她一年没回家,唯家才有的特殊气息不可能不感染她,尤其只有五岁的弟弟不迭声地喊着姐姐。吉佳放下挎包站在炕沿边,刚才街门口遭到破坏的心情略略有了好转,或者不叫好转,是她恢复了对盼望已久的家的感受能力,比如她想抱起弟弟亲一亲,比如想抱抱母亲,摸摸她的脸。在城里想家时,母亲带着笑容的脸一直晃在眼前却一点都不清晰。实际上,是这感受能力使她心里边崛起了一个个想法。

很显然,弟弟可以抱,母亲四十岁时生下一个宝贝她怎么亲都不过分,然而母亲自然是不能抱的,也更不能抚摸她的脸,因为要是那样,母亲一定会觉得哪里不

对，会觉得她在城里受了什么委屈。要知道，长这么大，她一向大大咧咧，还从没抱过母亲，再说，她的委屈，是没法说出口的。于是，她只有抱着弟弟站在地当央看母亲一个人忙活，听她一边忙一边埋怨道："走了就忘了家，也不往家写封信。"吉佳咧嘴笑笑，吉佳想哪有心情写信。不过母亲的埋怨，还是让吉佳觉得温暖，如同她被母亲抱了起来。

但是，在感受母亲和家的温暖的同时，吉佳还感到了另一种东西。它们从弟弟的鼻孔里钻出来，从堂屋的草灰中飘出来。它们在吉佳一进门时是熟悉的，一年来它们在她那里一直历历在目，但只要你稍加留心，就会觉出它们离她很远，很陌生，就像在小镇刚下车时感到的陌生一样。因为当她把弟弟抱在怀里，她闻到了他鼻涕里酸菜水一样的味道；当她抱弟弟站到堂屋，看母亲在锅灶上扒扯骨肉，她看到一些草灰蝌蚪一样飘飘扬扬在空中坠落，最后一挂一挂落到她的头发上。她已经近一年没有接触这样的环境了。也就是说，同是陌生，在歇马镇和在家里是不一样的，在歇马镇，那陌生生出在她神情恍惚的时候，在家里，陌生则生出在神情和知觉都清醒之后。

不过，陌生总比心乱要好，它至少让吉佳暂时忘了吉美，脸上能够呈现出父母希望的那种欢喜和开心。实际上，只要忘了吉美，冲父母笑起来并不困难。吃饭时，她的父亲端起酒碗冲她比画了一下，眼里闪着一星只有父亲才有的光亮。和吉佳一样，父亲也在城里干活，只因为父女活路的不同，他一入冬就回来了，所以那光亮里，还有一种已经搓起麻将的男人们都有的东西——开心。吉佳尽量夸张吃相，耸动腮帮，表现自己的开心。然而，不管吉佳怎么表示，不开心的事还是发生了，当然做父母的并不知道。

那是在晚饭之后。吃罢晚饭，吉佳不得不打开塑料编织袋，一样样翻出她办的年货。她给全家每人都买了东西，给弟弟买了一套棉衣外套，给母亲买了城里最时兴的大翻领羊毛开衫，给父亲买了一件洁白的衬衣和大红的领带，又给三个人分别都买了皮鞋。女儿第一年出去挣钱，怎么说也是高兴的，母亲一样样看着，摆弄着，还把羊毛衫套到身上，在镜前走了两步。那动作虽然有些夸张，像自己夸张的吃相，但看得出，她是真的高兴。母亲试完，又把吉佳买的东西翻了一遍，惊讶道："你买什么了，怎不给自个儿买？"

母亲不喜欢打扮自己，却愿意看到女儿打扮，这一点吉佳是知道的，但母亲不知道，她挣那一点钱，是经不得随便乱花的，一个月六百，除掉房租，除掉日常用的小零碎儿，除掉这必买的年货，十个月下来，也仅仅剩下四千块钱。吉佳随手从包里掏出四千块钱，放到炕沿上，吉佳说："妈，给你。"

母亲看着钱，冲吉佳狠狠拍了一下，一脸的复杂，似乎既为她懂事高兴，又心疼她一心想着别人："这孩子，谁用你孝顺，都大姑娘了，还不打扮打扮。"

这样的话，在吉佳听来，已经很是受用了，至少，母亲理解了自己的孝心。可是想不到的是，收拾完桌子之后，母亲换上吉佳买的羊毛衫，到吉美家串门去了。

吉佳母亲和吉美母亲是亲妯娌，从她记事开始她们就彼此比着，你今天为女儿买一条特别的围巾，我明天一定要让女儿穿一件特别的棉袄，你为孩子的学习去给老师送礼，我一定从老师中挖出一个亲戚，当发现无论怎样她们的孩子也没考上大学，终于泄了气。在这彼此你追我赶的比赛中，有一点吉佳母亲永远比不过吉美母亲，那就是吉美母亲的漂亮和好打扮，为这个，吉佳看出来母亲特别苦恼，因为有一阵子村长一有外面来人就往她家派饭。在西院香滋辣味热热闹闹的时候，母亲常常目光忧郁神色暗淡。老天倒是长眼，让她在四十岁上生下了个儿子，这本来足可以一辈子都能让她和吉美母亲抗衡，可是谁知道，她们的不平衡却发生在女儿身上。

母亲的做法，吉佳其实早该想到，都因为在城里的日子太压抑，把回家的时光想得太好，一时忽略了这一点。一只被揉搓的线团突然之间回到吉佳身体里。它在她身体里，不是心底那个部位，而是胸口、后背。它在她的身体里，线头的另一端却被母亲扯走了，扯得她浑身一阵阵发紧,以至于让她有些恐惧。吉佳感到恐惧,因为她知道,母亲串门,也许只是想告诉人家,她的女儿没买东西,却拿回了钱,但吉美不必说一句话,只要亮出一只手上的两个手指,她的母亲就一败涂地,吉美戴了两只白金戒指。

为了摆脱恐惧,吉佳故意和弟弟纠缠,和他拍手、拉钩、猜拳,到后来不得不生拉硬拽把他抱起来,仿佛弟弟的重量会压住什么。弟弟的重量确实使吉佳沉稳了许多,至少她的后背不再发飘发空了。抱弟弟推门而出,一股只有年前夜才有的冷生生的油烟味扑鼻而来。以往,在这个晚上,吉佳吉美肯定要在门前的草垛空里待一会儿。和她们的母亲不同,她们的心一直是靠近的,虽然吉美向往外边,不是觉得村庄可怜,而是想当电视上的模特,但不管怎样她们是同病相怜的,她们都感到了村庄对她们那颗青春的心的挤压。由于被挤压,她们那么乐于忧伤,这年前夜黑漆漆的夜晚最适于她们忧伤,最适于她们畅想未来了。在她们畅想的未来里,世界不但不漆黑,且明亮辉煌,实际上只有在漆黑的夜里才容易看到辉煌和明亮,就像只有饥饿才容易触及到米饭的浓香。现在,夜依然漆黑,吉佳却看不到远方有什么光亮,因为那光亮已经被撕破,露出长长的口子,如同吉美旗袍两侧的开气儿。与旗袍开气儿不同的是,从那里露出来的,只是两条白花花的大腿,而从这个夜晚的口子里露出的，却是母亲因为受打击而忧郁伤感的眼神，吉佳宁愿自己在看到白花花的大腿时心底压抑，也不愿一直要强的母亲遭受打击。

然而，想不到的是，吉佳的恐惧也仅仅是恐惧，母亲没有受到任何伤害，母亲人还在西院里，笑声就漫出堤坝的水似的流淌出来，当回到自家院子，那水竟然变成小溪里的水，变成了一首歌。后来，母亲居然哼起了歌。吉佳很少听到母亲哼歌。关键是，来到院子里，看到抱着弟弟的她，母亲毫无道理地从她怀里拽过弟弟，边拽边说："死沉死沉的累你姐。"仿佛这样的时刻，只有累她是最应该的，仿佛弟弟的沉是她这一时刻最需要的，就像刚才吉佳对他的需要一样。当然吉佳知道，同是需要，目的却正好相反，她需要，是减法，是需要减掉身上的某些东西；母亲需要，则是加法，是她太高兴了，不知道该干什么了，或者在她看来，只有抱着弟弟，那快乐才更巨大。

那个晚上，母亲抱走弟弟之后，吉佳站在院子里好长时间不知所措，身子再次发飘发空。然而这一次的发飘发空，不是恐惧，那恐惧已经泅在水里的纸似的软化了，扯不成个儿了，随之而来的，是莫名的感动，是感动之后的感激，吉佳的眼角竟一阵阵发热。感激谁，自然是吉美和吉美的母亲！也许，吉美没亮出手指上的戒指只是为了保护她自己，也许，吉美母亲没打开那些神

天河洗浴

秘的包裹，是看出一些蛛丝马迹。但不管怎样，她们没有伤害她的母亲。

这个在吉佳那里不期而至的晚上，她只做了两件事，给弟弟洗了脸，之后就和父亲弟弟一起坐在炕上看电视。本来，她想为自己找被子铺床，可是她的床和被子早就被母亲铺好了。在这个家里，所有人的被子都是棉花，只有她的被子是太空棉，因为吉美的被子就是太空棉；在这个家里，所有人都睡大炕，只有她睡里屋的床，因为歇马山庄所有有女儿的人家，都要像城里人那样为女儿打一张床。本来，她不想这么坐着，想参与到母亲的忙碌里，整整一晚，母亲都在忙碌，在大锅里蒸过年的馒头和豆包，把堂屋弄得蒸汽缭绕雾气腾腾。但吉佳到底沉住了气，没有参与。吉佳没有参与，不是在城里天天干这些活已经干够了，实际上，她是不可能告诉母亲她的具体工作的；也不是在傍晚进门，感受了家的熟悉的同时，还感受了那一挂挂烟灰和难闻的气息带来的陌生，让她难以下手，实际上，在浓密的蒸汽里，弥漫着的是沁人肺腑的香甜。她不参与，是她知道，眼下，在她母亲高兴的时候，她最应该做的，就是一尘不染地坐在那儿，像个真正的城里人。从小到大，母亲一直都这么希望着。即使在生了弟弟，家里日子越来越累之后。

这个晚上，如果吉佳早早躺下，并且躺下就睡着，事情也许就不至于是后来的结果。

后来,大约是九点多钟,吉佳的姑姑来了,她一走进堂屋就冲吉佳母亲大呼小叫:"俺来看看吉佳给你买了什么样的戒指。"

很显然,姑姑是从吉美那里来的,她的姑姑就爱串门,她从哪儿来都不奇怪,奇怪的是她的那句话。她的那句话,不过是道破了一个吉佳一直恐惧着的事实,也没什么,可是,这意味着母亲一晚上的高兴是装出来的,是怕伤害自己。

仿佛有什么东西从屋外砸过来,砸到心口,吉佳感到钝疼的同时,被一种久久的胸闷缚住了。她眼前闪过母亲从西院回来时哼歌的情景,闪过从自己怀里拽过弟弟的情景,原来,原来她和自己一样,也希望用弟弟的沉压住什么。因为胸闷,因为知道在姑姑面前装不出笑脸,吉佳爬下炕,赶紧躲到东屋,可是还不等她在东屋站定,姑姑的大嗓门已经夺门而入:"吉佳哪儿去了,怎不给你妈买戒指?吉美都给她妈买了戒指。"

如同一只被拽住了尾巴的耗子,吉佳不得不从里屋走出来。吉佳走出来,并不去看姑姑这只老猫,而是求救似的将目光移向坐在炕头的父亲。父亲一向话少,看了一晚上电视没说过一句话,这一时刻,吉佳非常希望父亲能说句什么,比如他说:"那有什么好眼气的,她挣的都是不干净的钱。"父亲在城里待过,应该知道这其中的秘密。可是父亲什么也没说。见父亲没说,一个念头突然回到吉佳心里——把吉美的事说出去。这念头在晚上恐惧时曾萌生过,只是后来被她对母亲的误解打消了。

然而,那个晚上,吉佳终是没有说出吉美的事。吉佳没说,是担心姑姑知道真相立刻向全村传播,要是那样,就会挑起是非伤害吉美。想说出吉美的事,只是为了母亲,为了让母亲也像她从歇马镇往家走时那样腰杆挺直,并不是想伤害吉美。当然,吉佳没说,主要还是因为母亲,母亲听姑姑这么说,在堂屋里赶紧跟上一句:"俺闺女知道她妈不好浪,没有浪妈,怎么能生出浪闺女。"

母亲的话,无疑给吉佳解了围,可是那只是一瞬间的事。后来,当姑姑走了,母亲地下的活也忙完了,最后一个上炕躺下,只听母亲叹息着跟父亲说:"看出来没,吉美就是她妈的一棵摇钱树,这世道,养一个漂亮脸蛋就是养了一棵摇钱树!"

父亲自然没有回应的意思,但仅母亲一个人的意思,就足够让吉佳身子沉得翻不过来。吉佳僵在那里,被什么压住似的看着天棚一动不动。她想,母亲一定是早就看出了真相,没准儿,傍晚还在大街上时就看出来了!问题是,母亲看出来了,却压根儿没觉得有什么不好,母亲的口气,分明是有几分眼气。

这夜晚到底有多长吉佳不知道,吉佳唯一知道的是,这夜晚不是城里的夜晚,而是乡村的夜晚,是大年前夜家里的夜晚。因为城里的夜晚无论什么时候,都不会像乡村这样漆黑这样寂静。关键是,因为漆黑和寂静,吉佳觉得自己身子在下沉,在向深渊下沉。在这漆黑寂静的深渊里,吉美穿着旗袍从楼上翩翩而下的样子,吉美站在镜前从隐秘处往外散发香气的样子,异常清晰地飘到了她的眼前。说异常清晰,是说母亲那句话,仿佛为吉美点亮一束追光灯,把她衬托在漆黑的背景里。或者说,母亲那句话就是一个漆黑的背景,吉美无需追光,独自就光彩照人了。看到在暗夜里光彩照人的吉美,吉佳心里的自卑超过了以往任何时候。

在这漫长的夜晚里,吉佳干了一件蠢事,她脱了内衣,拉开窗帘,赤身裸体站到了窗台上。她站在窗台上,是把窗台想成楼梯,把自己想成吉美,自己正像吉美那样从楼上翩翩而下。这件蠢事,在城里备受压抑时,她曾经这么干过,只不过城里的楼房没有窗台,她只站在屋里的地上。同样的行为,感受却是不同的。在城里,吉佳往往心潮澎湃,身体里有着某种渴望,和因渴望而生出的罪恶感。现在,在家里,在母亲的里屋,她没有心潮澎湃也没有渴望,更没有罪恶感,有的,只是寒冷。还没站上一会儿,她就浑身发抖嘴唇哆嗦了。

新的一天是这样到来的,先是公鸡们此起彼伏地尖叫,之后窗外透进蒙蒙的晨光,映照了现实的窗框,窗玻璃上的霜花。再之后,她听到母亲趿拉着鞋来到她的头前,一边往她被窝儿塞东西,一边说:"妈不要你钱,去县里买个金戒指。明天就过年了,听妈的。"

在新的一天到来之后,吉佳真的走出家门走出村庄了。她走出家门走出村庄,却不是上县里买金戒指,而是去了镇上澡堂。她要洗澡!前天,她在城里已经洗过了,可是这个早上,她太冷了,太想让热水冲一冲了,她的身上又落满了草灰。吉佳没吃早饭,往包里塞了衬衣衬裤就背包走出家门。在大门口草垛边,吉佳下意识停了一下,回头朝吉美家的院子望了一眼,因为一年前,每次洗澡,她们都是约在一起。

明天过年,办年货的人们仍然不少。乡村就是这样,只要年不过,就总是有办不完的年货。远远地,吉佳就看见了冒着热气的大众浴池。走近时,才发现它已经改了名,叫天河洗浴。天河,看到这两个字,吉佳敏感地咧了咧嘴,心想,这字怎么就像是为自己写的,进了一趟城,她和吉美就隔到了天河两岸;进了一趟城,歇马镇,家,什么什么都觉得陌生了。

别看办年货的人多,洗澡的人却寥寥无几,女的这边,算吉佳也就两个人。吉佳脱衣走进浴池时,那人已经在里边了,她在水龙头下面,背对门,仰着脸,直直地站着,像想什么心事。吉佳扫了一眼,然后打开淋浴龙头,将身子置于细细的水柱之中。水淋到吉佳头上、身上，一股暖意一瞬间包围过来，驱逐了一晚上以来一直驱之不去的冷意。可是，正当吉佳的身体感到放松、舒服的时候，突然地，她觉得有什么不对。什么？吉佳离开水雾，使劲吸了吸鼻子，但她什么也没有闻到。这时，一种隐隐的直觉让她回转身，朝那个背影看去。实际上，直觉正来自刚才扫过的那一眼，来自某种依稀可辨的味道。那个哪儿哪儿都鼓胀胀的身影已经刻进了她的脑海，那种黄瓜一样的清香已经潜入了她的骨髓。断定是吉美，吉佳身体的某个部位弹了一下，接着，一种复杂的，说不清是激动还是慌乱的感觉，瞬间随无数股水柱冲将下来，敲击着她的头发、肩膀、前胸和后背，使她浑身上下一阵灼热。

好久了，大约半年多了，吉佳没和吉美在一起待过了，且是这样赤身裸体。在她离开她的宿舍之前，不管在城里还是在乡下，她们一直是一起洗澡，她们相互搓澡，相互按摩，有时，还要相互比试乳房的大小。那时，吉美并不是太自信，老觉得她的乳房太大，屁股太大，脖子和腰又都太细。吉佳背过身去，也像吉美那样仰起脸。她仰起脸，不是要学吉美，而是此时此刻，如果不这样她不知道自己还该怎样。她倒是觉得，她这样，吉美无论如何不该这样。第一，她不知道进来的人是谁；第二，她穿金戴银，她简直算是衣锦还乡。

是一分钟，一小时，是一个世纪。吉佳站在水柱下，一无动作的能力。她的眼前，一直伫立着吉美鼓胀胀的剪影，而与这个剪影对着的，是一个骨刺一样哪儿哪儿都坚硬哪儿哪儿都干瘪的自己。虽然那个鼓胀胀的身体已经被男人占了，不干净了，那个坚硬而干瘪的身体从没被人撞过，但这丝毫不能说明什么。相反，吉佳感到一种从脚后跟涌上来的耻辱和难过。说从脚后跟，是吉佳觉得那耻辱和难过来自于她的下体，它们由下而上，穿过心窝之后，直抵喉口、眼角，最后变成咸涩的雨雾。水柱下，吉佳仰着脸，一动不动地淋着，恨不能淋掉所有耻辱的样子。有一个时刻，怕自己哭出声来，她生出一个想法，在吉美转身之前离开这里。然而，正当吉佳为自己聪明的想法兴奋时，一件事情发生了——

一双手正抚向了自己的后背。分明，她一直背对自己，不可能知道自己是谁，但确实，一双手抚向了她的后背。它动作相当轻柔，相当缓慢，但随着一阵轻柔的揉搓，一种透彻的、舒心的感觉顿时弥漫开来。那感觉，要说熟悉，她非常熟悉，因为她无数次享用过；要说陌生，她非常陌生，因为那双手不再是从前的手，而是一双抚摸过男人也被男人抚摸过的手。一双抚过男人的手抚在她的后背，除了透彻和舒心，她还有一种别样的感觉——四肢酥酥的，痒痒的，心底慌慌的，颤颤的。在明确地知道是谁的手抚向了她的后背时，吉佳明确地感到抚向她的手不是吉美的，而是一个男人，一个模样像火锅城老板一样的男人。于是,那种久久压抑在心底的渴望,泄闸的洪水似的汹涌而来。它们先是由下至上,之后又由上至下,它们脱缰的野马一样脱离了那双手,在她胸脯里和更隐秘地方喧嚣、跳动。于是,刚才一丝咸涩的雨雾立刻漫成一片海域,让她置身一片咸涩的汪洋之中。

吉美似乎感到了吉佳的抽动,手停顿了一下,但只是片刻,很快,她又揉搓开来。很显然,吉美无法知道此时吉佳的情绪,就像吉佳永远无法知道吉美被男人包起来是什么感受一样。但是,吉佳知道,有一点吉美一定清楚,那就是此时此刻,已经有半年多没跟她说过话的自己,并不想离开她弃她而去。或许,正是看透吉佳没有弃她而去的意思,她的声音,她沉闷的声音,在水柱在吉佳肩膀上飞溅时飞溅出来:"我真羡慕你,你多好!"

因为太突然,太出人意料,吉佳猛一激灵,仿佛被突然泼了冷水。

吉佳确有一种泼冷水的感觉,说她好,说羡慕她,这分明是讽刺、挖苦、打击。吉佳没有吭声,但汪洋在眼睛和鼻子里咸涩的雨雾顿时退潮似的消失了。吉佳把身子轻轻晃了晃,似乎为了表示抗议,心想你为我搓背就为了这个,你也太恶毒!你沾了几天男人,居然就变得这么恶毒!这时,只听水柱中再一次有声音传出:"真的吉佳,我做梦都羡慕你。"

吉佳还是没吭声,静静地伫立在那儿,但突然地,仿佛有一种什么力量嵌入她的体内，使她再也控制不住。她毅然转过身，揪住吉美光溜溜的乳房，咬牙切齿地说："你——你——"她想说你离我远点，你的手已经脏了不要动我，可是只说出两个字，就什么也说不出来了。因为这时，她看到吉美被她抓在手里的那个乳房旁边，是一块块紫红的伤痕，好像被谁用手狠狠地扭过。

吉佳彻底呆了，表情凝固在脸上，是一片铁青的颜色。她看着吉美，眼球一转不转。自她们被王母娘娘划到天河两岸，她们还是第一次这么面对面。吉美本能地往后退着，本能地用两手护住胸脯，仿佛一旦放手，吉佳就会扑过来抓破它。她目光里充满了惊恐，肩膀在不住地哆嗦，但是，这丝毫没有抑制她说话的欲望，她一边哆嗦着，一边说："我根本就不想再回去了，可是，可是我妈不让……"

好像刚才还在吉美眼里的惊恐突然飞了出来，飞到吉佳眼里。它飞到吉佳眼里，就不再是惊恐，而是惊讶、难过。水柱一如既往地飞溅着，喷射着，水柱敲击着两个人的肩膀，发出了尖锐、刺耳的声音，有如铁器在石板上撞击。她们离得很近，可吉佳听不到对方的呼吸，不但如此，刚才还清晰可辨的吉美的脸和胸脯，转瞬之间就一点也看不清了，因为那股咸涩的东西，正被来势迅猛的潮绪裹挟着，汹涌而来，它在淹没了吉佳眼睛的同时，在澡堂里漫起了浓重的大雾。

五月八日的一条红腰带

结婚十年，罗汉对家的迷恋始终不减，只要到点，他从不在单位逗留一分钟，只要可以推辞，罗汉从不因为不必要的应酬向家里请假，如果有公务必须安排在晚上，又躲不过酒桌上的纠缠，罗汉也从不沾酒，说话直奔主题，从不绕来绕去瞎起哄。罗汉对家的迷恋在单位有口皆碑，罗汉对家的迷恋使单位许多男人大感不解，就那么一个老婆，别说不漂亮也不风情，就是再漂亮再有风情，天天瞅也有瞅够的时候。

罗汉是机关秘书处的处长，写一手漂亮的文章，是机关里有名的书生。书生的才气让人羡慕，可是书生的不洒脱还是常被人们私下里取笑，现在是什么时候，男人的四大傻当中，"下班按时回家"就是一大傻。罗汉不是十足的一傻?！

是的，罗汉不是个洒脱的男人，罗汉最大的缺点就是恋家。罗汉恋家确实有性格的因素，他生性好静，不善交际，生性排斥喧闹，打怵与陌生人相处。但有一点外人不可能知道，罗汉家里有个路兰。说罗汉家里有个路兰，就如同说别的男人家里有个老婆，但罗汉向来不认为，老婆和老婆能够等同。他的老婆，善良、温柔、有趣味，他的老婆还敏感、细腻、深刻，他的老婆让他面对她时，总能生出智慧和幽默，怎么说呢，似乎怎么说都不够形象。不过，他的老婆到底是个什么样子也许并不重要，重要的是他们结婚十年，他仍然迷恋她。

罗汉对路兰的迷恋，是经历了从精神到肉体，又从肉体到精神这样一个过程的。最初，正是热恋之中，罗汉就被送到北京政法大学进修，思念的信雪片一样从北京飞来，孤独地站在风中的路兰被雪片包围，又融化着雪片，脸颊潮红。罗汉的信三天一封五天一封，罗汉在信中倾诉着思念描写着相见想象着未来，罗汉表达上的功夫，想象力的丰富，使路兰饱尝了爱情甜蜜的同时，充分感到了自己语言的贫乏。因为所有表达爱情的语言都被罗汉用尽了。无奈，路兰只有在信封中夹一片树叶，或寄一张无字的白纸。这种此处无声胜有声的招法用过，路兰索性就不再发信，不再发信，这才是真正的此处无声胜有声，是此处无声胜有声的极致，路兰在寄空白纸片的时候，并没想到他们之间会发展到这一步，发展到这一步完全是不知还该怎么办。然而，这简直就让罗汉疯狂——收不到信的罗汉在读书的时光里，所有的课余时间都用来写信和寄信。

这是罗汉迷恋路兰的第一阶段,是纯精神的阶段,也是所有恋爱男女都要经历的一个阶段。恋爱这个词,也正是为这个精神的阶段而命名,是一种精神的命名。如果说罗汉跟路兰与别人有什么不同,那便是,因为罗汉是个内向的乡下孩子,读大学和参加工作的所有时光都是孤单的,路兰向他生命的走近,使他得以触摸真实的城市世界,而她的无声,让他在抓不着边缘的恐惧中更加着魔。

经过了漫长的精神恋爱,结婚的日子便不请自到。结婚,是爱情的另一阶段,是由精神到肉体的一个仪式。实际上,罗汉在还没有举行结婚仪式之前就与路兰走到一起。罗汉在到达路兰肉体时,体会了在此之前从不会想到的美妙和欢快。路兰简直是一个发掘不尽的矿藏,每一次开采对罗汉都是一次探险,而每一次探险之后都会让罗汉感受一个崭新的世界。那世界不能用语言描述,任何语言都无法描述那个世界,或者说每寄托于语言,那世界便不复存在。那是只有罗汉才能感受的世界,那是只有罗汉能够到达的世界。路兰在那样艰难险阻的途中一路引领,路兰在引领中,不再是那个温文尔雅的路兰,不再是那个愿意制造此处无声胜有声的路兰,而是发作的海鲸似的横冲直撞翻江倒海;路兰在引领中,犹如一个坠入悬崖的歌者,绝望的音律时而短促时而悠长。

五月八日的一条红腰带

罗汉对路兰肉体的迷恋，是从路兰的引领开始的。一些个忙忙碌碌的白天，只要有机会停下来，路兰夜里的样子就让他迷醉，让他盼着快一点下班，为此罗汉对那些在外面恨不能一晚应酬两局的已婚男人深深不解。有一天，处里大家公认娶了漂亮媳妇的王科跟他说，老婆夜里像具死尸，从不配合。从此，罗汉知道女人的好与不好，确实不是外表所能展示的，女人的美与不美，外人实在难以说清，她只有自己男人才会知道。罗汉知道，不是所有女人的肉体都会让男人迷恋，而男人不迷恋女人肉体，一天天在外面打牌在所必然。

这是罗汉迷恋路兰的物质阶段，这个阶段在罗汉与路兰的生活中长达十年之久，即使在路兰怀孕、生产、哺乳时期，罗汉也没因为久远的隔离而对那一次次的探险失去兴趣。与之相反的是，久远的隔离反而使罗汉积蓄了热情，使他对渴望到来的日子的盼望变成了一次精神的盛餐。

生了孩子的路兰不但没有因为转移了爱而漠视罗汉，反而在对罗汉的抚慰中增加了母亲般的敏感与细腻。有一次孩子生病，两人在医院里折腾了一个星期，出院后的第一个夜晚，孩子睡后，路兰站在罗汉身边，像看孩子一样看着他，细眯着小眼睛，好像在说，馋猫，来吧。

路兰对罗汉的体贴，当然与罗汉对路兰的体贴不无关系，比如夜晚起来照顾孩子，比如一进家门赶紧换衣进厨房,可是如果没有路兰的好,难道会有罗汉的好吗?可是如果有了路兰的好,就一定会有罗汉的好吗?

答案显然是不确定的,唯一确定的是,恩爱总是双方的,罗汉与路兰的好是双方的。因为路兰对罗汉好,罗汉才回到家里什么都做;因为罗汉回到家里什么都做,路兰才在疲惫与困乏之中,不忘罗汉。

疲惫与困乏,是路兰在孩子成长期间经常面临的事情;疲惫与困乏,使路兰在引领罗汉的途中,一点点减轻了冲撞的力度,减弱了歌声的音律。罗汉渐渐感到了这一点,尤其在孩子上学需要路兰接送的时候,尤其在路兰所在的治安办法律问事处进行了改革,一天八小时都是一个人解答问题之后,路兰身体里的困乏犹如一团浓雾,深深地裹挟着她,让她绵软而懈怠、慵懒,仿佛一条驱之不去的卷叶虫,蜷在路兰手上、肩上、腿上。常常,路兰看着将欲望伸出又缩回去的罗汉,歉意地笑笑,好像在说,太累了,算了吧。罗汉心领神会,从不强求。有时见时间久了,不做有些说不过去,路兰有意打起精神要求罗汉。罗汉却因为深知路兰的有意,便故作无意地将路兰的有意化作无意。

此时,理解成了夜晚的主调,理解,使许多个该是波涛汹涌的夜晚变得波澜不惊。而罗汉和路兰,看着如此波澜不惊的场面，曾经的波涛汹涌浮现在眼前。它们就在昨天，它们离他们实在并不遥远，他们甚至能够听到它们咆哮的声音，可是，他们确实触摸不到它们，它们在一个显而易见的时间和现实里戏弄他们，鬼火似的闪动着，去追赶时，又消失皆无。

也有的时候，他们都觉得自己太不像话了，惰性在理性的招牌下肆意膨胀，他们不能容忍，他们奋力发起进攻，试图捕捉到那些跳动的火焰，可是，他们发现，他们确实抓到了它们，可它们一闪之后，马上就跳离他们，在一片黑茫茫的夜空中留下一缕灰白色的烟雾。

这是罗汉和路兰的又一阶段。这一阶段，他们之间肉体的到达已经变成暗夜中飘散的一缕白烟。他们最有质感的接触，是晚餐餐桌上对白天经历的事情的交流，辅导孩子时非你即我的默契，看电视时你一言我一语的议论和批评，睡觉时此起彼伏鼾声的回响。但这没关系，这一点儿也没有影响罗汉对路兰的迷恋——严格说来，这一时期，罗汉已由对路兰的迷恋转为了对家的迷恋。几年来他的按时回家，他的回家下厨，他的跟路兰的信息交流气息交流，已经形成了一个巨大的场，这个场被两间屋子覆盖着裹掩着，这个场以一个家的外貌出现，却有着无限的温馨的品质。每天回家，只要打开屋门，温馨便扑面而来。路兰不是温馨的直接撒播者，路兰甚至有时说话语调有些尖细，比如辅导孩子时，会大声喊，混蛋！白天的课都怎么听了，这么简单的题居然不会！她还会在同罗汉讨论是否该喝纯净水时，同他争得面红耳赤，认为罗汉坚持喝自来水是一种愚蠢的行为。路兰对生活中一些事情的计较使这个家变得凌乱和琐碎，但罗汉极其深入地习惯了这种凌乱和琐碎，习惯了这种由凌乱和琐碎而凝成的气息。

不但如此，罗汉还习惯在晚餐时分，向路兰说着一些一天中的见闻，比如哪个局长正干得红火，却因为底下人出了命案而一落千丈；哪个处长若干年没得提拔，一股火得了肝癌。路兰听后，瞪着罗汉，一会儿眼角就有些潮湿，自语道，扔下老婆可怎么过？罗汉于是诉说自己听到这些消息时的感想，说，人啊，欲望确实不是个好东西，可是人如果没有欲望又怎么活。人啊，理想是一回事，命运又是一回事……

路兰无力引领罗汉向身体的纵深走去，但路兰却能引领罗汉向思想的纵深走去。她对现实事物的认真，她的善于体悟，她的深于忧患，都使罗汉中年男人善于关注世态炎凉的秉性找到发泄的渠道。中年男人，因为经验阅历的增长，对人生世事的关注面在逐渐拓宽，而路兰不自觉中，为这自然的拓宽铺平了道路。

或许，这是每一对正常夫妻都要经历的激情消落的挽歌时代，关注别人成了疏离自己的一面强大的屏风；或许，这是只有罗汉和路兰才有的四十岁，为命运叹息成了他们的生活从肉体往精神攀爬的唯一藤蔓。

从精神到肉体,更从肉体到精神,这是罗汉和路兰十年来生活的全过程。这个过程,绝不是单一的交替、取代,它同马克思主义的精神变物质和物质变精神一样,是递进的,是相加的,是每一步递进与相加都能得到升华的。如果没有最初疯狂的思念,就不会有后来惊心动魄的快乐;如果没有后来惊心动魄的快乐,就不会有再后来对一种气息和氛围的习惯。当然,路兰在这有着变化的过程中,是卓有创造的,是起着决定作用的,比如路兰最初的"欲擒故纵",后来的"感觉引领",再后来的"拓宽关注面",罗汉是因为路兰,才像我们小说开始说到的那样,从不在外面应酬,从不在外面喝酒,被当今许多人视为没本事的男人。

我们走了一圈,又走回到小说的开头,我们走了一圈,故事才刚刚开始。现在,我们的故事就要开始了,我们的故事开始在春天里一个阳光灿烂的日子。那个日子,路兰的同事请来一个学周易的大师。路兰供职的法律问事处,一连三次办案失败,那些案子从最初介入到后来跟踪取证,一路顺畅,可都是快到结案时,突然杀出程咬金,使原本结论清楚的案子陷入混乱。据说那大师很有一些档次,属真正悟出正果的周易弟子。因为难得遇到,单位几个知情者纷纷找上司说情,让大师分别算了一命。

路兰向来不算命，路兰不算命不是不信，而是因为太信命。凡是命，都是无法更改的现实，能更改就不叫命，而既已无法更改，算又有什么必要呢。再说，路兰始终如一地坚信，她的命不会太坏，她不会有大富大贵，也不会有大灾大难，嫁了罗汉，她命的前定因素也就显现。可是，那个日子实在有些蹊跷，她从卫生间出来的时候遇到了同事刘兰。

刘兰与路兰，是单位里两个完全不同的兰，路兰沉静、内向，刘兰张扬、活泼；路兰跟男人接触不等说话就脸红，家里却有一个男人愿意为她当牛做马；刘兰同男人说话使眉弄眼，能迷倒男人一片，家里的男人却有了外遇。刘兰在卫生间里遇到了路兰，不由分说拉住路兰胳膊，往走廊另一头拽。

刘兰的恶作剧在路兰那里已习以为常，她没有在意。可是被塞进公司的经理室后，路兰清楚了一切，她见到了周易大师——刘兰就是要让她见见周易大师。路兰开始的时候一直一言未发，只是冷冷地看着大师，看一个能够预言别人命运的人与别人有什么不同。路兰看到，大师是一个长相极其普通的人，浓眉大眼，宽额方嘴，眼因为大而看不出慧气，额因为宽而更像慈面菩萨。可是正当路兰进入对眼前这个人的分析时，这个人分析她命运的语言让她震惊了，他说了她前半生的经历，说了她的性格，说了她丈夫的星座，说了她丈夫父母家的方向,以及他们孩子的性别。他所说的一切都似乎没错,他在说这一切时,用了"主体"和"格局"这样的词。路兰震惊之余,被这样的词吸引。因为在路兰听到大师用"主体"和"格局"来串联她的命运走向时,她分明看到自己仿佛一棵大树站在大师面前,而大师大大的眼睛,却把这棵大树分解成一个一个方格,将局部一点点放大。只有这时,路兰才从大师的大眼睛中,看到了一缕深不可测的目光。

路兰被吸引,路兰听到了一串她不想听,又不得不听的话。路兰听到了,一字不漏地听到了,路兰边听,便在上司的办公桌上摸来纸和笔,在上面记了几下,因为大师的几句终告是必记不可的。

路兰从上司屋子走出时,表情沉静,面带笑容,路兰还故意往刘兰房间拐了一下,大大咧咧说,谢谢你脑子病。"脑子病"是这个城市独有的骂人语言,是说一个人的神经不正常,它一般在两种心情中可以使用,一是喜欢,一是讨厌。路兰向刘兰表达的,显然属于前者,或者可以说,路兰心底里是讨厌,但她的语言和表情,都是为了表达喜欢。路兰不想让刘兰得逞,刘兰三四年来,一直在为男人的不忠而苦恼,她推路兰算命的初衷,无非是想让大师算出隐在路兰命运前方的不祥,从而得到心理平衡。

路兰是在听到大师对自己出乎意外的预言之后,才恍然了悟刘兰的用心的。路兰回到办公室，倚在门上长时间没有呼吸，当那声犹如从地腹深处抽出的呼吸冲出胸腔，路兰整个人都木在那里。

终于到了下班时间，路兰在等待下班的时间里恨不能马上就能见到罗汉，仿佛只要见到罗汉，大师预言的事情就不会发生。罗汉到家只比路兰晚几分钟。罗汉像以往一样，进门先进书房，探头看看路兰是否在陪儿子学习。如果她陪孩子，他则毫无疑问赶紧下厨。路兰不在书房，只有儿子聪聪在做作业。路兰也不在厨房，罗汉在厨房里伫立，四下撒目。这时，只听路兰声音透过卧室门口扁扁地传过来，罗汉——路兰的声音确有一种被门缝挤扁的感觉。罗汉循着声音，推开卧室的门，这时，罗汉发现，路兰表情有些异样，严肃中有一种神经兮兮，神经兮兮中还藏着恐慌。罗汉说，出了什么事？路兰没有马上回答，她咬了一下嘴唇，把门关上。路兰关上屋门，立刻目不转睛地看着罗汉。路兰的目光直直的，仿佛他们刚刚相识，又仿佛他们就要告别。

许久，路兰终于说话，我今天找大师算命了。

罗汉警觉，说，说什么啦？你为什么要算命？

罗汉依着反应的顺序，说了两个问题。路兰没有回答后一个问题，只是一字一句地说，大师说，我在八九月份，会有一个情感小人出现。

情感小人？罗汉由警觉到莫名其妙。

路兰说，换一个说法，八九月份，你会有外遇。

罗汉突然明白过来，放松地笑了：笑话，怎么会？！我怎么会有外遇？！

路兰却并不放松，她继续说，你别不信，什么都抵不过天意，那大师是我们老总请来的，很神，他张口就说出我过去经历的一件事。

罗汉这时完全没了兴致，边转身边说，信那些人扯淡，你怎么能信那些人？可是路兰信手拽住罗汉，不行，不许你不信，你不想保这个家庭，我还想保。罗汉看了路兰一眼，更觉好笑，心想，我信了才保不住家庭。路兰立刻明白了自己语言的误区，放下罗汉的手，一字一顿地说，大师说，五月八日这天早起，换上红腰带，事情就解了，你一定要遵守，我这里有记录。

路兰把那张记录的纸片在罗汉面前晃了晃，似让罗汉相信。罗汉没有去要那张做了记录的纸片，也没有去问还说了什么，只是迅速地应付路兰：行了行了，我信，我遵守。

应该承认，不管路兰怎么认真，罗汉丝毫没往心里去。罗汉不信，不是不信自己是否会有外遇，而是压根儿就对这些招摇撞骗的大师有着抵触。他一个朋友的哥哥有三个儿子，其中老二不爱读书，十五岁就退学混进黑社会，可是一个学易经的大师愣说他是栋梁之材，说让他去拼，总有一天会成为百万富翁。朋友的哥嫂深信其言，放任老二贷款去拼，结果赔进四十万不说，还涉嫌毒品案进了监狱。罗汉不信，这件事也就耳旁风一样一扫而过了，偶尔想起路兰那天那个认真样，他不禁摇头一笑，在心里重复道：情感小人，哼！

日子一天天积累，窗外马路边盛开的迎春花很快让位给紫丁香；日子一天天积累，《新闻联播》前边的时间预报很快由四月进入五月。五月八日。这个铭刻在路兰心中的日子，就像一只从深海划来的小船一点点逼近了。为了这个日子，路兰做了好些准备，比如新衬衣、新袜子、新腰带。衬衣和袜子是大师要路兰在这一天里必须穿的，路兰穿它预防的事情也相当重要，但她没有告诉罗汉，她觉得罗汉没有必要知道得更多。路兰把新买的东西放在卧室衣柜抽屉的第一层，每晚睡前都打开看一次，每看一次，心里都觉得自己好笑，一个读过书的人居然信这些，可是转念又想，五月八日反正跑不掉，信不信做一次也没有什么难，做总比不做要安心。

五月八日，这是一个什么样的日子，罗汉在向它走近时居然毫无感觉。罗汉在一段时间里把大师的话忘得一干二净，新领导的上任，业务处的调整，机关改革的细化，弄得他这个不大不小的秘书处处长手忙脚乱。时间的走动在罗汉这里就是事务的堆积，事务在罗汉的大脑里堆积时如同人往火焰上加柴，越加火越旺。罗汉在一堆燃不尽的事务中又接到了出差任务，五月七日，罗汉到火车站买完车票时竟深深地吁了口气,似乎终于可以忙中偷闲几天了。

故事正是这一天有了转机的,故事正是从这一天开始有了细腻、生动的面貌的。故事在出现新的转机时没有任何可疑的迹象。罗汉买完车票,到超市买了蹄冻、排骨和青菜,路兰回家,一桌丰盛的菜肴已在方桌上摆齐。路兰已在电话中得知罗汉出差,于是进门没有表现惊奇,只是罗汉三四年没有出差了,这件事在路兰那里还是有些新鲜。路兰进门换完衣服,第一件事就是将抽屉里的红腰带拿到罗汉面前。路兰没有说话,似乎这是天经地义的事情。罗汉先是一愣,之后不屑地一笑。

见罗汉笑得过于轻浮,路兰嗔住脸,娇声道,别嬉皮笑脸,我是认真的。

罗汉于是收住笑。罗汉说,你的意思是叫我今晚就系?路兰说,当然不是,今天是五月七日,明天系。

罗汉说,你的意思是叫我把腰带装到包里,明天早上到卫生间换下来,再把旧腰带扔到窗外?

路兰说,那多不体面,再卷一卷装到包里呗。

罗汉说,好,就算听你的,可是明天早上什么时间换?到底哪一个时辰能代表八日?是零点还是凌晨六点,还是上午八点?要是以时间计,就该是零点,可是我要是睡过了零点怎么办?要是按日光计,就该是天亮之后,可是天亮到什么样才算天亮?

罗汉的追问是完全没有准备的，他仿佛一个抓到绳头的落荒者，一点点沿着线索爬到了一个村庄，且这个绳头是路兰扔下的。

罗汉来到了他连做梦都没有想到过的村庄，也带来了路兰。路兰在罗汉问出这一系列问题之后，一下子呆在那里：是啊，她怎么一点也没有想到，列车上的夜晚与家里的夜晚不一样的呢？列车上的夜晚因为是旅途，今天和明天没有严格的界限，列车上的夜晚，因为人与时间一道旅行，便无法分辨时光的流程，那情形就像一个向着太阳走去的人无法看到自己的影子。

罗汉和路兰一同来到了陌生的村庄，他们不知道是他牵引了她还是她牵引了他，在这个奇异的地方，两个人恍如两只木偶，统统惊呆在那里。他们在那个瞬间——那个不知道到底什么时刻属于五月八日的瞬间，纷纷感到了有闪电一样的东西从遥远的什么地方划过耳畔，惶悚，在一瞬之间凝在他们的脸上。

此时此刻，罗汉分明感到了一种东西，一种在冥冥之中骤然显现的东西，在向他走近。对换腰带可以避情感小人这样的说法，罗汉本是由衷地感到滑稽。可是，当他发现，这个滑稽的事情在生活中竟然就无法顺理成章地做成，罗汉不期然地看到了一种兆头。罗汉的肌肤突然有些起栗，瞳仁没入深潭的棋子似的一动不动。

路兰看着罗汉，路兰也分明感到了一种兆头，路兰还感到了罗汉的感到，于是刚才的以至于一段时间以来的执着突然溃散开来。路兰瞪大了眼睛，圆圆的眼珠好像两个问号挂在脸上：为什么好多年没有出差机会，偏偏今年机会降临？一年三百六十五天，为什么偏偏赶在了今天？

在等待五月八日到来的那些天里，路兰从没想到这轻而易举的事儿会遇到什么麻烦。五月八日，在每个人的生命中都不可能逃掉，那个日子，写在日历上，紧跟在每一个漫长的长夜之后，日历可以一天撕掉两页，长夜后的白天怎么可能没有了呢？

现在，这个日子就这样不可思议地逃离了他们，不可抗拒的命运难道就以这样的契机降临了？路兰真是有些不寒而栗。

相互凝神的时刻终于过去，在这个过程中，路兰的恐惧一点点被若无其事替代。她说，吃饭吧，别晚了点。这让罗汉有一些感动——路兰总是让罗汉在不经意间有所感动。换成别的女人，在经历了刚才那个奇异的发现之后，会立即敏感起来，会因为敏感而把预感的事情认定是事实，从而把自己当成受害者，神经兮兮纠缠不休。路兰没有这样，路兰也不会这样，路兰是一个善解人意的女人。更重要的是，他们相处这么多年，路兰是相信罗汉的。

可是，不知为什么，罗汉并没因为路兰的若无其事而放松,路兰越是若无其事,罗汉越是觉得不对劲,越觉得好像有什么事儿。什么事儿?

饭间,刚才为腰带而展开的对话已忘记了,而一种感觉在罗汉这里越发清晰,那就是与路兰之间,好像横亘着什么。什么?

为此,罗汉一直无话找话,说单位的忙,问孩子学习怎么样;为此,罗汉在离家之前,当着路兰的面,把新腰带装进包里,并笑着说,我一定等到零点之后换上腰带再睡。

罗汉与路兰分手了。这是罗汉几年来极少有过的离家远行,他们在楼梯口彼此对视一下,什么也没说,就用目光道了再见。这是中年夫妻最惯常的告别。三年前罗汉出差路兰还去车站相送,才三年,他们之间的热情就有了显而易见的滑坡。不过,罗汉并没因此而有什么伤感。罗汉不但没有伤感,还在与路兰分手之后,感到横亘在他们之间的东西不见了——那东西在迎来的士车窗送进的缕缕微风后,跟风一起拂动了他的肌肤,让他觉得身子轻飘飘的,好像喝了酒。

罗汉感到身子轻飘飘的,好像喝了酒,罗汉还感到火车站的灯光无比地温馨柔和,像儿时在野地看自家窗口的灯光;还感到列车车厢无比洁净,跟从前大不一样。罗汉找到座位坐了下来,轻轻吁了口气,罗汉坐下后又感觉自己无比地放松和喜悦。

五月八日的一条红腰带

罗汉不知道自己为什么会这样,罗汉起初以为是三年没有出差的缘故。长期在单位、家这两点一线上游走,单一的空间使人变得非常麻木。可是,当列车启动,当罗汉打开皮包拿茶杯,看到那条红腰带,罗汉突然明白了自己为什么会有如此崭新的感觉。

那感觉与腰带有关,与腰带所肩负的避开情感小人的使命有关,与想避开小人却无论怎么样都不能找到五月八日这一天有关。罗汉的轻松和喜悦,是在饭前他们看到那个冥冥中的兆头时,就潜伏下来的,他看到路兰若无其事时的不对劲,他感觉他们之间横亘着什么,都是这潜伏的开始。罗汉看着皮包中的腰带,身体里有一种异样的东西在奔流,罗汉貌似看着皮包中的腰带,可那一刻,他的眼中却有一个女人在冲他微笑。那个女人不是别人,是路兰的情感小人,或者说,那个女人不是别人,正是冥冥中撞进他生命中的那个女人。

这真是一个奇妙的不可思议的现象,在机关里做着公务员的罗汉,从没想过会拥有路兰之外的任何女人。不管当下的男人拥有多少轻浮的机会,不管身边的小姐如何如云如蚁。可是这个晚上,他却因为一个虚妄的契机,感到了一个陌生女人在向他走近,他因为要与一个陌生女人走近而激动不已。

这是罗汉结婚十年来从未有过的事情,似乎身体的每一个毛孔都张开着,似乎四肢的每一条血管都膨胀着,他在听到列车上的广播播放《快乐老家》歌曲时,有一种说不出的冲动从心底撞击出来,撞击他的毛孔和血管,让他禁不住热泪盈眶。

是的,罗汉原本就是一个善于感受的人。在北京读书期间,因为与路兰相距遥远,任何一首流行歌曲都会让他心灵潮湿,激情澎湃,那些明亮的白天和幽暗的夜晚,激情携着忧伤、抑郁,在他的血管里一涌一涌,让他时不时地就热泪盈眶;那些明媚的初春和沁凉的深秋,朝露携着绿芽红叶诉说着季节的变更,让他时不时就惆怅满怀。罗汉在这个多年之后的夜晚,重温了十年前的多愁善感,柔风弱骨,像一个干瘪的苹果突然吸足了水分,像一片已经枯干的苇叶放进水里舒展了叶脉,罗汉突然变得柔情满怀。他的目光在年轻的女乘务员脸上寻睃,他的脸上带着只有青春期男生才有的绯红的微笑,他还在去列车卫生间的路上,进洗脸室照了照镜子。当他多年来第一次发现自己还不算太老不算太胖时,眉梢瞬间飞出了无数只喜悦之鸟。

我不想细说这是一次怎样的旅程——这旅程在罗汉的生命中简直是不可多得的意外,他的心口几乎是跟着列车在一起奔驰,他的心震动得脚下的大地轰轰作响;我不想细说罗汉到底是否换上了红腰带——这腰带在罗汉手中握了一遍又一遍，它在他偶尔的一闪念中无数次地被丢到了窗外；我也不想细说罗汉从北京回来时路兰有何反应，事实上罗汉五月十四日从北京返回那天，路兰对腰带的事一句也没过问，路兰一如既往地上班下班，打发着有着三口之家的日子。我想说的，想细细地说出来的是，从此，罗汉便跟一个女人生活在一起。她不是路兰，她是路兰的情感小人，这个女人嗓音清脆，说着一口漂亮的普通话，就像列车里嗓音好的乘务员；这个女人嘴唇很厚，披着一身中国红的披肩，就像《中外服装》杂志上的模特；这个女人走起路来扭腰摆臀，活像《阳光灿烂的日子》电影中宁静扮演的女学生。因为罗汉在那个非同寻常的夜晚，发现车厢里的乘务员除了嗓音好听，相貌并不漂亮，随手从乘务员手中买来了《中外服装》杂志和《大众电影》，这是一个虚拟的女人，这女人性感、妖冶，风情万种，与路兰有着本质的不同，这女人在随罗汉走进家门和走进单位时有着完全不同的表现。她在跟罗汉进家时，目光沉郁默不作声，她躲在屋子一隅仿佛一个未见世面的淑女；而只要罗汉走出家门，她就变得风张，大胆得像个女妖，她在大庭广众搂着罗汉亲吻，她当着许多人的面撞进罗汉怀抱，她甚至站在距罗汉很远的地方大声呼喊我爱你——

　　罗汉虚拟了一个女人，这个女人因为是虚拟，也时常会有一些变化，比如声音由清脆变得柔婉，嘴唇由很厚变得圆润，动作由张扬变得内敛。那时多半是他在生活中遇到了这样具体生动的女子，但千变万变，唯有一点不能变，那便是性感，她们无一不有着丰乳肥臀。

与一个虚拟的丰满的女子朝夕相处，这是罗汉经历了五月八日之后的最初阶段，在这个阶段里，罗汉并没一下子变得多么张扬，罗汉所有的变化都是隐秘的，心灵深处的，除了他自己，外人无法发现。罗汉还是原来的罗汉，依然地恋家，依然地拒绝在外应酬，依然地在人面前严肃有余活泼不足，只是在夜晚回家的时候，显得比以往更热情、更有趣味。比如吃饭时，尽说一些引人发笑的玩笑话，如果路兰偶尔做一个色拉生菜，他会说，我们得学会过上流社会的生活。如果路兰在做饭时一不小心烧了抹布，他会说，第二十六届奥运会的圣火提前两年在黄海北岸的一个贫民窟点燃。

这些话充满了想象力，这些话在他与路兰刚结婚的那些年常说，路兰在听到这些久违了的话时眉心常常倏地一亮。最让路兰开心的还是夜晚上床，罗汉对她肉体的兴趣和耐心又恢复了从前的和谐，罗汉曾经对路兰的肉体疯狂而有耐心，后来只有疯狂没有耐心。他们后来的不和谐，跟她的需要耐心而他又没有耐心有关。而在这样的夜晚，罗汉常常会长时间地看着路兰，小眼睛闪着鬼火一样神秘的光。身体的抚慰是由目光的抚慰开始的，这是只有新婚时期才会有的情景。

将一个陌生女人带回家中，并因此对路兰的肉体有了激情，罗汉时不时会涌起猥琐感。但是罗汉是幸运的，路兰极其投入地响应着罗汉，使罗汉在做这一切时没有丝毫的游离和勉强。这对罗汉似乎很重要，因为如果说罗汉的热情是因为一个陌生女人而激活，那么由热情升至激情的途中，那个陌生女人便和路兰渐渐融为一体，合二为一了。

在这样的日子里，罗汉一直处在内动外静的状态中，他外表十分平静，内里却有着常人难以想象的体验。与一个虚拟的女人相处，并不是罗汉的目的，罗汉一直等待的是一个活生生的、有血有肉的女人，他是感到那样的女人就要到来才焕发了激情的，他是因为那样的女人暂没有到来才虚拟了一个女人的。虚拟不是有意，而是不知不觉，虚拟不是目的，而是目的之前的过程，是等待之中的必然。因为有一个女人等待在罗汉的生命中，因为这个女人必将在八九月份出现，罗汉与路兰的每一次亲近，都感到是一次告别。罗汉不会抛弃路兰，不会，罗汉不能想象他的生活没有路兰是什么样子，但如果上帝在冥冥之中有所安排，就意味着罗汉对路兰的不忠即将拉开帷幕。

罗汉恐惧那样的帷幕拉开，又盼望那样的帷幕拉开，罗汉在恐惧又盼望的复杂情绪中，觉得帷幕拉开之前的每一天，都是对路兰忠诚的最后一天，都是他们相互忠诚的最后风景。罗汉对此百般珍视，仿佛在地道里听到敌人枪声的一对情人的最后吻别，它的每一种滋味都有着祭祀的意味，罗汉常常看着正在忙活的路兰，不无难过地想，多么好的女人，怎么就能不忠于她了呢？罗汉这么想的时候，深潭里那颗棋子一样的瞳仁便从潭底旋转起来，升飞起来，将目光搅得雾一样朦胧，以致使路兰偶尔看到，眼睛里也起了一层雾。

外表的沉静和内在的翻腾，在罗汉的生活中并没持续多久，因为等待是需要耐心的。罗汉在与陌生女人厮守了一段时间以后，突然觉得自己非常好笑。那是一个深夜——深夜常常容易使人理性和深刻。那天深夜，罗汉睡了一觉醒来。罗汉醒来，没有看到别的女人，他只看到熟睡的路兰，她正鼾声香甜。罗汉想，我的生活怎么会有别的女人呢？路兰才是我的女人，我怎么会有别的女人呵，那简直是一派胡言。

这时，罗汉严正地告诫自己：算命大师完全是一派胡言，腰带与出差的相撞，不过就是偶然的相撞。罗汉在这样的夜晚异常清醒，他相信了自己的告诫，他因为相信了自己的告诫而有少许的心灰意冷。

问题就出现在这心灰意冷上，这时罗汉会突然有种绝望的感觉，一种见到光明又回到黑暗的绝望。光明是什么，黑暗又是什么，罗汉说不清楚。然而只有一件事罗汉可以说清，那就是有办法能够拯救自己——相信大师的算命。于是罗汉告诫了一千次，又推翻了一千次，而推翻之后，为了使自己不心灰意冷，罗汉竟然会有一个可怕的反弹。罗汉此时再也不能坐以待毙了，他动作起来。

主动出击——这是罗汉被冥冥之中的神秘力量唤醒的又一阶段。这是一个阳光明媚的日子——那个暗夜之后，罗汉再也沉不住气，他翻开笔记本，给曾经有过联系的女子拨打电话。他因为从不主动给她们打电话，他发现她们的反应是十分意外的，她们的第一句话都说，是不是又有什么事？罗汉说，呵，不，没，没什么事，只是想打打电话。罗汉这么说，有些撩拨的意思，撩拨女人不是他的风格。其实，无事打电话本身就已经违背了他的做人原则，可是不撩拨，那个女人会自动出现吗？可是就这么撩拨，那个女人就会出现吗？

显而易见，罗汉对自己极不满意。罗汉对自己不满意时，对自己有了一个重要的发现，那就是，自己实在不是个情场中人，不是一个情种，自己连一句撩拨的话都说不好。他由此记起了大学时与同学陈方洁的相处，他那么喜欢她，她也那么爱他，可是因为他一直羞于表达，致使她毕业后毅然回到县城。

这时，当罗汉用往事来印证对自己的不满是多么有理由时，罗汉突然萌生一念：何不去一趟庄河，没准儿她正是等在自己生命中的那个女子。其实她很早就等在了他的生命中，只是后来他遇到了路兰，便彻底地遗忘了她。一定是这样。

罗汉借下乡的机会终于向庄河出发，罗汉在出发的途中喜悦而又慌乱。

下车之后，罗汉买了一束鲜花，然后低着头，大步流星来到车站边上一家交通宾馆。庄河是黄海北岸最小的一个县城。在县政府，罗汉有不少熟人，罗汉向宾馆快步走去是为了躲避熟人。在宾馆前的咖啡厅里，罗汉用手机给陈方洁打了电话，罗汉在拨电话的时候心口扑扑直跳，罗汉实在没有把握陈方洁是否能在班上，即使在班上，又是否能来。

还好，接电话的正是陈方洁，对方听到罗汉的声音迟疑了一下，之后，惊讶地叫起来，怎么是你？！

县城实在太小，不足十分钟，陈方洁就来到罗汉面前。可是，当陈方洁真的来到罗汉面前，失望，恍如大风天的黄沙，一下子击昏了罗汉。他的失望，不是陈方洁变得俗气、苍老或平庸，不是日子磨损了她的热情，而恰恰相反。她依然肤如凝脂、眉眼清秀，她穿着一身素淡的套裙，走起路来一扭一扭十分性感，她向咖啡馆走近时，罗汉浑身一阵燥热。他们在咖啡馆里坐下来，罗汉送出手中的玫瑰，满含笑意，小心翼翼看着她。可是，陈方洁一句都没有问罗汉的来由，开口就说，是听说我离婚了才想起我吗？是跟老婆过腻了想出来找点新鲜吗？

罗汉不语，罗汉的目光在陈方洁的丹凤眼上闪烁，脸瞬时一红到脖，嗫嚅着说不出话来，只有听对方说话的份儿。对不起，我一直就等着一场轰轰烈烈的恋爱，现在，我终于等来了，可他肯定不是你。

罗汉还是说不出话，愣愣地神情好像在问，那个人是谁？

陈方洁说，他是一个生意人，我们一见钟情。

罗汉不知怎样走出了咖啡馆，也不知怎样离开了县城。罗汉离开县城，对自己的主动出击生出深深的悔意。这样的出击，不但没有意外地得到，反而意外地发现了失去，他为什么要发现失去呢？他的生活本是完好的，他的生活如果说有什么缺憾，就是不像从前那样拥有激情。他的下乡，是为了寻找激情，绝不是……

并且，最大的失去在于，他在寻找一个现实生活中的女人时，那个曾经虚拟的女人也不知不觉碎掉了，消失了，因为这时他的大脑一片空白……这是所有损失中最最重要的损失。罗汉一时无比沮丧，脸上曾经泛出的红早已被暗淡取代。

然而，当车离开县城，驶出黄海大道，罗汉的思路突然又开阔起来。罗汉想，既然是冥冥之中的出现，就一定是不请自来，就一定是某一个早上和某一个黄昏，不经意中的一个眼神，就点燃了两个生命。罗汉想，其实正是这样一种到来,才是令人恐惧又令人期盼的,才是真正让人销魂的。

从县城回来,罗汉沉稳了许多,除了工作需要,他几乎一天一天也不动一下电话。有电话铃声响起,他总要迟疑一会儿,好像命运之神专门会向一个泰然自若的人走近。

自从经历了五月八日,罗汉变成了另外一个罗汉,一个满脑子都是女人的罗汉,一个因为满脑子都是女人而沉静、浮躁、再沉静的罗汉。就像在以往的十年中,他与路兰的生活所经历的由精神到肉体、由肉体到精神的三个阶段一样,罗汉在短短的不到两个月中,经历了由沉静到浮躁、由浮躁到沉静三个阶段。因为有前两个阶段的铺垫,罗汉在最后一个阶段的等待中,完全有了禅的意味。他泰然自若,他不慌不忙,他深信是你的,棒打不飞,不是你的,刀剜不来,他甚至放弃了两次到党校学习的机会。他告诫自己,上帝总是让你在有所失去之后才会让你有所得到。学校,是最容易产生感情的地方,因为男女吃住都在一起,在罗汉进机关这么些年中,他还从没被派到党校去过。可是罗汉放弃了它。

不但如此,罗汉像从前一样,走路目不斜视耳不旁闻。罗汉像从前一样,埋头工作一丝不苟,罗汉一旦不再左顾右盼东张西望，就会发现原来在心里虚拟的女人又回来了，她不再是从前那女子的样子，她白净、优雅，她穿着乳白色的连衣裙，她没有了响亮的嗓音，没有了厚唇和活络的腰肢，她的样子活脱就是大学同学陈方洁。

日子一天天堆积起来，日子又一天天流逝过去，把堆积起来的事务一件件抽走、燃掉，是罗汉永恒的工作。罗汉在这种毫无色彩毫无新意的工作中最大的快乐便是在心灵深处守护着他的同学陈方洁。当从前那个由三个女人拼凑起来的陌生女人被一个完整、熟悉、曾经有过一段恋情的女人所替代，罗汉日深一日地思念起陈方洁来。他知道她不是他生命里的，可是她暂时地寄居在他灵魂的思念里。他想起了早春二月校园里那个乍暖还寒的早晨，她一个人在银杏树下等他，他却怕给了她坏印象而没能赴约的情景；他想起了那个落叶纷纷的深秋的夜晚，陈方洁听到他分配去滨城，在校园林阴小道上等待他吐露心声，他却怎么也说不出，看着陈方洁哭泣着跑离，他心里很疼，可是终是没有去追她的情景。所有的情景，都揭示着罗汉对陈方洁的伤害。可是，罗汉忆起这些，却有一种深深的惋惜和惆怅，这完全超出了罗汉的想象，罗汉也根本没有这样的准备。

罗汉的生活中微妙地掺进了惆怅，那惆怅浓雾一样蒸腾着，让他时不时地就魂不守舍——陈方洁替代那个拼凑起来的女人之后的一个最大的不同是让罗汉魂不守舍，不像那个虚拟的女人让罗汉激越快乐。罗汉上班会有许多时候看着眼前的一堆事务发呆，觉得有沉沉的东西压在心上挥之不去，而回到家里与路兰面对，他的目光又有些闪烁，仿佛真正有了外遇。

这一天——这是多么关键的一天，这一天离大师预算的八九月份的最后一天只有一步之遥，这一天罗汉下班后没有马上回家，他约了单位所有秘书上雅园酒楼聚餐。

罗汉在这一天里，最想做的事情是给陈方洁打一个电话，在电话里说什么，他并没想好，他只是想打打电话。有好几次，他拿起电话拨完号码又赶紧放下。

罗汉在这一天里打电话，并不是想到大师预言的日子就要过去，向命运中的机会反扑、冲刺，不是。罗汉其实早已忘了时间的界定，罗汉只是在这一天里情绪很坏，而那个使他情绪坏的人是陈方洁。

罗汉在这一天里，耳畔一直响着陈方洁的话，她遇到了轰轰烈烈的爱情。罗汉说不清是因为陈方洁遇到了轰轰烈烈的爱情让他心情不好，还是轰轰烈烈这种说法让他心情不好，似乎都是，又都不是。因为在这一天里，罗汉想得最多的，还是自己究竟是否会有轰轰烈烈的爱情。如果有，没有陈方洁，也不算什么；如果没有，是否就是那个商人先行一步的缘故？如果是那个商人先行了一步，他在今天打电话算不算晚了？可是如果不算晚，他能抛了路兰给她婚姻吗？显然不能，可是，他就这么眼睁睁地看着丧失一次轰轰烈烈的爱情吗？……

罗汉将一天的斗争都打发给了聚餐这件事，或者说是因为心里的矛盾促使了聚餐这个事实的形成。秘书们接到通知，个个大眼瞪小眼，个个面面相觑：处长怎么啦？

这是一个跟时下所有聚会都没有什么不同的聚会，喧闹是它的主调，当三男两女终也没有弄清罗汉这次举动究竟来自哪一种动力，罗汉是何许人也便被在酒桌上谈论古今、谈论男女的他们抛到九霄云外。他们争相说着、笑着、唱着，他们谈到什么样的女人最可爱时，三个男人争着跟两个女人喝交杯酒时，并且如入无人之境似的搂着肩。

因为是三男两女，无法一对一，其中一个男人在两个男人之间走来走去，象征性地与他们做出决斗的姿态；他们在谈到什么样的男人更可爱时，女人们推开搂抱她们的男人，突然严肃起来，指着他们，你，你，还有你——她们最后才指到罗汉，你们都不可爱，罗汉是不可爱之最！

这时，其中一个男人说，我还算行了，我还敢搂搂抱抱，你看咱们处长，简直就是个废物。

罗汉看着他们，就像看着什么光景，罗汉知道这世界到处都有这种光景，只要你肯晚一些回家；罗汉也知道这世界有比这光景更精彩的光景，只要你不把老婆孩子和自己当回事。可是罗汉融不进他们，即使在这样的晚上。

罗汉一口一口喝着酒，罗汉自斟自饮，一杯又一杯，后来，发生了什么，还发生了什么，他全然不知。

罗汉是被大家送回家的。罗汉因为醉了，没有发现路兰也不在家，只有孩子自己在床上睡觉。罗汉进门脸不洗衣服不脱，倒到床上就昏睡过去。三小时之后，罗汉醒了过来。罗汉从酒中醒过来，他看看身边，路兰不在，他看看自己，竟还穿着衣服，于是他躺在那里不动，静静地回想都发生了什么。

终于，他一层一层都想起来了，他喝了酒，是他请的客。喝酒之前，他心情不好，他因为想到陈方洁遇到了轰轰烈烈的爱情而心情不好，而为什么想到陈方洁，是因为他下乡去见到过她，为什么分手多年又要去见她，是因为算命大师说他会在八九月份遇到一个女人。他从来不相信算命为什么这一次这么深信不疑，是因为五月八日无法换上的神秘的红腰带……罗汉不入虎穴焉得虎子似的，一层一层向深处追去。这时，就在罗汉快追到终点时，路兰回来了，路兰轻轻地按动门锁，但咔嚓声还是清晰可见。路兰进门，见罗汉没睡，冲他笑了一下，目光因为灯光的幽暗雾一样迷蒙。路兰笑过之后，就独自钻到卫生间再也不出来。

五月八日的一条红腰带

罗汉一直和衣躺在床上,他等待着路兰对他郑重其事地询问,罗汉想她一定是出去找自己了,因为他从来没不打招呼在外边喝酒,他也从来没喝醉过酒。罗汉想一定不能跟路兰说真话,尤其不能说出陈方洁,那会使他们之间蒙上阴影。可是怎么说才说得清楚呢?

罗汉躺在那里,一动不动,在干等路兰也不出来的时候,有几次他想爬起来脱掉身上的衣服,穿衣服躺在床上让他很难受。可是他没有起来,他觉得那样做有肇事者伪造现场的嫌疑。

后来,大约是一个世纪,路兰出来了,路兰依次关掉了卫生间的灯、走廊里的灯和客厅里的灯,走进卧室。路兰走进卧室之后,吸了吸鼻子,站在床边,微笑着看着罗汉。路兰的笑很神秘,仿佛所有的一切都被她洞察。

罗汉等待着路兰,罗汉在等待中突然感到,他们已经好久没有这么认真地彼此看过了。路兰神秘地微笑着,许久,她伸出手来,俯身打开罗汉的腰带,用力从罗汉腰下一节一节抽出来。罗汉不知道她要干什么,只是静静地看着她。

路兰把腰带抽出之后,轻轻将它团在手中,说,五月八日那天,你没换腰带!

罗汉想想,没有吱声。

路兰说,向你揭示一个秘密,我欺骗了你。

路兰说得很慢,好像有意制造效果。你在五月八日这天换腰带,避的是你自己的情感小人,并不是我的,我的情感小人,是要我在那一天换上衬衣和袜子来避的。

罗汉有些蒙了,这个信息来得太突然,像当初接受大师算命的信息一样没有准备。

见罗汉没有反应过来,路兰继续说,我其实开始不想骗你,只想开个玩笑,可是到了五月八日前一天,你要出差那瞬间,我鬼使神差改变了主意。

路兰说到这里,停住,不再想继续说的样子,直直地看着罗汉,原先诡秘的目光被真诚所替代。

像等待路兰从卫生间出来一样漫长,罗汉陷入了又一次漫长的等待。罗汉在这长长的等待中,想起了五月七日那个瞬间后路兰的若无其事,想起他从北京回来,她从没问过腰带换没换,想起她对他疯狂的配合,甚至想起几天来她对他忧郁烦躁的视而不见……

罗汉从床上爬起来,一字一顿地说,你是说,大师算出你的命运当中会有一个男人出现?

路兰说,是。

罗汉说,你是说,让我换腰带是为了避免我自己的情感小人?

路兰说,是。

罗汉说,你是说,你在发现我因出差而无法换上腰带的瞬间突然生出欲望,想见见你生命里的那个男人?

路兰说,是。

罗汉这时从床上跳下来，在地上来回走动，语气越来越重。罗汉说，你是说那些日子和我的默契，是因为心里想着另一个男人？

路兰不再说是，而是轻轻点头。

罗汉说，你是说，今天晚上你这么晚回来并不是出去找我，而是跟一个男人在一起？

路兰点头，可是刚刚点头，她又赶紧摇头，并大声说，不——不是！

这时，正当路兰的回答误入了罗汉引向的歧途，要极力从歧途上返回的时候，罗汉三下五除二脱掉衣服，将路兰搂进怀里，边拥边大声说，你不该这样你怎么能这样，你不该这样——

屋子是旋转的，床是旋转的，枕头是旋转的，一种在此之前从未有过的声的交响旋过之后，天地间一片寂静，屋里屋外一片寂静，路兰仿佛一株从暴风雨中挺过来的小草，静静地舒展着，罗汉仿佛一个刚在暴风雨中往家抬完粮食的农夫，脸膛、脖子、眼睛，统统涨红。他们躺在床上，静静地相互看着，一分钟，两分钟，十分钟，许久，路兰发现，罗汉的眼睛里滚出泪来，它在他的腮上疾速流淌，躲避着谁的追赶似的。这时，路兰的嘴角也抽动起来，路兰翻过身，努力用嘴抵住枕头，使自己不发出声音，但是，她还是发出了声音，她的声音沉闷、压抑、虚弱，就像一个落进深井就要窒息的小兽……

　　这是一个让人心碎的夜晚，这个夜晚之后，罗汉和路兰又回到从前的踏实中了。可是，他们似乎都感到生活从此少了什么，什么？不得而知。很多时候，他们很是心灰意冷，无论做什么都打不起精神。

蟹子的滋味

搬进新居的第一个晚上，徐地瘫软在米色布艺沙发上，跟妻子说，玉贞，我想把母亲接来住住。徐地的瘫软几近无骨，身子重重塌陷，像只溃散的沙袋，而腿，则卸了八块似的，歪斜在两侧。瘫软不是徐地常有的状态，这一点让玉贞既高兴又难过，从毕业到如今，已经八年了，徐地从没有这么松弛过。

房子这东西很怪，能给人带来成就感。却又不同于别的成就感，别的成就感叫人神清气爽腰杆挺直，比如升官、晋级、发财，而房子却不，它让人松弛、瘫软，它还叫人想起母亲。玉贞自然没有理由拒绝徐地的想法，徐地的家境一直很不好，父亲是个酒鬼，不到五十岁酒精中毒去世，母亲为了供他念大学，下地种狗宝卖钱，得了一身的病。这两年，狗宝种不动，结了婚的两个弟弟，一个残废，一个外出做民工，母亲就在两个弟弟家轮换做帮工。徐地虽然从没直说，但玉贞知道，他早就有接母亲来住的想法了，急着贷款买房，这是一个很重要的原因。他的母亲在歇马山庄一直没有过过尊贵的生活,他的母亲也一直没有见过城里人如何尊贵地生活,关键是,他的母亲得了重病。事实上,在搬进新居的第一个晚上,玉贞也想起了母亲。玉贞的家境倒是不错,三个哥有两个在城里,不在城里的大哥又在小镇拥有一个汽车修配厂,把家从歇马山庄搬进小镇,住上了楼房。母亲跟大哥一起过,一年四季,总有儿孙们看望,享尽了晚年的尊贵。可是母亲已经八十二岁了,八十二岁的母亲还从没到女儿家住过。听完徐地的话,玉贞立即做出反应:太好了,把两个母亲一块接来。

这实在是个不错的想法,在此之前,徐地没有想过,玉贞也没有想过。都是瘫软徐作的怪。在此之前,徐地一直担心把母亲一个人接来,她会孤单,母亲一辈子在乡村待惯了,又是一个爱说话的人,一下子住到火柴盒样的楼里,不烦才怪呢。而有了玉贞母亲做伴,就不一样。

说起来简单,做起来也没什么不简单,一切都取决于徐地的能力。徐地没有能力帮他的弟弟们改变生活,但找辆车回乡接母亲还是容易的。徐地跟商检局的同学打了一个电话,一辆黑色轿子就在第二天一早上路了。本来,车在路过小镇时,玉贞想叫车停下来,先到大哥家接母亲。搬到小镇后,母亲每一次回歇马山庄,都是她展示尊贵的机会,在那样的日子里,她把头发梳得一丝不乱,穿着儿女们给买的有颜有色的衣服,在众人羡慕的目光里迈着碎步,完全一副衣锦还乡的样子。可是想了想，玉贞还是没有说出。玉贞体谅母亲更体谅徐地，这一次，真正衣锦还乡的是徐地而不是母亲，徐地有了房子也是她翁玉贞有了房子，但毕竟，徐地是徐家的儿子，又是徐家在城里唯一的儿子。

徐地的母亲是被从山上找回来的。当时正是上午九点，大街上的人们看到轿车，纷纷围上来。玉贞给婆婆带回一套衣服，也是担心抽冷子杀回来，婆婆没有准备。婆婆在上车前一惊一乍的，妈呀，俺走了，家里的鸡鸭怎么办？妈呀，俺怎么能坐轿车？玉贞的婆婆就是这样，坏事来临，往往会从容不迫，那年她的二儿子偷电跌断了腿，媳妇哭天号地的都不能过了，她却镇定自若，一声都没哭。可是有好事就不由得一惊一乍，好像好事压根儿不该属于她。当轿车门砰一声把好事关进车里，她慌张得脸都有些紫了，一声接一声地妈呀，随后，感叹道：该死的，就这么走了，家扔了怎么办？

轿车才不管家扔了怎么办，它嘀的一声抛下一股烟尘离开歇马山庄的样子好像在说，别管那么多，家不扔永远也扔不了！

实际上这正是徐地的想法，除了半年前他领母亲去沈阳看过一回病，他的母亲一辈子也没有离开过家，一辈子也没有离开过村子。他的母亲是否能过上城里人的生活并不重要，重要的是，他要让母亲有一段在自己身边的生活。玉贞母亲和徐地母亲显然不一样，她在玉贞

大嫂的陪同下站在路口,丝毫没有一惊一乍,当轿车门向她打开,她面带微笑,表情十分坦然,仿佛这样的好事就应该属于她,仿佛深知家离了她照样是家,没什么大不了的。

两个老人不一样,并且很不一样,这是歇马山庄人所周知的事实,也是徐地和玉贞心里清楚的事实,然而,让这样两个老人住到一起意味着什么,会给生活带来什么麻烦,他们没有想过。

麻烦,在第一个晚上就发生了。说来奇怪,遇什么好事都不一惊一乍的玉贞母亲,对吃反而一惊一乍的。那天晚上,见玉贞从市场买回蟹子,她埋怨不迭,一再吵吵不该买,太贵。玉贞知道母亲,一辈子俭朴,年老之后,因为牙口不好,一直离不开粉条炖菜。可是玉贞婆婆爱吃蟹子,徐地把母亲接回家就交代玉贞,一定要买蟹子。在玉贞看来,母亲可以不吃蟹子,但不可以反对买蟹子,你家里的生活太好了,不计较吃什么了,婆婆却不同。好在婆婆妈呀一阵后,并没太在意亲家的话,就像她一惊一乍不该上车,最后还是上了车一样,推搡客气一阵,见推不过,也就半推半就吃起来。但一顿饭下来,玉贞可是紧张得不行,因为整个吃饭的过程,母亲一直没有说话。如果和婆婆一起吃蟹子,不说也就不说，母亲不吃，再不说话，局外人看来，就有一种不满的意思了。玉贞知道，她结婚八年，母亲第一次上门，又有外姓人在，是不适应，不一定有什么别的意思。但她最怕徐地和婆婆觉出别的意思，徐家人在翁家人面前，一直很敏感。

为了让母亲领会自己意思，晚饭后，在婆婆争着要刷碗的时候，玉贞扯衣襟把母亲拽到北卧室。在玉贞看来，这问题很严重，它涉及两个老人在日后的时光里能否和睦相处，涉及婆婆的自尊！婆婆的自尊当然就是徐地的自尊，而在翁家人当初没有一个人同意玉贞嫁给徐家这件事上，徐地内心一直存有阴影。

玉贞母亲不知道发生了什么，目光里闪着意外的惊慌，她直直盯着玉贞的脸。玉贞关上门，把手搭在母亲肩上，玉贞说：妈，今后买什么吃，你千万别管，我婆婆很可怜，不像你，她一辈子没享什么福。

俺，俺没管呀，俺是不愿意看你花钱，你刚弄房子，哪有钱。

花就花嘛，又不是常来。再说，也不光是为你。

这话已经说得很明白了，玉贞母亲虽老，但一点都不糊涂，她愣怔一会儿，慢慢低下头，一个惹了祸的孩子似的，支吾道，不管，俺不管。

只几句话，玉贞就把眼前的麻烦解决掉了，从卧室出来，她长长吁了口气。可是玉贞不知道，母亲心里的麻烦，却从这一刻开始了。

也许，从一进女儿家门，母亲心底的麻烦就开始了。比如上楼时，女儿搀婆婆而不搀她，比如吃饭时，女儿一个劲儿往婆婆碗里夹菜，她也知道是女儿不想让婆婆见外，毕竟隔着肚皮，可是心底还是有种说不出的滋味。然而相对眼前的麻烦，那些都可以不算数，眼前的麻烦是，她觉得自个儿没有错。以往在三个儿媳家，她都是这么做的，儿女们敬你是一码事，你不让儿女花钱又是一码事，这是礼节！你不能因为自个儿老了，就让儿女们破费，儿女有儿女的不易。多年来儿女孝她敬她，也因为她体谅他们。她克制自个儿，不耍威风，才换来了她在歇马山庄人眼里更大的威风。她怎么就不对了呢？

为了不再惹祸，不到八点，玉贞母亲就说坐车坐累了，要睡觉。她也确实累了，她都八十二了，平常在家里，每天中午，都要闭闭眼睛。人老了，老睁着眼，眼皮都跟着累。可是，那天晚上，躺到北屋床上，刚闭上眼，又被迫睁开，玉贞把她的婆婆送了过来。玉贞说，妈，你俩睡一张床。

虽然做了亲家，玉贞母亲从没想过，有一天，她会和这个女人走这么近，会睡到一张床上。事情说起来有点像编瞎话儿，她翁家的女儿居然嫁到了徐家。翁家和徐家早先虽都在歇马山庄，其中差别可是太大了，这差别并不在于一个在高处，一个在低处，一个是瓦房，一

蟹子的滋味 ●

个是草房，一个富一个穷，而在于过日子的规矩。如果把翁家的日子比作歇马山庄南边的河水，该结冰时结冰该流淌时流淌，从不违背季节的规矩，那么徐家的日子就是南甸子上的死水泡子，一年四季淤泥，死沤烂沤没有一点气象。那年玉贞从城里把徐地带回家，说，妈，这是我对象徐地。母亲吓了一跳，她瞪大了眼睛，一句紧逼一句，你说他是徐地？玉贞说是。她说，你说他是你对象？玉贞说是。她说，俺怎么越看越像老徐家铁蛋儿。玉贞说，不，他就是铁蛋儿，老徐家铁蛋儿大名叫徐地，他现在是我对象。母亲张开的嘴，被筷子支上似的，久久也没闭上。婚姻向来就没有一定之规，可是这也有点太出人意料了，这就像没有人会想到死水泡里能蹦出鲤鱼一样。还都因为死水泡里蹦出了鲤鱼，徐家供出了一个大学生。大学生将她的女儿拖入虎穴那天，翁家谁也没去参加婚礼，是后来女儿在虎穴里生了虎子，翁家才勉强承认了女婿，也仅仅是承认而已，在玉贞母亲那里，她从没把翁家和徐家联系起来。

玉贞婆婆倒并不在意跟亲家一块睡，她一进屋，就一声不罢一声地叫着三嫂，玉贞母亲排行老三。尽管两个女人命运不同，她们却有着同一个名字，都叫淑清。玉贞母亲叫王淑清，婆婆叫赵淑清。她们自嫁到歇马山庄，就没人再叫名字。随着年龄的增长，玉贞母亲从三份儿变成三嫂，随着儿女一天天出息，玉贞婆婆从铁蛋儿他妈变成了徐地他妈。徐地他妈一遍遍叫着三嫂时，枯瘦的脸上，现出少有的兴奋，像有一道强光从什么地方映照进来，很亮。她说，三嫂，俺这辈子，最稀罕的人就是你。

徐地他妈稀罕自个儿，这让玉贞母亲有些意外，她怎么会稀罕自个儿！自个儿可从来没稀罕过她呀！远的不说，就说今晚，不阻拦儿媳买蟹子，这是不懂规矩，她就不稀罕不懂规矩。不过，在亲家相见的第一个晚上，"稀罕"两个字，还是起到了意想不到的作用，它至少暂时地解决了玉贞母亲心底的麻烦，让她不觉得眼前这个女人脱衣裳扇出的泥土味有多刺鼻，让她觉得女儿刚才的话还是在理，她很可怜。

不管怎么说，将两个老人一块接来，还是对的，她们是个伴儿。玉贞一早扔下两个老人去上班，心里很踏实。玉贞的儿子住校，她和徐地走了，家里毫无疑问就是两个老人的世界了。其实儿子城市里的家到底是什么样子，女儿城市里的家到底是什么样子，她们是在她们的儿女走后才一点点看清的。从墙上的挂件到地上的摆设，从书柜到壁橱，从餐厅的打火盘到卫生间的热水器，她们一阵阵唏嘘、感叹。其实房子只有八十平方米，并不大，但在玉贞婆婆眼里，已经大得不得了；玉贞二哥

蟹子的滋味 ●

家在沈阳有处一百二十多平的房子,玉贞母亲去过,知道那里比这里大,但女儿嫁了铁蛋儿还能有这样的房子,她已经很知足了。玉贞婆婆在惊叹中,给她眼里的东西都起了新名字,把微波炉叫成饭箱,把热水器叫成水罐,玉贞母亲给一一做了纠正。可是,有一样东西,玉贞母亲也叫不上来,就是墙上挂的类似旧时乡下窗格子样的东西,她不知这叫什么,是不是就是窗格子,为什么要挂在墙上。其实她们完全可以在她们的儿女在家时问一问,她们的惊喜没准儿会更增加她们儿女的成就感,可是不知为什么,儿女在家,她们反而惊喜不出来,她们不放松;儿女在家,她们的眼睛就不知该往哪儿看,就连见过世面的玉贞母亲也是一样。她们桩桩件件看着,摸着,没一会儿,就过去了大半个上午。

大半个上午过去,她们都有些累了。玉贞婆婆虽比玉贞母亲小十几岁,身体却并不好,脸色蜡黄不说,转一会儿,还要敲一会儿脑袋,老说头痛,也是她最先转到客厅沙发上坐下来的。玉贞婆婆乍坐上沙发,吓了一跳,以为掉进陷阱,嗷的一声又反弹上来。玉贞母亲知道沙发的脾气,慢慢走上前,慢慢坐下,说,现在的人,你说什么福不能享,坐也要坐在棉花堆里。玉贞母亲其实是示范给玉贞婆婆看的,告诉她应该这样,慢慢的。玉贞婆婆没见过世面,实在是挺可怜的。

看完了房子,在沙发上慢慢坐下,屋子也慢慢在她们眼前静了下来。屋子静下来，惶惑便像水一样，淹没了她们。她们你看看我，我看看你，她们觉得好像应该干点什么，却又不知道该干什么。她们的儿女把她们接来，就是叫她们什么也不干，来享清福。玉贞母亲本已习惯了享清福，可是和一个陌生人一块享，还是有些不习惯，有些不知道福在哪里。

福，是在坐下一刻钟之后才露出水面的。福最初露出水面，展现的不是福，而是两个乡下女人的过去。这有些让人猝不及防。楼房里沉静的时光，远离乡村生活的时光，让她们想起了过去。在那过去里，她们看到了她们的福。不过，那是交叉进行的，玉贞母亲看到的，是玉贞婆婆的福，玉贞婆婆看到的，是玉贞母亲的福。这有点谦虚使人进步的意思，实际上是触景生情。此时此刻，她们坐在彼此对面，就是她们眼中唯一的景致了。铁蛋儿他妈早先可是太苦了，玉贞母亲是亲眼看见她怎么吃苦的。早早死了爹妈，嫂子不愿要，十五岁就从下河口嫁过来，以为嫁个男人就有饭吃，男人偏偏是个游手好闲的酒鬼，动不动把老婆打得满街跑。那时站在院墙里，常能听到呜呜嗷嗷的哭叫声。你要听不到呜呜嗷嗷哭叫声，就准能看到一个女人披头散发在山野里像个男人一样干活。当女人还要当男人，把一个女人弄得也就既不像女人又不像男人，把一个日子过得也就年不像年节不像节，没规没矩。谁能想到，这么一个苦命的女人，竟有这么一天,到城里来享清福。老翁三嫂也是一个吃过苦的女人。玉贞婆婆虽嫁过来晚,底细还是知道一些。她也是一个有钱人家的闺女,但嫁到翁家并不是很当意,她的婆婆识字有文化,偏向从镇上娶来的二媳妇,帮二媳妇哄孩子从不帮她。可是人家能忍耐,婆婆待她怎么不好,她都待婆婆好,结果,分家时婆婆跟了她,结果,十里八村没人不知道歇马山庄有个孝顺媳妇,结果,人家的孝顺一代传一代,人家的儿媳还孝顺。后来搬走,每回回歇马山庄,只要听到动静,玉贞婆婆都撵着去看,人家哪里像乡下人,人家完全就是电视里的城市人!翁家从没把徐家当亲家,翁家怎么能把徐家当亲家呢!从根到梢,徐家哪样能跟翁家比呢!

　　看到了对方的福,自然就要说出来,可是玉贞婆婆看到的,可以说出来,玉贞母亲看到的,却说不出来,那等于揭了对方伤疤。于是,两个老人同住一个屋檐下的后半上午,就成了玉贞婆婆一个人的演讲了。玉贞婆婆愿意讲话在歇马山庄是有名的,酒鬼强加给她的苦闷总要发泄出去。她讲话常常手舞足蹈,仿佛酒鬼在手舞足蹈打她的时候,也将那样的动作传染给了她。当然她也难得有机会和亲家拉呱儿讲话。她把她所知道的亲家所有的福都说了出来,她把她对亲家的所有羡慕都说了出来,最后,在说到歇马山庄的狗看到玉贞母亲回来都摇头摆尾时,她居然站起来,忘了头痛,两手摁着沙发,大头朝下一晃一晃,仿佛她就是那条狗。

说话,只不过是为了打发时光,为了等待中午的午饭。她们为了打发时光才用语言掘出了大半辈子的时光。事实上,从早饭等待午饭,再从午饭等待晚饭,也就是所谓她们来城里享清福的时光了。尽管在这个上午的时光里,玉贞母亲被亲家晃得有些头晕,眼球使劲往外鼓,但心情还是愉快的,差不多大半个上午,玉贞的婆婆都在夸她,夸奖,总是叫人愉快。

不愉快,是吃过午饭才觉出的。玉贞十一点回来,很快就做好了午饭让她们吃。可是从餐厅出来,玉贞母亲不知怎么心窝儿就觉得堵,是那种塞了麻似的堵。实际上她吃了不少的饭,有半碗。玉贞用电饭锅做了黑豆米饭,这是她最愿意吃的,她还喝了一杯黄酒,也是她愿意喝的。黑豆和黄酒,都是大儿媳随车拿来的。玉贞母亲吃完饭,没等玉贞婆婆,就放下筷子,因为玉贞婆婆在慢慢地唖蟹子。玉贞母亲来到北屋后,关了门,走到窗口。她希望她的心会因为远离餐桌而得到好转,可是没有用,心底的堵一直都在。到底是什么钻进了她心里,让她堵得慌?分明是不知道,却又像是知道,可要说知道,又分明是不知道。

事情是在当日下午有了一点眉目的。午后,玉贞没有上班,说请了假,要带两个老人去洗澡。洗澡的事儿玉贞母亲不反对,她早先反对,那是早些年第一次上沈阳那会儿，现在，不但不反对，还有些盼望，因为一不洗，身子就痒。她以为玉贞婆婆会反对，怎么说也是第一次，可是出她意料，玉贞婆婆什么也没说，她痛痛快快跟着下楼的样子，好像洗过多次了。

玉贞婆婆一路搀着玉贞母亲，玉贞婆婆一路不停地说话，她说听说澡堂女人都脱光了，她不信，这一回，她要亲眼看看。玉贞婆婆话很多，似乎上午把话匣打开，再关上很难。当然这没有什么不好，不过是想说明她为什么没洗过澡还不反对。细想想玉贞的婆婆也真是可怜，都没看过女人洗澡。可是，她搀着玉贞母亲，靠近着玉贞母亲，让玉贞母亲闻到了一种味道，蟹子的味道。这使她在一阵准备洗澡的忙乱中平息下去的堵又涌上心来，就像一个线轴，刚刚有人把线抽走，一松手，又缠了回来。

洗澡时，玉贞母亲晕了堂子，身上的灰还没能搓完，就被女儿搀出来。后来，玉贞的婆婆也晕了堂子，玉贞草草洗了一会儿，就穿衣服一手一个搀着回了家。玉贞婆婆终于看到女人光溜溜的样子，回家稍事休息后，不停地咂舌，说不好看，一点也不好看，人多亏穿了一层衣裳。这话让玉贞母亲堵着的心口更加堵，那是明摆着的理，还用说吗？人不穿衣服，和蟹子又有什么两样呢，七手八脚的。

躺着的时光就是比坐着的时光快,玉贞母亲根本没觉得睡,吃晚饭的时间就又到了。玉贞婆婆晕得快好得也快,拉开门喊亲家吃饭时,一脸的活泛。晚饭有变化,多了小米粥,多了酱牛肉。但是蟹子没变,粉条炖菜也没变。就像徐地和玉贞是这个家里的主人,谁来谁走他们也不会走一样,蟹子和炖菜是餐桌上的主菜,它们一直没被撤走。主人之所以不撤走主菜,是他们不远百里把老人从乡下接来,就是要孝敬她们,他们太知道她们的口味了。尽管如此,粉红色的蟹子端上桌子时,玉贞还是让了让母亲。因为这是新买的蟹子,它实在太鲜太肥了,刚出锅就溢了满屋子香味。又是蟹子!玉贞母亲坐在那里,眼睛在蟹盖上停留一下,但很快,就移开了。玉贞母亲没说不吃,也没说吃。玉贞母亲没说不吃,并不是想吃,她是想起了头天晚上女儿的嘱咐,她怕说自己不吃,影响了玉贞婆婆吃,她是个有记性的人,一辈子没犯过相同的错误。

同前一天一样,玉贞母亲自顾吃饭,没说什么话,她喝了一碗小米粥,抿了半杯黄酒,没一会儿,就离开餐厅。人老了,吃的就是少,这是没有办法的事情,你准备了一桌子的菜,她们上桌,就吃几口。都说人老了难伺候,其实指的就是这一点。玉贞婆婆虽然没离桌,也不证明她吃得多,是那蟹子太费事了。不过,看到婆婆每顿饭都认真地品尝蟹子的滋味,玉贞心里还是很安慰。

蟹子的滋味 ●

今天很好,玉贞没有在晚饭后跟到北屋。可是玉贞母亲并没觉得好,玉贞倒是没跟到北屋,在她脱鞋上床的时候,下午让她心口发堵的那股味道却跟过来了。蟹子的味道。不是香,也不是腥,而是飘飘忽忽的怪味。那蟹子刚出锅时,香也是实在的香,腥也是实在的腥,可是一旦跟到别的屋,就变得飘忽了。蟹子的味道怎么就让自己心口堵得慌呢?

说起来玉贞母亲从来没有尝过蟹子的滋味,小时候玉贞的姥爷吃蟹子喝酒,她连看都不看,玉贞的姥爷很严厉,大人吃东西,小孩子是不许看的。结婚后,婆婆家家规更严,玉贞爷爷吃蟹子,玉贞的奶奶都不看。玉贞的奶奶确实偏心,喜欢小镇嫁过来的媳妇,可是再偏心,在男人跟前她也是女人,从不舍得吃一口好东西。就凭这一点,在婆婆后来跟她过时,她为婆婆买过好几回蟹子。那年她四十一岁,正怀着玉贞,婆婆回过味儿,眼泪汪汪逼她吃,她也真有点馋,但她忍住了,坚决不吃,她说她不爱吃。后来老了,她成了婆婆,跟儿子过,倒有条件吃蟹子,但因为一直就说不爱吃,就再也张不开嘴了,儿媳们知道她不吃,很少往家买,偶尔买一回,一家人草草吃一顿,她从没馋过,不但不馋,看自己儿女吃,反而挺高兴。

这个晚上,玉贞母亲坐在女儿城市的家里,终于明白一个问题,一闻到蟹子味儿就心里发堵,是因为她想

145

吃。她想吃，不是因为她馋，而是因为都八十二了，居然不知道蟹子的滋味；而是因为玉贞的婆婆没她有福，却每顿饭都要品尝蟹子的滋味。这让她非常难过。自个儿一辈子的人了，怎么就没尝过蟹子的滋味呢。自个儿一辈子没尝过蟹子的滋味都过来了，怎么老了老了，想起尝尝蟹子的滋味呢？

这个想法，使玉贞母亲的喘息一点点粗重起来，这个想法，使她射向窗外的目光里有了一丝可怜。天早已黑下来，但玉贞母亲没有开灯，好像开了灯，她的想法就会被照出来。其实她的想法已经被照出来了，被对面楼上的灯光照出来的——城市和乡村就是不一样，城市的人家和人家隔得太近，能照到别人家里去。此时，玉贞母亲觉得，玉贞的婆婆，就是对面楼上照过来的灯光。

那天晚上，玉贞母亲的梦里爬满了蟹子，它们赤条条的，像那些赤条条洗澡的女人，七手八脚的。

玉贞很敏感，她一下子就看出了母亲的不高兴，也一下子就清楚了母亲为什么不高兴，还是被儿女们的孝敬宠坏了，容不得人。母亲在老了之后的岁月里，由于生活太优越，反而不像以前那么善解人意、那么宽容了。这一点别人没有察觉，玉贞深有感触。那一次陪她回歇马山庄看老来不能下地的二娘，母亲有意挺着腰杆，在屋子里走来走去。让二娘对比出她的不幸。也是，母亲忍了一辈子，宽容了一辈子，老了老了，不出声地耍点风头，也是可以理解的，但她无论如何不该在婆婆面前耍风头，婆婆是个不幸的女人。

第二天早上，临上班前，玉贞把母亲引到阳台。和前一天一样，玉贞把手抚在母亲肩上，小声说，妈，婆婆一辈子吃苦受罪，不容易，你将就点。母亲呆呆地看着女儿，说不出话。玉贞说，她一辈子无拘无束惯了，说话没遮拦，你权当没听，好赖是个伴儿。母亲眨了眨眼，说，谁说不是。玉贞的声音越来越柔和，妈，她就爱吃个蟹子，就让她吃嘛，也花不了几个钱。这时，母亲警觉地把目光从玉贞的目光中抽出来，移到窗台对面的砖缝儿里。母亲说，妈没说不让吃……能吃，也是人家有口福。玉贞笑了，说，其实谁也没有你老太太有福！她吃多少蟹子，也没有你有福！

老人的思维和孩子的思维没有多大区别，玉贞的一席话，仿佛一支强心剂，使母亲的心情振奋了许多。其实真正的强心剂还是女儿最后那句话，吃多少蟹子，也没有你有福。这话算说到她骨缝儿里去了，吃几顿蟹子又能怎么样，不吃又能怎么样，蟹子难道能长出像她那样谁见谁敬的威望吗？不能。

玉贞母亲在来到女儿家的第二天上午，一直阴云密布的心情豁然开朗。心情开朗的玉贞母亲主动与亲家搭话，说歇马山庄的老人，说歇马山庄的鸡蛋和猪崽儿。亲家是个闲不住的人，熟悉了地形，就挨屋打扫起卫生。小十几岁，怎么说也不一样，不头疼时，身子轻飘飘的，干起活来风一样快，一会儿这屋一会儿那屋，玉贞母亲颠着小脚在身后跟来跟去，像一个跟在大人后边的孩子。

可是，十点多钟，玉贞母亲一直晴朗的天空又阴了下来。这时节，她讲话讲晕了，退到女儿的客厅里坐了下来。这时节，时光又回到了既往的安静状态。安静，应该说是玉贞母亲的常态，是她年老之后每天都要经历的。静静地坐在阳光下，无忧无虑等待吃饭。前边说过，这是她老来之后重要的享福时光，不是所有歇马山庄老人都有这样的时光。她们不是像玉贞婆婆那样，老了，还要去给儿媳当老妈子帮工，再就是孤单单地自己动手做饭。她们即使不帮工，也可以等待吃饭，却不可能像她那样，因为有好儿女而无忧无虑。可是你要是没享过那无忧无虑的福，就永远不会知道那福里的苦。那苦抽去了心情，只剩下日光。那苦是日光做成的，通着的却是黑暗，因为日光总有落下的时候。就这么的，日出日落，你除了等待吃饭，还是等待吃饭，你对任何人都没有用了，只对日光有用，因为你在日光里看到了你的脚步，向黑暗里走去的脚步，向坟地里走去的脚步，你分明听见自个儿急匆匆往坟地里奔走的脚步，你的天空，能晴朗才出鬼了。

蟹子的滋味

罩住天空那朵云,和蟹子一点关系都没有。此时此刻,玉贞母亲早忘了蟹子是什么东西了。她静坐一会儿,忽地站起来,回到北屋,在枕头下翻出一张纸,一支铅笔头。这是玉贞母亲用来记录时光的工具,不管到哪儿,不管在谁家,每安静得能听到往坟地走的脚步声,就拿起笔来在纸上画,只不过是一条竖线,一条不知描过多少遍的粗粗的竖线,过一天,画一道。那竖线什么都挡不住,不但挡不住,还让人看到前边的日子是怎样一根根电线杆一样跑到后边。可是玉贞母亲就是要画,它挡不住日子,却能记下她所剩不多的日子,这也许就对得起一天天等待着吃饭的日子,使她的日子看上去不光是混吃等死。

吃饭的时间再一次来临了,这是等待的结果。应该看到,一些年来,在无奈地打发时光的等待里,吃饭的时光已经是玉贞母亲最盼望的时光了。儿女们坐了满桌,你一言我一语说一些外面的事情,连空气都在脸上一荡一荡的。可是,这一天,不知为什么,她有些害怕,害怕走近饭桌,害怕吃饭,当玉贞的开门声从门外响起,玉贞母亲居然吓了一个激灵。

餐桌上的主菜没变,蟹子,粉条炖菜,还有黄酒,只是酱牛肉由大盘变成小盘。又有一盘黏糊糊的东西端上来,玉贞说是牛蹄筋。玉贞婆婆干了一上午活,吃起来比过去轻松多了,咂蟹子的声音很响,有些理直气壮的样子。这一点玉贞母亲有数,她早先吃蟹子是先吃腿后吃身，由小到大，现在不同，现在是先吃身后吃腿，由大到小。因为记着女儿一早又一遍嘱咐，玉贞母亲上桌后，不想再看蟹子，可是，她越不想看越管不住眼睛，到后来，她居然将身子侧到外边。

如果不发生后来的事，这顿饭也许还算很平常，所谓平常，是说玉贞母亲不会因为蟹子心里发堵。后来其实也没发生什么事，只是玉贞婆婆说了一席话。人一放松，自然就话多，玉贞婆婆一边嗍着蟹子，一边看着侧过身子的玉贞母亲，她说，三嫂，你猜铁蛋儿怎么知道俺爱吃蟹子？玉贞母亲转过身，看了看亲家，说，怎么知道？玉贞婆婆说，不怕你笑话，那年怀孕俺馋腥馋疯了，上河洗衣裳回来，在你家大墙外看到一堆蟹皮，就拣了回来，洗一洗放在桌上嗍。可是没嗍到一半，俺那个酒鬼回来了，他进门，把俺摁到桌上好顿打。铁蛋儿那年才三岁，可是他不知怎么就记住了。说着，玉贞婆婆枯黄的眼窝红润起来，是在她脸上难以看到的颜色，她说，跟你说吧三嫂，俺这辈子，死也值了，死，也闭上眼了。

憋闷是怎样一点点漫上玉贞母亲心窝儿的，没有人知道。玉贞母亲放下筷子，没去北屋午睡，而是一个人来到阳台。因为是夏日的午后，阳台玻璃上的反光很刺眼，很亮，可是这亮没有普照玉贞母亲心窝儿，反蒸得她出了一脸的汗。她已经多少年都没有出过汗了。玉贞母亲站在那里，粗粗地喘息着，仿佛遭到谁的追撵。她耳边响着玉贞婆婆的话，死了也闭上眼了，死了，能闭上眼吗？

如果不发生后来的事情，玉贞母亲再不平静，也能忍下去，后来的事情也不是什么大不了的事情，是玉贞婆婆头痛，不能再干活了。玉贞婆婆干不了活，就想和亲家说话，事实上无论是干活还是说话，都是玉贞婆婆愿意的，她唯独不愿意老老实实坐着。玉贞婆婆帮玉贞收拾完碗筷，倒水吃了一把药，就三嫂三嫂地把玉贞母亲拖到沙发上。她把亲家拖到沙发上，强作笑容看着亲家，一时不知该说什么。她实在是太眼气眼前这个女人了，八十二了，身体还结结实实的，哪像自己。关键是，人家八十二了，从没留下不好的名声。想到这里，玉贞的婆婆眼窝有些热，想哭。想到这里，玉贞婆婆嘴边终于有了话。玉贞婆婆说，三嫂，你那脾气，俺真学不来，俺当年要是能忍住嫂子的气，就不至于那么小就嫁给徐家，那年俺要是能忍住馋，也不至于挨那懒鬼打，让孩子这么些年还记着。玉贞婆婆对自己的检讨，是发自内心的，她实在想做亲家那样能忍又有耐心的人，她一辈子最大的愿望就是做亲家那样人见人敬的人。玉贞母亲抬起头，平视着玉贞婆婆。眼前的女人太瘦了，倚在沙发上像一张纸片，可是从纸片里飞出来的话，却不像纸片，而是石子，使她的脸使劲抽动了一下。玉贞婆婆说，三嫂，俺真眼气你，一辈子要刚强，真就要来了刚强，这也是老天给的德行，俺就没那个德行。石子终于碎成千万颗沙子，劈头盖脸朝玉贞母亲打来，玉贞母亲脑袋嗡叫一下，腾一声站起，玉贞母亲站起来，看着玉贞婆婆，说，铁蛋儿他妈，你的话太多了，什么刚不刚强的，有什么用！

事实上，玉贞母亲并没说出这样的话，但玉贞母亲气急败坏的表情，疾速离开的脚步，都表明她想说这样的话。玉贞母亲离开沙发后，将一叶纸片冷冷地晾在了沙发上。

这是一个怎样的下午呵，两个老人一人一间屋子，谁也没有找谁。玉贞婆婆细细回顾着两天多来的一切，除了自个儿话多，找不出有什么不周。然而，玉贞婆婆并没因此怀疑村里人对亲家能忍耐的评价。她的想法恰恰相反，这么一个能忍耐的人都忍不了自个儿了，可见自个儿多么讨人厌。讨人厌，这让玉贞婆婆非常不安，有好几次，她都想主动走过去，推开门，跟亲家再说点什么，说自个儿的不好，可是她不敢，午间就是说自个儿不好才说坏了的。

日影下去之后，玉贞母亲迈着碎步从北屋走了出来，玉贞母亲来到客厅，坐到玉贞婆婆侧对面的沙发上，目光柔和地看着亲家。玉贞母亲说，俺就是老了，跟你讲讲话，不怎么就头晕眼花，这不，睡一觉就好了。亲家的话分明不是真的，可是玉贞婆婆听了，还是打心眼儿里感动，儿媳马上就要下班，要是一直这么僵下去，可怎么好。一股热流从玉贞婆婆的头顶灌下来，瞬间传遍她的脸、脖子、胳膊和腿，玉贞婆婆欠起身，握住亲家的手，眼泪汪汪，说，三嫂，叫俺头晕就行了，可不能叫你头晕。

两个老人在一起坐了不到两分钟，玉贞就下班回来了。玉贞一进家门，脱了外衣，到客厅望一眼，就急匆匆钻进厨房。两个老人的到来把玉贞忙成只兔子，在家和单位之间跳来跳去。餐桌上照旧有蟹子、粉条炖菜，不过又多了新菜，玉贞说是松子玉米，也就是乡下的包米粒。一样的东西，城市一做，味道就不一样。这个晚上，两个母亲饭桌上说了不少的话，你一言我一语，都是关于城市和包米粒的。两个母亲从来没有在饭桌上这么随便地说话，玉贞很高兴。她想在一起时间长了，也就熟了，熟了，话也就多了，也就成了伴儿了。

可是，玉贞做梦也没有想到，晚饭后，母亲会提出走。玉贞是被母亲扯到北屋的，就像第一个晚上她把母亲扯到北屋一样。母亲将玉贞扯到北屋，关上门。母亲坐在床边，仰着脸，细细端详女儿，神情里透着说不出的爱怜。母亲说，玉贞，妈多少年就盼到你这里住住，这回住了，妈知足。玉贞警觉地看着母亲。母亲说，住多长时间也得走，再说咱翁家的规矩，女人结了婚，就该侍候婆婆，

妈自个儿有媳妇,俺还是回去。玉贞突然站起来,说,妈,你这是怎么啦?什么规矩不规矩!母亲说,叫你婆婆自个儿在这儿住,她很可怜,你好好侍候侍候她。玉贞说,你走她肯定也要走,过几天我还想请假领你和婆婆逛海洋馆呢,你们来了一回,还没看海洋馆!再说,点点住校周末才回来,他还等着回来看姥姥、奶奶。

玉贞好言相劝,母亲一直很坚决。到最后,母亲居然说,妈一辈子都为别人着想,这一回,你就为妈想想吧。母亲的话,让玉贞再一次断定母亲是被儿女们宠坏了,容不得她的婆婆。想到这一点,玉贞不免有些难过。

正像玉贞想到的那样,听说亲家要走,玉贞的婆婆也坚决要走。玉贞的婆婆一再强调,要不是听说三嫂来,要不是来跟三嫂做伴,她是说什么也不会来的。突然的决定,召回了徐地。这个最初提出接母亲来的儿子,自母亲来,就忙得没在家好好待过。徐地进屋来,满脸的惊奇和不解:怎么了,怎么才住两天就走?

轿车是在第二天早上八点多钟来到楼下的。徐地业务忙,没有时间,就只有让玉贞自己送。儿子怎么说也还是儿子,送母亲走,把母亲叫到花坛边,说了好久的话,说到后来,居然眼泪汪汪的。为了像以前那样满足母亲,车到小镇时,玉贞没让母亲下车,直接将母亲拉回歇马山庄。玉贞想让母亲享受一回在众人目光中衣锦还乡的骄傲,以此弥补进城两天的不快。然而,玉贞的好心并没得到母亲领会，母亲坚决不下车。任玉贞和婆婆怎么叫，就是不下。

从歇马山庄到小镇，只十里路，开车也就十分钟，十分钟的路程，母女俩谁也没有说话。车开到玉贞大哥家楼下，要下车时，母亲突然握住女儿的手，母亲说，玉贞，妈想跟你说句话。玉贞说，妈，不用说了，我明白。母亲说，不，你不明白，妈从来都没有跟你说过。玉贞说，不，不用说，妈，我明白。我倒是想跟你说件事，我原先不想说。母亲立即不安起来，盯着女儿的眼睛。玉贞说，我婆婆头里长了瘤，半年前上沈阳查的，不能治了。玉贞母亲先是像被雷击中似的没有反应，不久，握在女儿手上的手就哆嗦起来。

这是真的？

真的！

母亲的眼中顿时浸满泪花，支吾道，俺……你怎么不早说……她知道不知道？女儿说，知道，她知道。母亲的嘴唇也随之哆嗦起来。

玉贞没有让母亲说出她想说的话，玉贞坚信，只要她说出婆婆的事，母亲也就没有要说的话了。然而，玉贞回到家里，从母亲枕下翻出一件东西让她百思不得其解，那是一张纸，上边重重地画了三道竖线，像电线杆子，而电线杆子上，挂满了七手八脚的东西，像蟹子，又像放着光芒的太阳。

燕子东南飞

两年前的一个夏天,正被一个念头蛊惑,要埋下头来写作一部长篇的时候,我意外地获得一次回歇马山庄的机会。歇马山庄,是我虚构的村庄,原本并不存在,我写出"歇马山庄"四个字,是因为据县志记载,在我家乡那个县,有一座历史上有名的山,叫歇马山,因大唐时期一个叫薛礼的将军东征高句丽人在这里歇过马而得名。"歇马山庄"来自这座山的名字,可我从不知道,现实的生活中,还真有一个叫歇马村的村庄也来自这座山的名字。当我听说这个消息,毅然放下正要开始的写作,回了一次歇马山庄。

它叫歇马村,可是我还是愿意把它叫作歇马山庄;我是去一个陌生的地方,可是我还是觉得自己是在回家。因为这里的山山水水跟我虚构的小说世界太像了,村部在一个平场上,是几间瓦房,瓦房四周是一片起伏不平的洼地,上边长满了绿莹莹的庄稼,而洼地四周,是一些落雀一样散着的房屋,关键是这房屋屋顶瓦脊的表情,与我小说里歇马山庄房屋瓦脊的表情并无二致,有一种不以物喜不以己悲的安静。当然，最最关键的还不是这些，而是在房屋的远处，有一座座孪生兄弟一样高耸的山峰，而这山峰与山峰的夹缝里，坐落着一个偌大的人工水库。我小说中的一个叫庆珠的女孩，就是掉进水库里淹死的。走在这个水库的堤坝上，我有一种在梦境里的幻觉，好像这里是我的前生来世，是我真正的故乡。

陪我走访的是一个叫桂英的女人，村大队长。她人哪哪儿都是瘦长的，瘦长的脸瘦长的鼻子瘦长的身条，包括笑声，要是什么话逗她笑起来她会笑得没完没了。就这么瘦长的一个人，却长着一个滚圆的屁股，那屁股不可思议地坠在腰的下边，走起路来仿佛一只球在滚动。她没读过我的小说，可是当我说她很像我小说中的某个人物，那只球滚动得愈发厉害，仿佛像了书里的人物就是像了舞台上的模特，举手投足一下子就有了舞台感。

实际上长期在乡间走门串户，乡野真的就是她的舞台，只不过我的到来，让她更像一个演员而已——陪一个陌生人串来串去，注定要格外引人注目。在那个夏天，她领我串了歇马山庄属下好几个村子的好多人家，在鸡鸭乱飞的院子里，我们出一门进一门。我们漫无目的，却仿佛被委以重任，她每到一家，都跟人家说我是作家，是为了写书下来采访的。之所以有耐心跟她走下去，不是因为她的屁股多么好看——那样子也确实好看，我常常萌生上去拍一拍的念头。我是说，一只球在她的屁股

上滚动时,另一些球会不经意地从她的嘴里滚出来。那是一些跟每家每户有关的故事。尽管那些故事因为她理解的偏差,从她嘴里滚出来时有些不着边际,比如谁家婆婆要是不给媳妇哄孩子,她会归结为媳妇鼻孔眼儿太大,说这样的女人大多没好命,让你忍不住想笑,但有一个现实是,你笑够了,会不自觉地对那媳妇产生好奇,想看看她的鼻孔眼儿到底有多大。

跟"燕子"老人的相遇,就发生在这样的情况下。

一

实际上桂英压根就没想领我去看什么"燕子"老人。那是我来歇马山庄第三天下午,我们从一个郭姓人家的前门出来,我们走出屯街,看到后边远远的山坡的另一家时,她突然挡住我,她说:"她家就不稀去吧,太埋汰。"我在乡村长大,再埋汰的人家也见过,我并不在乎。但我没有坚持。之所以没有坚持,是因为我们终归不能把这里的人家统统走遍,有所选择实在正常。可是那天晚上,吃晚饭的时候,她有一搭没一搭说出的一句话让我顿生好奇。她说:"你知道山上那家老太太叫什么名字吗?"

"叫什么?"

"叫燕子。"

燕子东南飞

燕子？一个老人叫燕子，这名字有点怪，于是我问："为什么？"

"没瘫那会儿，一连好几十年，她天天坐在门口朝东南望，不管冬夏，你要是问她望什么，她就说'俺望燕子'。你春天望燕子，夏天望燕子，到了秋天冬天还望燕子，村里人就给起了'燕子'的外号。她家本姓金，可是提到她家，没有提姓的，都说燕子，就连她儿子村里人也管他叫燕老大。"

一个乡村女人每天都要坐在家门口朝东南望，直至把自己望成了"燕子"，这个情景一下子打动了我，我在想，这里边一定有一个什么秘密，一个属于东南方向的秘密，一个无法言说的秘密。于是我说："桂英，赶明儿咱上她家看看呗。"

听我这么说，正扭着屁股在院子里撵鸡上圈的桂英立即停下来，转过身，脸上挂了一个巨大的惊叹号，就像警惕你前边有交通肇事的路标，她说："哈，外号好听，去可去不得，那是一家精神病！"

能把婆媳之间的不和归结到媳妇的鼻孔眼儿上，我自然不能相信桂英的判断，可是无论我怎么要求晚饭后去"燕子"老人家看看，她都坚决不答应。她说，"你信我的，她家真的不能去，精神病不说，那'燕子'已经瘫到炕上五六年了。"

为了说服我，她还搬出了三黄叔。三黄叔是歇马山庄有名的专能说和事理的老人,我们上午去过他那儿。她说:"三黄叔已经二十多年没去过她家了。有一年,也就是'燕子'六十多岁的时候,他在集市上看见她史家沟娘家人,那娘家人打探她的信儿,他回来去跟'燕子'说,你猜怎么样?她说三黄叔你要没有别的事你就走吧,你说她是不是精神病!"

桂英怎么也没想到,她这么说,不但没有打消我的念头,反而刺激了我,她天天坐在门口朝东南望,她又不愿听到娘家的消息,这究竟是为什么?

但我没有当桂英面把疑问说出来,我想反正那里离她家不远,等到明天,我会自己去。我已经记住了她家的大致方位,在歇马山庄下河口的后街后边,半山坡那一家。那个晚上,因为脑袋里装着那个老人,我无心跟桂英搭话。自进了她的家门,她一直是喋喋不休,仿佛向我讲述歇马山庄故事是她的权利和义务,当然也是看出我目光里的兴致——在此之前,听她讲每一个故事,我都兴致勃勃,我相信我的目光接住了她传出来的每一个球,比如她说谁家的儿子在城里当保安误伤人坐了大牢,我会立即追问是什么原因误伤了人。很显然,有了"燕子"老人这个"球",我对任何"球"都不再感兴趣了,于是,受到冷落的桂英第二天早上,做了一件让我十分意外的事。

说意外,是说她没有给我任何暗示。在饭桌上吃早饭，她一直都在跟我讲上河口的故事，那是她答应这一天要领我去的村庄，在歇马山庄南边。她说那个村有一个叫李木生的男人真可怜，为了来借钱的表弟能在冬天里吃上水库的鱼，用自制的炸药偷着到冰上炸，结果鱼没炸着，两只手一块被炸掉。她说那表弟之所以借钱，是他刚给儿子买来结婚的电视丢了，想再买一台，可是谁知道，当李木生擎着两条棍子一样的胳膊出院回家，发现家里放着一台崭新的电视，他问这是从哪儿弄来的，老婆说是十几天前的一个夜里儿子抱回来的，李木生听完，气得当场就昏了过去。这个悲惨的故事确实震撼了我，它不用做任何加工就是一篇有关亲戚的好小说，可在当时我已经忘了小说为何物，就像我一早跟桂英从家门出来，完全忘了"燕子"老人一样。我是说，在那段回歇马山庄的日子里，我无法做到身心超然，我几乎被一个又一个沉重的故事命中。然而，就在我忘了"燕子"老人的时候，我发现我们已经拐上了昨天走过的岔道。

当我看到一个熟悉的坡上人家在向我逼近，明白了桂英对我的好意，我真的就去拍了一下滚动在桂英屁股上那个好看的球。

除了孤零零坐落在山坡上，它的外部构造，和歇马山庄大多人家都没有什么不同，草房瓦脊，阔大的院子，门口有个柴草垛，草垛旁边，有个马圈，只不过这马圈不像别人家是石砌的，而是树枝夹的。实际上，第一眼看到院子，我还是相当惊奇，它不算干净，但也绝不像桂英描述的那样脏乱，那树枝编织而成的寨子从马圈开始进院子，一溜两排，相当壮观。说壮观，是说树条是双重的，用两根横条叉开，然后树条在两根横条间叉来叉去，叉出巴掌宽的厚度。这寨子编织的精密、细致，足见出主人手艺的精细、过日子的要强。可是桂英对此嗤之以鼻，小声说："假象，都是假象！进屋你就知道了。"

拉开风门，桂英本能地往后退了一下，之后看了看我，瘦长的鼻子紧了紧。就在这时，一股刺鼻的味道扑面而来，不是臭，却比臭要难闻数百倍，仿佛是某些不同臭味的组合，是臭味的千军万马。为了表示诚意，桂英一边晃头，一边英勇献身，一头拱了进去。在看她晃脑袋的瞬间，我真的有些歉意，要不是我，没准她一辈子都不会来这里。为了表示对她的歉意，我只有憋一口气，也跟着拱进去。可是，当跟桂英越过堂屋来到里屋，看到躺在床上的老人，我完全惊呆了：这哪里还是一个活着的人，简直就是一具木乃伊。

直到今天，回想当时跟"燕子"老人意外的相见，还有些心有余悸。一具干尸一样的人躺在一堆乱糟糟的布单里，布单外边的炕席上，一些没有擦净的污物形成地图一样的板块，板块的一侧，有一堆脏兮兮的衣服，而另一侧，也就是她的枕边，有一只饭碗一双筷子，碗筷边有两块卷曲了叶子的葱头，一些绿头苍蝇抢命似的在那儿狂飞乱舞。这一切，本已够触目惊心，可是我们刚刚在屋子里站定，那干尸一样的老人突然偏过头，黑窟一样的眼睛里爬出一束光，钩子一样钩过来。她钩住的本是你的眼睛，可是你却觉得心的某个地方被钩住了。她的超过正常人的警醒、敏感，让你觉得突然之间有鬼魂附上了她的身体，使我在心口一阵慌跳之后，手梢顿时通电一般，迅速发麻。我紧张，是她看上去已经是垂危之人，或者说干脆就是个死人。我不是没见过垂危之人，而是没见过这么有精神的垂危之人，没有见过还这么有精神就被遗弃了的人。在我看来，她的状态就是被遗弃。也许，她的垂危正因为她的被遗弃，可问题是她都这个样子了，还这么精神。

就在我惊恐得手梢发麻时，我听到一个声音："回家，俺想回家。"

那声音从老人干瘪的嘴里飞出来，和眼睛里飞出的那束光有着巨大的反差，它纤细、孱弱，远不似那束光那样强烈而有力。也许，正因为她已经发不出强烈的声音，才要射出那样钩子样的光，来钩住你。然而正是这纤细、孱弱的声音，让我有种被命中的感觉。我是说，在我这里，这声音和那束光拥有同样的力量。它告诉我，这是老人苍老生命的唯一期盼，在她的屋子没有几个人搅动的日子，她要抓住每一次有人来的机会。

用手驱赶着眼前的苍蝇，我往前凑了凑，并无奈地吸了口臭气，因为我实在憋不住了。尽管我仍然有些害怕，但还是被心底的某种愿望驱使，我想说："那就回一次家嘛，你的家在哪里？"可是还不等我张嘴，桂英就大声嚷道："这就是你家，你还回什么家？"

许是被桂英尖锐的声音吓着了，老人眼里的那束光迅速收缩，很快，就断电般消失了。我看了看桂英，我的意思是，你怎么能这样跟老人说话？

可是桂英对我毫不理会，依然大吵大叫："你不是就躺在家里吗，还回什么家？纯粹是老疯了，你这个疯燕子。"桂英的语气，仿佛之所以领我来这里，就是为了来发泄、来教训，这让我迅速收回了门外曾经萌生的对她的歉意，就像那老人收回那束强有力的光。我不再看她，独自往老人跟前凑了一下，用柔和的声音跟老人说："你想回娘家是吗？你就是想回一趟娘家是不是？"

可是令人气恼的是，老人再也没了反应，她深窟一样的眼底从此干枯的深井似的静止了不动了，那黑漆漆的样子让你怀疑是否还有过刚才的一瞬。这真让我着急。她简直就是桂英的同谋，在充分证明桂英对她判断准确的同时，坚定不移地告诉我"她是个精神病"。

有了这样的证明，桂英并没善罢甘休，从老人家里出来，进一步说道："一辈子没回过娘家，都瘫了，都不能动了，想起回家，不是精神病是什么？！"

一辈子没有回过娘家，老了老了想起回家，这句话远比一辈子坐在门口望燕子更能打动我。我的母亲都已经八十八了,她的娘家只剩下几个侄子,在离小镇二十里路的山沟里,可是每年过年,都让我的大哥开车送她回家。我常常开玩笑讽刺她:"还回家,人家连顿饭都不留你吃,叫什么家!"可是不管我怎么说,她都坚定不移。很显然,那老人所指的家不是她居住的家,而是她的娘家。人生是个圆,她老了老了,又回到了童年,她想回到童年的家里看看。没准,她一年到头坐在门口望燕子,就是望她的娘家。可是,当我把这个想法说出来,正气愤地扭着屁股走在前边的桂英马上扔出句:"人和人是不一样的,都是妈,这妈和妈也是不一样的,不能拿你妈来比她!"

不知是因为想到母亲有些激动,还是"燕子"老人的样子让人难过,还是桂英的话叫人生气,反正,迈出"燕子"老人家院子时,我能感到我的眼角有潮湿的东西往外涌。并且,因为这涌动,我的嘴里迸出了要多生硬有多生硬的话。我说:"就是不一样,也有不一样的道理,你不能那样对一个老人。她为什么一辈子不回家?为什么无论冬夏都要坐在门口望?好,就算她精神不正常,可她为什么精神就不正常?"

我的反应之迅速,之激烈,不过是因为某种情绪,可是我的话,不但把桂英戳在那里,也把自己戳在那里。我把桂英戳在那里,是语气太生硬了;我把自己戳在那

里,是被自己问住了,是啊,她为什么精神不正常?

问出这句话之后,桂英身后的那只球再也不动了,它静静地悬在那儿,仿佛一个巨大的问号,仿佛在反问:"我哪里知道?"关键是,我从她看我的目光里,看到一个可怕的东西,那就是,在她看来,我也是一个精神不正常的人。

二

在那段走访歇马山庄的日子里,不管是在桂英眼里还是在乡亲们眼里,我都是一个精神不正常的人,我纠缠在"燕子"老人的故事里,纠缠得毫无道理。那一天,我冲桂英说那样生硬的话之后,桂英又领我去了水库下游的洼地,见了老人的儿子燕老大。她引我去见老人的儿子,自然是为了再次向我证明她话的正确,从而彻底打消我的纠缠。可是我在见了老人儿子之后,依然没有放弃我的愚蠢的好奇。

那是一个看不出实际年龄的男人,个子很矮,目光怯懦,脸上的褶子如同洼地边的沟谷,尤其他的脑门,他的脑门上有三道深深的抬头纹,那抬头纹纹路里现出的比目光还怯懦的沟痕让人看了心里发紧。见到他时,他正坐在洼地沟谷边放马。桂英是在打听了下河口几个人之后才最后找到他的。桂英一路打听时,村里人向我们投来奇怪的目光，一个在水库下游捞沙子的老者听说我们找燕老大，现从沙滩跋涉出来，眯着一双昏花的老眼把我们——尤其是我，上上下下好一顿看，许久，才朝上边指了指。那样子好像我是罕见的怪物，是外星人。

实际上，当我们朝着老者指的方向，远远地看到那个在一块包米地的沟谷边放马的男人，桂英再就没动一步。她的意思很明显：要去你自己去吧，我在这儿等你。我自然是愿意自己去的，在桂英冲"燕子"老人呜呜嗷嗷叫着的时候，我就想要是单独行动该多好，那样我至少可以自己操纵局面。可是临了，她真的放我独行，我却有些紧张。

夏天的田边十分静谧，没有风，没有蝉的鸣叫，蝉全躲在了水库后边的山上，就像风躲在了山后边的树林里。我想，在那个上午的沟谷边，在燕老大那里，我的到来，不是一阵风，我的话语，也不是一只蝉的鸣叫，因为燕老大见到我大惊失色，仿佛我是一个准备偷袭他的敌人。

在沟谷边向他走近的途中，我心中蓄满了很多问题，比如他母亲是从什么时候开始念叨回家的，比如在他记事之后，她到底回没回过家。再比如史家沟在他家的什么方向，是不是东南，是不是他母亲一年四季坐在门口望的方向？我的所有问题，都是关于他母亲的问题，因为在从他家院子走出来的路上，桂英已经简略向我讲述

了他的身世：他是他母亲唯一的儿子，他身下有个妹妹嫁到岫岩乡下也死在岫岩乡下，他娶了个本村的老婆也在他们结婚三年之后，跟他吵了一架服毒自杀，从此他就再没娶过，撇下一个女孩倒是被他的母亲抚养大，可是她在十八岁那年到外面盐场干活再就没回来，有的说跟一个黑龙江的盐贩子跑了，有的说就嫁在水库后边的腰子岭，到底怎么回事，不知道。

尽管准备充分，可是当在沟谷边一点点挨近他，那些问题竟然像受惊的麻雀一样，扑棱棱飞走了。我的惊吓自然来自他的惊吓，我不知道究竟有多少年不再有人理睬他，也不知道歇马山庄的人们平时见他是什么样子，反正见我挨近，他眼睛里的惊恐就像一只麻雀看到一只鹰。问题是，是惊恐使他刚才还是怯懦的神情突然消失，而另一种类似警觉、不安的神情在他额上的纹路里横向弥漫。在现实的生活中，在此之前，我还从来没有看到有人对我感到恐惧，我也就从来没有经历过如此情景的尴尬，我只叫了声"大哥"，再就说不出任何话来。

我说不出话，但我并没有扭头离开。我站在草地上，看着对面一动不动的庄稼。我寄希望从它们的叶片上找回一些什么，其实是找不回的，大凡这样的时候，想从尴尬的局面中逃脱出来，反而会愈发尴尬。因为庄稼的叶子就是庄稼的叶子，它随风摇曳时除了把你的思绪弄乱不会有任何作用。然而这一天确实有所不同，看着看着，我似乎真的看到了什么，它不是在叶子上，而是在叶子与叶子之间。在叶子与叶子之间那些幽暗的深不可测的空间里，我看到了"燕子"老人一点点寂灭下去的眼神，这时，当我在叶子与叶子之间看到老人的眼神，我终于说出了一句连我自己都没想到的话："你为什么不送你妈回娘家？"

后来我知道，这是一个比前边准备好的任何问题都更致命的问题，因为这个问题的锋芒直接指向作为儿子的燕老大。为什么会这样我自己也说不清。也许，一开始从"燕子"老人口中听说她要回家那一刻，我就对她的后人怀有了不满，当听说他是老人身边唯一的后人，自然就迁罪于他。谁知道呢！反正我问出这样的话的直接后果是，我看到了一束可怕的光，它似曾相识，它钩子一样钩住我。可这钩与钩的意味大不一样，曾经的钩是焦急，是渴望，是伤痛；而眼前的钩，是仇恨，是仇视，是深深的敌意。

我本能地后退了两步，并有意夸张脸上的笑，企图让他明白我没有丝毫恶意，但这没有用，我越是笑，他越是眉头紧锁，有一瞬，他甚至忽地站起，随手拿起坐在身下的铁锹。此时此刻，他也许只是想离开这里，可是他的表情和动作配合到一起，不得不让你联想到暴力，我尽管勇敢地坚持了几秒钟，但还是逃也似的离开了他。

顺沟谷返回时我一直没有回头，最初，我本能地觉得他就跟在我的身后，于是我几乎带着小跑，心怦怦直跳，直到后边刷拉刷拉的脚步声越来越小，我才有所减速。当我回到桂英身边，已经是大汗淋漓。

从我慌张的神情，从我额头上的汗水，从我与燕老大相见的时间，桂英已经清楚我的遭遇，事实上这正是她预料之中的，正是有所预料才执意要带我见他。她要让我明白她的"精神病"说得千真万确，从而让我放弃对这一家人的纠缠，恢复对她的歉意。说实话，回到桂英身边我确实放松了许多，踏实了许多，我甚至像一个遭到坏人追撵的孩子似的上前挽住了她的胳膊。可是，当我冷静下来，当我跟桂英一路往回走，我还是否定了桂英对这一老一少"精神病"的判断——这母子俩我看没有病。

事后想想，不管我怎么认为，我都该给桂英台阶下才是，毕竟，人家辛辛苦苦地陪我，可是当时，我做不到。我觉得这是一个原则性的问题，把一个没病的人说成有病，这是对人极端的伤害。我是想，如果燕老大有病，他的目光绝不会在我问出那句话之后有那么大的转化，居然由怯懦一转而为凶悍、仇恨。我不敢说一个内心里既储藏怯懦又储藏仇恨的人就是健康的人，但确实那一瞬间给我留下太深印象，在我的那句话出口之后，我清楚地看到他目光中的思索，看到了某种由思索而带来的情绪的急剧变化。

就像两个人在比赛挖井,你深挖一锹,我比你再深挖一锹。我断定,如果不是我的坚持,桂英绝不会在回来的路上去讲燕老大。就像如果没有我前一天的不高兴,她绝不会带我上"燕子"老人家;如果在"燕子"老人家没有我对她的不满,她绝不会带我来看燕老大一样。后来,在从沟谷边返回村庄的路上,桂英极不情愿地向我打开有关燕老大的冰山一角。

说冰山一角,当然是事后的看法,在当时,桂英那一席话在我这里差不多就是整座冰山,是冰山化成的汪洋大海。我这么说,一点都不过分,它不光是有关燕老大的,也是有关桂英家族的。

那时才知道,桂英为什么非认为金家一老一少精神有病,为什么绝不陪我走近燕老大。事实证明,我第一次回歇马山庄,又是让桂英陪我,又因为桂英的几句话而纠缠在"燕子"老人的故事里,可以说是巧合之中的巧合。这个巧合,是我的幸运,也是"燕子"老人的幸运,至于是不是燕老大的幸运,我不敢说。但可以肯定的是,是桂英的不幸!因为这巧合的结果,是我一头就扎到她和她们家族密封多年的伤口里,让她再次感受疼痛。这样的结果,不管是她,还是我,都无法想到。

冰山里的故事大致是这样的:燕老大曾经是桂英的姐夫,"燕子"老人曾经是桂英姐姐的婆婆,四十年前,桂英姐姐嫁给燕老大,才只有十八岁。桂英姐姐是个性情温顺善良听话的女人,她嫁给燕老大是听了母亲的话。她母亲成天念叨燕老大可怜,生出三年死了爹,妈又是个怪人,一辈子守在家门口望燕子,从不跟村人交往。这且不说,儿子很小时,从不让儿子上怀,从不让儿子吃她奶,动不动就把他打得叽哇乱叫。可奇怪的是,妈待他不好,他却护他妈,要是村里谁说他妈坏话,他立即就火了。有一回桂英妈在村口遇到他,对他开玩笑说:"你妈再打你就跑,上俺家来。"他回应道:"狗才会上你家去。"就冲这句话,桂英妈就动了心,说孝顺儿子保准错不了。桂英姐姐十八岁那年,托三黄叔撮合了这门亲事。可是结婚之后,桂英妈才从闺女那里知道,他对他妈一点也不好,这一老一少,简直就是一对冤家,饭桌上从不说话,他妈坐在大门口看燕子时,还慈眉善目的,一看到儿子,眉头立即系了个大疙瘩。他在山上干活,看到一只乱飞的蜻蜓,也能抓过来和它说几句话,可是一回家,一看到妈,脸立刻被绳头抽了一样。这还不说,他在山上喜欢蜻蜓,进了家,燕子在屋檐上做窝都不行,他会一个个给你捅了。娘儿俩不好,受罪的自然是媳妇,只要两人在一块,桂英姐姐就大气不敢出,一弄出声响会吓得一身冷汗。长期压抑,自然要回娘家诉说,妈心疼闺女,自然就要去找女婿和亲家,哪知道,婆婆还好,不咸不淡说了几句,那女婿,就像被谁掘了祖坟,冲桂英姐姐大动肝火,说这是胡编,是臭金家,是故意家丑外扬。

桂英的姐姐当然没有胡编，可是她就是不明白燕老大为什么要耍两面派，为什么那么怕把他和他妈之间的不好说出去。在她看来，你要是怕说，就好一点；你要是不好，就难免要人说。可是燕老大绝不讲这个理，他根本就不跟她对话。当知道什么力量都不能改变婆家的一切，桂英姐姐回家再也不说了，你问她，她就说挺好的。后来，有了孩子，她居然很少再回家了。当姥姥的想外甥，托人捎信让她回她也不回。闺女不回，当妈的就只有亲自登门，可是每一次看到妈，桂英姐姐都是以泪洗面，问她她又不说。直到三年后上吊自杀的前一天，家里人才知道真相。桂英姐姐在自杀前带孩子回了一趟娘家，她跟家里人说，燕老大坚决不让老婆带孩子回姥姥家，你可以自己回，但就是不能带孩子。而她的想法是，你不让孩子回，我就不回；我要回，就必须带孩子。谁也不知道她那次带孩子从娘家返回经历了什么，反正第二天早上，她就在自家屋子里上了吊。

娘家人得知消息自然没有轻饶金家人，桂英的两个哥哥把燕老大好一顿打，一边打一边问他对老婆干了什么。桂英娘坐在金家门口把"燕子"老人好一顿骂，一边骂一边拽她的衣领向她要闺女。可气的是那燕老大，任你怎么打，他都什么也不说，你累了倦了打不动了，他居然自己打自己耳光，居然一头一头往山墙上撞，撞

得头破血流再抱住桂英姐姐尸体号啕大哭,好像失去老婆他比谁都痛苦。"燕子"老人也哭昏过好几次,每一次都是好几个人啃脚后跟才啃过来,那样子仿佛她对媳妇的感情超过了亲娘。值得同情的本是死了亲人的桂英一家,可是这一老一少的不可理喻,反而让在场的歇马山庄人生出同情。但同情归同情,从此,人们便把他们看成"精神病",从此,便因为他们是精神病而没人愿意理睬他们。

桂英的讲述,让我在一阵阵身子发冷的同时,生出强烈的不安和愧疚。我想起一开始提到这家人家时桂英的态度,想起走进金家院子看到编织细密的寨子,一口一个"假的,全是假的"的判断,想起看到"燕子"老人时的大喊大叫,想起远远地看到了燕老大的人影再就止步不前的情景,她的姐姐如此悲惨地葬送在这一对母子家里,桂英实在是怎么做都不过分。过分的是我,是我一而再再而三地让她打开这血淋淋的伤口。在快到歇马山庄村部的时候,我把我的手抚上了那只好看的球,我说:"桂英,对不起。我真的对不起。"

三

因为对桂英心理伤害太重,接下来的日子,我没有再提这对母子。我跟她走访了上河口,见到了那个炸掉双手的男人和他的老婆。为了安抚桂英，每到一处，我都主动跟人搭话，问这问那，比如见到那个男人我居然问到他没手怎么吃饭，怎么种地，居然问到他的儿子在不在家。如果说前两个问题是这个男人的惨痛之处，那么后一个问题则是他的痛中之痛，毕竟是他的儿子害了父亲。一个被称为作家的人，再愚蠢也不至于愚蠢到如此程度，专门揭人伤疤。可是在那个日子里，我就是这么不可救药，我误以为安抚桂英的最好方法是对对方热情，谁知一热情往往就过了头。我问出那些愚蠢的话，常常被桂英揪住衣襟，可是她越揪，我越愚蠢，弄到后来，几十家走下来，我几乎就成了揭伤疤的老手。桂英说："怪不得能成为作家，专门往狠处挖。"说得我一愣一愣，恨不能像燕老大当年那样打自己耳光。

当然，最让我惭愧的还不是这个，而是在经历了桂英的讲述之后，我发现对"燕子"老人的兴趣不但没有削减，反而在增强，反而由对一个人的兴趣转为两个人，这让我猝不及防。我发现我对他们有了莫名其妙的牵挂。比如走在上河口的大街上，我常常想起"燕子"老人钩子样的目光的突然寂灭，想起燕老大怯懦目光的突然凶悍。关键是，我的眼前，常常浮现这样的场面，一个小孩一遍遍往母亲的怀里爬，被母亲一遍遍从怀里推出去，于是，我的耳畔就有了哇哇的揪心的哭声。是不是正因为这些场景在我眼前驱之不去，我采访时才问出那些愚

蠢的问题，不得而知。我想说的是，这一对母子，伤害了桂英的姐姐，他们让一个母亲面对自己三岁的孩子悬梁自尽，我脑袋里本该装着这个悲惨的女人，可是没有。不但如此，我还常常想，燕老大不让家丑外扬，不让老婆带孩子回姥姥家，这背后一定有着一个巨大的隐衷。一个罪犯杀了人，我不去同情被害者，却要为罪犯寻找犯罪理由，说起来我真的有些无耻。

因为觉得自己无耻，在接下来的日子里，我没再为此事打扰桂英。在一些无所事事的白天和晚上，我一个人在桂英家的房前屋后，在大片庄稼的田边地头，看梨树上刚坐下的果实，看庄稼刚抽出的穗。我之所以无所事事还不离开，就是想寻找时机打探有关"燕子"老人的故事，有关燕老大的故事，我想到村里有老人的人家对他们做深入的了解。也是因为有了这个心思，才故意表现出对大自然的热爱，对乡村一草一木的热爱，表现爱到即使无所事事也不想马上离开的地步。然而，有一天，我小心翼翼从桂英家东北边的田垄里穿过去，就要拐到我们去过的三黄叔家了，却听到桂英在后边大声喊我。

像做了什么见不得人的事被现场捉住，我吓得差一点犯了心脏病。要知道，我在地边观察了很久，我是一直躲着桂英的，我在钻进地垄时没看见任何人。可是桂英居然就穿过一里地长的包米地撵上了我。我一边平息自己的惊恐，一边迅速拽住一片包米叶子，佯装对叶子的纹路感兴趣。反正作家都是精神病，容易对任何东西发生兴趣。然而就是这时，我听到了一个我意想不到的消息。

对我而言，这个消息可以说是特大喜讯，对于桂英，却是一个要多坏有多坏的消息，正因为这样，她才拼命地追我喊我。桂英说："作家，俺娘家哥病重，俺得回家。"我不知道这个消息在我耳畔着陆时，我的嘴角有没有闪出笑意，反正桂英逮住我的表情时，长时间说不出话。桂英说不出话，我应该有所反应，要么安慰几句，要么说"那你就回吧，我给你看家"。可是我就像一只迷途的羔羊终于看清道路，兴奋得什么也顾不上说，到后来只有让她一遍又一遍重复"俺要回家"。

不管是城市还是乡村，这世界上每一个结了婚的女人的背后，都有另一个家的存在。所谓女大当嫁，不过是将女人从家里生生剥离出去。桂英的另一个家，在十几里外的另一个村庄，她的父母早就不在了，那里只有她的两个哥哥和几个侄子，可是她急急忙忙慌里慌张的样子，仿佛眼前的家根本不是家，而是她暂时栖身的居所，她出了院门蹿上自行车，一用力飞出屯街，头连回都没回。

如果说我和桂英的相遇，是命运的安排，那么我跟"燕子"老人的相遇，更是前定的宿命。我是说，是桂

英的突然回家,才使我拥有了坦然行动的机会。

那是一个炎热的午后,我收拾了桂英家的屋里屋外,觉都没睡,就锁门出来了。桂英的丈夫和儿子都在大东港打工,她走了,家就扔给了我,关键是她走得太匆忙,晌饭做了一半,堂屋里一片混乱,屋子里的炕席上还堆满了从柜子里翻出的衣服,连立柜的柜门都没有关上。好在我在乡村长大,对农家的活路并不陌生,比如我知道扫地时用不着把垃圾拿出去,把它们扫到锅底下边的深洞里就行,比如我知道刷锅水不要倒掉,要把它装到屋外的木桶里留着喂猪。我还像模像样地扎上桂英的围裙帮她喂了猪,只是那猪见了我哼哼地叫着直往后退。

也正是在喂猪时,我见到了歇马山庄村长,他担心桂英走了扔下我吃不上饭,过来慰问一下。他是一个四十来岁的年轻人,刚来时我们就见过。一直在乡间骑摩托的缘故,他皮肤黑得就像生了铁锈。他突突突来到猪圈边吓得我一身虚汗。我害怕他,不是怕他看到我扎上围裙不像作家,而是怕失去独自行动的自由,因为他满头大汗的样子很像内心里鼓胀着某种不依不饶的热情。

他说:"你,作家,给你换一家住吧。"

"不,不用,我给桂英看家。"

他说:"下晌要不要俺陪你?"

"不,不要,我就是要自己,我已经很熟了。"我一急就说出了自己的心里话。

也许我的语气太坚定,也许他的汗水是天热造成的,跟心底的热情无关,没准他正打怵不知如何陪我才像我一样出了一身虚汗,反正他没有坚持陪护我。当他突突突把摩托开走,我身边的鸭子都体谅我似的,呱呱呱叫起来。

为了珍惜这得来不易的自由,我直奔三黄叔家。我再也不用穿包米地了,大摇大摆走上田边小道。找三黄叔,是蓄谋已久的想法,我断定他会知道更多的有关"燕子"老人的事情,他是歇马山庄民间的良心,他一辈子在这里走门串户,掀开他内心的任何一角都一定是一个浩瀚的世界。几天前去他那里,我尚不知道"燕子"老人是谁,所以关于她家的一切,一点也没有谈起过。

见到三黄叔是在他家院墙外的葱地里,他正在那里给葱培土。三黄叔已经七十多岁了,腰有些佝偻,脸上长满老人斑,可是耳不聋眼不花,记忆力奇好,一看到我就认出来:"来啦,作家!"

三黄叔被人找惯了,接待了太多外面的人,见到谁都像见家里人一样正常。所以他根本不问我是不是找他,找他干什么,认出是我立即直起身子,搓了搓手,从葱地走出来,把我领到家里去。

没有桂英在场的乡村世界是辽阔的,这是我跟三黄叔单独坐在一起的重要体会。跟他在一起,什么都不必

说，你就觉得眼前的村庄和村庄里的人事都在了远处，在了深处。比如你坐下来，目光随他吐出来的烟雾一圈圈升上半空，你觉得那里边有着不尽的思绪，因为他的一对小眼睛一直追逐着烟圈，那烟圈升到半空消失了，他的眼光却穿过风门，去了院子外面的远方，泊在远方某个看不见边界的地方。我是说，和三黄叔在一起，还不等说话，你对歇马山庄这个乡村世界就获得了客观的眼光，就像站在高处往下看，站在前边往后看。这和跟桂英在一起完全不同。桂英喋喋不休的表达，急于发表个人看法的急切，都让你觉得你就在局内，能给你感情带来震动倒是真的，可你往往看不到事物的全貌，如同身在庐山不识庐山真面目。

三黄叔说话是在吐出的三个烟圈全部消失之后。他看着远处，吧嗒了两下乌黑的嘴唇，慢条斯理地说："要说，咱歇马山庄还是出了一些人，清朝时，就出过一个画家，叫延续生。他八岁画竹，十三岁进庙里当了和尚，后来每年都到南方画竹子，后来成了名人，还带出十几个徒弟。"

三黄叔说的是歇马山庄的现实，但那是久远的现实，他的意思是，想了解歇马山庄，得从久远的过去说起。可是这一切似乎与我关系不大。

三黄叔接着说："要说，咱歇马山庄不是一个一般的地方，出过读书人，是腰岭村的，叫孙允，是被爹妈撵走的。他爹妈有病,家里揭不开锅,要说根本走不开,可是他爹妈偏撵他走,借谷糠为他蒸一袋饼子,让他到燕京赶考。结果他那边考上状元,他爹妈这边就死了。过后,当儿子的回来给他爹妈修了一座三进三出的坟地,'文革'时给毁掉了。咱歇马山庄,也出过贤良媳妇,是下河口的,结婚两年男人就死了,可是一辈子没改嫁,侍候公婆一直到老,结果公婆都活着,她操心劳神先走了。山庄人为了纪念她,为她立过牌坊,这牌坊就在水库当央,淹在水里三十多年了……嗐,这都是歇马山庄的过去,现在,现在不行了,大学考不出几个,好婆婆,没有,好媳妇,更是打着灯笼找不着。"

三黄叔虽说的是久远的现实,但都是为了与眼下的现实参照和比较,他的意思是,歇马山庄人心不古世风日下,这一点我几天走访,已经深有感触,没一家婆婆不在讲媳妇,没一家媳妇不在骂婆婆。可是我不关心这些,我最关心的,是那一对母子。然而,当我真正把"燕子"老人和她的儿子说出来,三黄叔毫无反应。他坐在条凳上,眼睛虚睨着吐出去的烟圈,好一会儿,又转移开来,让它们穿过风门,移到门外遥远的空中。他目光木讷、迟缓的样子,好像我说的人家并不存在。

"就是那个瘫在炕上五六年了的老金家老太,说是没瘫前天天坐在门口望,问她望什么,她就说望燕子。"为了让他想起,我进一步提醒。

三黄叔仍然看着远方,但他长长地嘘了一口气,之后他掐灭手里的烟,掏出一个装烟丝的烟袋,在那里翻过来翻过去,仿佛那一对母子装在他的烟袋里,需要从头翻找。翻了一会儿,他捏住一捏烟丝,缓慢地说:"闺女,俺怎么能不知道,俺就是不爱提!问一问,歇马山庄谁还爱提她!要是说那孙允娘儿俩是歇马山庄的样板,这户人家,就是咱歇马山庄的败类。"

尽管,我喜欢三黄叔这远距离看现实的角度,喜欢这因远距离而产生的辽阔的效果,但拿村里久远的传统来给"燕子"老人定位,我还是没有想到。尤其他把"燕子"老人说成败类。说心里话,这不是我希望听到的,这至少证明桂英的讲述是正确的,只不过他们用了不一样的词而已。要知道,"败类"远比"精神病"更恶毒。三黄叔用了这样恶毒的词,又完全是站在了历史的高度,完全是客观的心态,这很要命。当然,最关键的是,因为提起了"燕子"老人,三黄叔站起来,离开条凳,走到院子,去呸呸地吐了好几口,仿佛我让三黄叔接近了一堆垃圾。

三黄叔用了"败类"这个词,可是那一天,他并没为这一判断提供什么证明。接下来,他在院子里转着,只跟我讲了一句话,他说:"金易江是个好人,可是好人没长寿。"我能听出,金易江就是"燕子"老人的男人,可是他就抛出这么一句,根本没有再跟我说下去的意思,弄得我心里像塞了麻团,闷乎乎的。

眼看着我的计划落入空巢,心中生出的不是焦急,而是难过。因为不管是三黄叔的目光,还是他的口气,都证明"燕子"老人家的事他知道得太多了。他知道得太多,却不愿意掀开它,哪怕是冰山一角,这让我郁闷,让我不知道是否还要纠缠。问题是,我找不到方向,不知道还该纠缠谁。

那天午后,如果不是在离开三黄叔时碰到三黄叔的老伴,我真的就是一无所获。实际上,当时看到这个慈眉善目的老人端一盆洗好的衣服从门口进来,我并没抱什么希望。这样一个孱弱的女人怎么能不和有威望的男人一个立场?!可是我错了。她见了我,毫无防备地张口就说:"听说昨儿个你见了燕老大,吓坏了是不是?"她因为没有门牙,说话漏风,把"是不是"说成"席不席"。

我在乡下待过,深知河边发布消息是多么好的场所,那消息一定是捞沙子那个老人发布的。我冲她笑了,我想我的脸上一定露出一种期待。

三黄叔的老伴和三黄叔明显不一样,她并不觉得跟我说"燕子"老人有什么不妥,相反,当我对她表示出兴趣,问她"燕子"老人一些事,她像一架老朽的机器终于得到利用,哗啦啦地说个没完。她当然先数落了一番三黄叔,说他这些年谁家都去,就是不去"燕子"老人家,根本不对。虽是数落,这数落里却透着赞赏,因为她后边又跟了句:"这一对娘儿俩也是太不像了。"

就从这"太不像了"开始,三黄婶把我拉进堂屋,开始了细致的讲述。她说:"算一算,这老'燕子'嫁到咱山庄时俺才十岁,还没嫁过来。可是听老辈人讲,就没看到那么不讲究的女人,结婚那天能把浑身弄得埋里埋汰,头发也乱糟糟。"看得出来,是否有辽阔的心态跟年龄无关,三黄婶也是近七十岁的人了,可是听她讲话,你会觉得再远的事情就跟发生在眼前一样,因为她讲话时,苍老的眼神紧紧盯着你的眼睛。她说:"那年头荒乱,结婚不兴操办,可是也不能太不讲究。要说嘛,她根儿上就不是个讲究的人家,她爹是个土匪,还娶过小婆。一个当土匪的人家能有什么讲究?可咱村就这样风俗,谁不讲究,就没人搭理,她自从进了咱村,就没人搭理。倒是能干,怀孕挺个大肚子,一趟趟上山搂草。可做女人你光能干不行,你得对男人孩子好,对男人好不好都可另说,你怎么也得对孩子好,那是你身上掉下来的肉啊……可她怎么样,不给孩子喂奶,不让孩子上怀,燕老大小那会儿,还从来不敢提上姥姥家,一提,她就打他,就说没有姥姥家,怎么能没有姥姥家?这女人还真就一辈子没回过娘家!你说难道她是石缝儿里蹦出来的?"

不愿孩子提姥姥家,这个细节在我这里有着金属一样的质地,它让我想起桂英的话,桂英说燕老大也不让她的姐姐带孩子回姥姥家。

当我把这个想法说出来,只听院子里响起瓮声瓮气的声音,是三黄叔的。他是携着嗡嗡的话语声走进堂屋的,他说:"那燕老大也是个败类,从小到大,一脚踹不出个响屁,可你要是跟他说,不管怎么样,你妈生了你,又把你拉扯大,你要对她孝,这王八羔子就冲你嗷嗷叫,说'闭你的嘴不用你管——'你说他是不是个东西!"

这一次,我再也看不到三黄叔与他诉说的现实之间的距离了,不但如此,他的样子,让你觉得要是燕老大在他身边,他会过去揍他。倒是他的老伴理解他的情绪,后边跟了句:"也是老天罚他,死了老婆再也没娶上,六十多岁了还得侍候一个拉尿不知的瘫子娘。"

三黄叔没有接话,转身又出了屋子,仿佛他进屋来就是为说这句话。这时,情绪所致,三黄婶向我重复了一遍桂英已向我讲过的往事。二十年前,三黄叔在集市上买猪崽时,遇到一个六十多岁的史家沟男人,那人听说他是歇马山庄的,就问说史带弟怎么样了?他当时不知道史带弟是谁,对方说她婆家姓金,他就知道是指"燕子"老人,就说挺好的,对方说,你回去告诉她,她爹死了,是叫小鬼子活埋的,她爹的小婆,还有她嫂子也都死了,家里就剩她哥哥了,让她回趟娘家看看吧。结果他硬着头皮去了金家,把口信捎去,这老东西听完脸色相当难看,不但不领情,还生生把他撵了出来,说他"没事你就走吧"。你三黄叔气得站在门口把她好一顿骂。怎么骂她都不还声。

就像明白桂英为什么对"燕子"老人持那种态度一样,三黄婶这番话,也让我明白了三黄叔为什么不愿提到这一对母与子。这时,只听三黄婶补充道:"说起来这'燕子'老人怪可怜的,史家沟那个男人告诉你三黄叔,她娘在她结婚头一年就死了,是被她爹娶来家的小婆和她的嫂子合伙气死的,她不回家,兴许就为这个。"

这是那一天我在三黄叔家获得的最有价值的信息。这一对母与子到底是精神病还是败类在我这里都不重要,重要的是他们为什么会成为精神病和败类。然而,仔细想想,她的嫂子和她爹的小婆合伙气死了她的妈妈,除了说明她不愿回娘家的合理性,根本说明不了别的什么,比如她为什么不让孩子上炕?为什么仇恨孩子?所以,从三黄叔家出来,我不但没有身心放松,反而更加沉重,因为在此之前,三黄叔是我心中唯一的指望。

四

那天下午,从三黄叔家出来,好长一段时间我都无精打采,我独自在包米地边漫步,茫然地看着从后边伸过来又伸到后边去的小道儿。桂英就是顺着这条道回了娘家的,可是我上哪儿去呢,难道也回家吗?我也有两个家,一个,在大连,那是我的三口之家的小家;一个,在歇马山庄东边的青堆子镇,那是已从乡村搬到小镇的娘家。在那个家里,我的母亲健在,结实而安详地生活在三个哥哥中间,所以我一年当中总有一些时候回娘家。尽管一直觉得回歇马山庄就是回家,可这里没有母亲,此时此刻,我真的很想赶紧离开歇马山庄,回家去看母亲。

想回家看母亲,这是一个意外的念头,这个念头生出来,让我一瞬间觉得自己像个孩子,像个高兴出远门可是一出来就想家的孩子。然而,那一天,正是这个念头的生成,促成了另一个事实——我上了一趟"燕子"老人家。

实际上,也是那个下午我无处可去的缘故,我不能马上回家,促使我留下来的事情又无从进展。这有点像山重水复疑无路,我在无路可走时不知怎么就想起"燕子"老人:她干尸一样一天天孤独地躺在炕上,她深窟一样的眼窝里却每一天都闪着回家的火花。

在柳暗花明又一村时,我自己并不清楚这是我的柳暗花明,我只是糊里糊涂地走上了那个孤零零的山坡。

因为糊里糊涂,我忘了曾经的害怕,也忘了燕老大目光曾经流露的凶悍。因为第一次来这里只有"燕子"老人自己在家,我一点也没把燕老大和这个家联系起来。我走进院子时,燕老大正在灶坑做饭,他因为个子太矮又太瘦，因为脸和身上没有肉全是骨架子，蹲在灶坑的样子很难看，像一堆干柴，似乎触着火就能燃起来。意外的是，燕老大发现我走进院子没有任何反应，目光没有怯懦也没有凶悍，只有被柴火呛得泪汪汪的红。在我微笑着走进屋子时，燕老大简直与昨天判若两人，他站起来，拨弄了一下灶坑里的柴草，给我让出一条足以通到屋里的宽敞的路。

和第一天一样，干尸一样的老人听见有人来，迅速把头扭向门的方向，目光钩子一样钩过来，之后毫不迟疑地跟出句："回家，回家。"因为心里一直装着一个八十八岁还要回家的母亲，在没有桂英在身边的时候，这样纤细的声音不但狠狠地弄疼了我，还一下子旋出满腔的泪水。它开始只在我的喉口，但很快，就涌出鼻孔、眼眶。那一刻，我知道，我之所以一进歇马山庄就缠到这个老人身上，都是因为母亲。我看着她，我没有半点害怕，因为当发现我流出眼泪，她深窟一样眼眶的边缘，也有了亮晶晶的东西。并且，并且她的身体开始哆嗦。

显然，她有些激动，她甚至朝我伸出手，她一边伸手一边不住地重复着"回家，回家"。我握住她的手，我不住地点头，我说"好的好的，一定让你回家"。

我以为，我答应她，她会安定下来，踏实下来，可是她不但不踏实，显得更慌乱。这回，不是身体哆嗦，而是几乎欠起身子。她欠起身子，一股臭气立即从她身下释放出来。在臭气的包围中，我凑到她嘴边，我不知道她要跟我说什么，我静静地听着，可是她的身子太弱，她没挺住，又一下子躺了下去。她躺了下去，却并没放弃说什么的欲望，嘴巴一直张着，于是我不顾纷飞的苍蝇，再次向她凑过去。这时，我听到了一个清晰的声音："俺跟俺儿子回家。"

我明白了，什么都明白了，她一辈子也没带儿子回家，临死之前，想实现这个愿望。这我可有些为难。我不知道，她有这个愿望，她的儿子是否也有这个愿望；要知道，我想帮她回家，绝不是想指望她的儿子，她的儿子要是有这个愿望，不可能等到这一天的。但是，为了安抚住老人，我只有满怀信心地点头，泪流满面地点头，直点到她安然地闭上眼睛。

那一天，在金家的里屋，我的心情非常复杂，我害怕燕老大进来又盼望燕老大进来，我害怕，是怕他一进来，老人就什么也不说了；我盼望，是盼望他母亲的迫切心情被他了解到。然而他却一直没有进来，一直没有。这意味着，他对我或者像我一样的外人来看他的母亲并不反感，甚至有些希望。这让我十分意外，这至少证明他对母亲是有孝心的，不管他愿不愿意送母亲回家。

事实确是如此，当我从里屋出来，他破天荒地冲我笑了笑。说破天荒，是说那样横着三条抬头纹的脸一旦露出笑意，你会觉得满天乌云都散了，你会觉得这世界

不会再有任何死角。真的,我就是这种感觉。

接下来的事情更加难以预料,燕老大开口跟我说话了,见我要走,他说:"饭一会儿就好了。"

我说:"不了,我再来。"

我说了不,但我还不想走,我想找机会把他母亲的想法告诉他。这对我是一个巨大的难题,但我誓死都要解决它,在离开老人那一瞬,我就下了这样的决心。于是我在风门边停下来,看他扫地。我在里屋和他母亲说话的工夫,他已经把饭做好了。

我说:"大哥,我觉得你就像我大哥,他也六十多了。"

他眼仁在厚眼皮下轮了一下,抬头纹往一起聚,像是在说:怎么可能?

我说:"我是我妈的第十个孩子,我妈四十三岁生下我,她今年都八十八了。"

叫他一声大哥,本是无话找话,就像那天在沟谷边的无话找话,可没想到这一次无话找话,正对准了我的方向。当然也是他给了我机会。我是说,当说到我母亲的年龄,有一句非常重要的话自然而然涌到嘴边:"我妈都八十八了,我大哥每年都送她回一趟娘家。"

这句话很重要,也是发现它重要,我没有控制自己,然而这句重要的话刚刚出口,我就有些后悔,我想起那天沟谷边的情景,并因此神经质地抖了一下。可是,这个那天还目光凶悍的燕老大,再一次出乎我的意料,他放下笤帚,从堂屋走出来,蹲到那排齐整的寨子边,之后用手划拉着泥地,边划边说:"你妈有家,俺妈没家,那天,那天俺就想告诉你,俺妈没有家,不是俺不想送。"

这时我才知道,那天,我一直觉得后边有人,是真的,他确实在后边撵了一程,他撵我的目的,就是为了告诉我他妈没有家,不是他不孝。

因为排除了那天的坏印象,我胆子更大了,不但如此,我觉得心里有一种说不清的东西在燃烧。在一堆堆鸡屎边上,我也蹲下来。这时,天色已近了黄昏,天边正有金色的晚霞在燃烧,就像我心里那说不清的东西,我说:"史家沟,史家沟就是她的家。"

他没有吱声,依然在地上划着。

他不吱声,我的心开始狂跳,那种比赛的人就要到达目的地似的激动。我说:"大哥,明天,你赶车,我照顾大妈。"——我叫"燕子"老人大妈。我说:"明天,我们一块送她回娘家。"

这时,只见燕老大蓦地仰起脸,瞪着一双被晚霞烧着了似的眼,里边射出来的却不是霞光,而是似曾相识的凶悍。但奇怪的是,我居然一点也没有害怕,我也仰着脸,把目光对准他,我说:"你知道哪个人都有家的,大妈怎么能没有家。"

"俺,俺从来就没上过她家,俺不骗你——"他开

始嗓门很大,像吼,可不知是怕吓着我,还是别有原因,声音一路下滑,随着声音的下滑,他深深地低下头,声音于是从空中回到地面,使它听起来不像从嗓子发出来的,而更像是从地腹深处发出来的,嗡嗡的接近虚无。

五

真正柳暗花明的感觉,是在那个燕老大把头低下去的时刻才找到的,是那时我才知道,他是可以送母亲回家的,只要他知道母亲的家;我也知道了我留下来的真正目的,那就是,帮"燕子"老人回一趟家。

帮"燕子"老人回一趟娘家。这是一个激动人心的想法,在此之前,我只想弄清老人为什么想回家,为什么没病时不回家,不但不回,还不想知道家里的事;在此之前,我只想弄清为什么做儿子的和老娘一直不和,为什么不和还不让往外说,为什么做儿子的一辈子没回姥姥家,却也不让自己的孩子回姥姥家……实际上,自从生出这个念头,那一些乱麻一样缠绕的问题就失去了魅力,就像天一亮万家灯火就黯然失色一样——那些问题,只不过是闪在原野上的一些夜间的灯火,它们神秘地闪烁,摇动你的心神让你那么想走进去,可是太阳一出来,它们统统退到远处,成了一个巨大的背景。

很显然,在这背景前方,有我美好的前景,一个从结婚就没回过家的老人回到了她离别了六十多年的家乡，见到了她熟悉的街道、房子、人。街道也许改动得不成样子，老房子也许不复存在，她认识的人也许活不下几个，可是山川自然终不会改变；我最感兴趣的前景是，六十多年没回家的老人在回家的那一刻到底是什么样子。

　　在一个人的背后，或者在一些事物的背后，一定有着一个冥冥之中的存在，比如这个送老人回家的念头在我心里的诞生，这完全是上天对"燕子"老人的恩惠。

　　为了送"燕子"老人回家，第二天一早我早早就爬起来，放了桂英家的鸡鸭，那些鸡鸭见一个陌生人为它们打开圈门，咕咕咕叫着就是不肯出来；我还喂了桂英家的猪，因为头天晚上我忘了喂它，它顾不得我是不是它的主人，听到猪食哗啦啦倒进去，忽地就蹿了起来。谁知在我家庭主妇一样忙完了该忙的，就要锁门离开院子时，三黄叔来了。

　　三黄叔的手背在后面，步子迈得很慢，他转到桂英家门口时，轻轻咳了两声。从发现三黄叔的身影，到他走进院子，我一直倚着刚刚锁好的风门站在那儿，我在迅速地捕捉对策。虽然不知道三黄叔来看我的目的，但依昨天与他见面的态度，他一定不会同意我的想法，他不会让我去为一对歇马山庄的败类忙活。我用笑容迎上三黄叔，我想让他觉得我没有任何想法。可是这个聪明

绝顶的老人不等你张嘴，就看到了你的小舌头。他进院后的第一句话就是："你想送老'燕子'回娘家啦？"

"没……不……是……"像前一日在包米地边被桂英逮着，我语无伦次。

"哄不过俺，凡到过她家的，没哪个不这么想，前年县文化馆的一个先生来，听说老'燕子'天天念叨回家，也这么想。"

我无言以对。

三黄叔在我跟前停下，也像我一样转向院门口，之后蹲下来。也许是他腰佝偻，不能够站着说话，也许是乡下人的习惯，为了尊重他，我也跟着蹲下来。三黄叔说："俺夜晚想了，要送就送吧，不管她是不是说疯话，送她回一趟娘家，也算了了一份心事。"

一夜之间，三黄叔就让自己从现实中走了出来，回到了历史的高度，我确实有些意外。我说："我正是这么想的三黄叔，你同意我太高兴了。"

三黄叔并没被我的兴奋感染，依旧慢条斯理地说："俺也不是才有这想法，五年前老'燕子'刚瘫那会儿俺就有，可是，他妈的燕老大那个败类听不懂人话，俺懒得跟他讲话。"

三黄叔的意思是想告诉我，他并不是一个不近人情的人，他很早就被这个念头纠缠过了，只不过讨厌燕老大才没有去做。他接着说："这回，不用找燕老大，俺赶车，你跟着，不用这兔羔子，早先怎么就没想到不用这兔羔子也行。"

我有些感动，三黄叔不愧为歇马山庄明晓事理的长辈，他不但肯于对着我这么一个突发奇想的外来人检讨自己，还肯于将自己推到前沿。可是，我不得不告诉他，"燕子"老人有话，她就是要让儿子拉她回家。

谁知这句话令三黄叔非常激动，他蓦地站起来，速度之快使他趔趄了一下险些摔倒。他先是扫了我一眼，之后又将目光移向远处，那意思非常模糊，既像是不满疯人为什么说疯话，又像不满疯人为什么没对他说疯话，抑或更复杂的什么东西。反正他呼呼地喘着，肺被气炸了一般。为了配合三黄叔，或者说为了弄懂他为什么激动，我也站起来，这时，只听三黄叔说："这老东西还有脸说带儿子回家，她当年都把儿子扔到歇马山上喂狼了知不知道，要不是俺看见，逼她抱回来；要不是俺向金易江保了密，她死都死得过儿了，她还有脸……"

在三黄叔的冰山里，原来还藏着这么龌龊的事件，我一下子呆在那儿，木愣愣地看着三黄叔愤怒的侧影。我难以想见一个从来都以歇马山庄出了状元母亲为骄傲的老人，看到一个女人扔掉自己的孩子是什么感受，能想到的是，他那么看重做母亲的道德，在无道德可言的"燕子"老人老了之后，还能想到送她回家，还能被送她回家的念头纠缠，实在是难能可贵。我不知道说什么

话才能让三黄叔平息,只有沉默。

但三黄叔不想沉默,他低声说:"他爹是土匪,是叫鬼子活埋了,鬼子坏,可怎没活埋别人偏埋他?都是随了根儿!"

虽然声音很低,可三黄叔的语气,像法庭上给人定罪时敲下的那一锤,很重。接着,他又补充道:"想领儿子回家,那你去找吧,俺看够呛,她儿子要是不去,俺可帮不了她。"三黄叔说完,就活动脚步离开院子,步伐虽不急不慢,佝偻着的腰却呈现着一副坚硬的表情。

六

不管我如何惊悚一个女人丢下自己的亲生骨肉,我都没有改变我的计划。但是,确实,三黄叔的话,让我重新回到昏黑的暗夜,我又看到了远方闪烁的灯火,我是说,那一天,在我一个人往"燕子"老人家走的时候,我又燃起了对"燕子"老人的兴趣,她为什么会如此狠心,难道仅仅是像了她做了土匪的爹?叫鬼子埋了,并不证明她的爹就一定心狠。这只是三黄叔的想法,鬼子就是小日本,要知道小日本杀了多少中国的无辜百姓!

可想而知,燕老大不会告诉我,他都不知道他曾被扔过,"燕子"老人更不能告诉我,她已经奄奄一息,说不完整话。因为清楚这一点,在"燕子"老人家门口,我站下来,努力寻找原初的那个念头,让自己回到白天。因为如果不这样,我将鸡飞蛋打——既得不到"燕子"老人的故事,也实现不了送她回家的计划。

可是,当我在金家门口站定,看到正在他家东边的园子忙活的燕老大,我的初衷再一次不知了去向。我的初衷不知去向,不是无法扑灭闪烁在远方的灯火,不是。而是另一种东西,是一股袭将而来的悲怆的潮水。

我不知道我会这样,泪水在看到燕老大黑灰的脸庞时几乎就蒙住了我的眼睛。这后一天和前一天,其实没有什么两样,只不过从三黄叔那里知道了一个被遗弃的情节。可是,这情节不知怎么就有了那么大的力量,让我再看到他时,居然有种说不出的难过。也许,是他在园子里专注于干活的样子显得太孤单,他的两只手长时间地编织着一排树枝,身后是一望无际的山野;也许,他在看到我的那一瞬间灰黑的脸庞显得太愁苦,他额头上的抬头纹又聚拢了深不可测的忧郁;也许,是这一时刻的园子太静了,园子后边的房子太孤寂了,它不能不让你联想到整天活动在这里的主人的过去,比如他从出生就没得到母爱,他一遍遍往母亲怀里爬一遍遍被推出去,他想像别的孩子那样也有姥姥家,可是他一提起姥姥家就要挨打,比如他差一点就被扔到山里喂了狼……关键的是,是因为孤单,他才长时间和树枝为伴,把它们弄在手里细细地编——那一时刻,我相信了那精致的手艺不过是为了排遣孤独、孤单……

我这么联想,一点也没有跟他一起仇恨母亲的意思,我不过是替站在眼前的燕老大抱不平,然而,就是这不平,使我丧失了企图说服他送母亲回家的能力。

和我不同,燕老大倒是不再像前一天那么激动,仿佛是我的难过引渡了他的难过,或者说他冥冥之中把难过抛给了我。他既没有让我进屋,也没有让我进园子。不知是我不愿再听到"燕子"老人"回家回家"的叫喊声,还是仅仅想表示一下对燕老大的同情,我一脚就迈进了他正忙着的园子。

我在园边的寨子旁坐下来,我静静地看着他,我其实只能看到他的脚,因为我坐着他站着。他光着脚板,脚背的青筋蚯蚓一样蜷缩着,四周爬满了蚂蚁。我说:"你的手艺真好,看这寨子编的。"我无话找话,我的意思是说,我没什么事,随便来看看。

燕老大没有接话,他只是抹了把汗,同时将脚背上的蚂蚁轻轻弹下去。

他轻轻地弹蚂蚁的动作,让我突然想起桂英的话,只要上山干活,看到一只蜻蜓也能抓过来和它说几句话。他得不到亲人的感情,自然要把感情转移到昆虫身上。我说:"我真佩服有手艺的人,可是我不行,手笨得要命。"

燕老大还是没有接话,依旧忙活手上的活,他把三支条棍插到地里不同的方向,然后在上边它们的交叉处把它们绑到一起。我说:"我打一小就稀罕野地里的昆虫,可是我不行,胆小得要命。"

我说——我显得话很多:"我二十三岁才离开乡下,可是庄稼活一点也不会干。"

这句话,不过是无话找话的继续,不过为了继续掩饰刚才的难过,可是我居然不知道"我是乡下人"这个事实应该是一个前提,居然不知道有了这样的前提,反而不能掩饰我的难过。因为当听说我是乡下人,他立即停下手里的动作,一丝惊喜的神情顿时泅向额头的褶子,他说:"不会干庄稼活?那是命!是命里不让你干!胆儿小也是命,是命里不让你和青蛙长虫在一块儿!"

说到命,我的心本就一抖一抖的,可是刚刚停下,他又接着说:"俺三岁就上歇马山上挖野菜,不愿回家时,俺和长虫一块儿睡觉。"

歇马山,不愿回家,我不知这两个词中的什么地方打中了我,我的眼泪再一次涌了上来。我无法接话。说真的,此时此刻,听一个曾被母亲扔到歇马山上,一辈子没有母爱的男人说命,说在歇马山上和长虫睡觉,除了流泪,我别无选择。我的脸是深陷在两膝下面的地垄的,因为我不愿意让一张本已愁苦的脸再看到我的愁苦。

我想,在燕老大多年的生活中,如果还有人会来到他的身边,那么除了前来指责他,比如三黄叔,就不会有我这样一个人，会来为他的命而流泪。

现在，事情已经过去接近两年了，回想一下当时的情绪，还是有些莫名其妙。我的悲怆，自然是有来由的，可是它不足以使我那么放纵，那么一发不可收拾。这使我相信，每一个人的一生，都会有莫名其妙的悲怆或悲怆得莫名其妙的时候，那情形就像看了一场悲剧电影。它往往借别人的痛苦粉墨登场，抒发的却是自己的感情。它抒发的是自己的感情，却又是一个没有具体指向的感情。我是说，在那个和燕老大第三次会面的日子里，我看上去是为燕老大的命运流泪，实际上是在享受生命的悲剧感，因为那一时刻，我真的觉得身体里有一种通透的舒服。

然而，就像有心浇花花不开，无心插柳柳成阴，正在我因别人的命运享受悲剧感的时候，我迎来了我的好运，没用我一句规劝，燕老大就答应了带母亲回家。

当时的情景是这样的，我的脑袋深深地埋在两膝之间，我不知道我的身体有没有抖动，我听到了我呼吸的抖动，然后我感到了天地在一点点分开，一部分下沉，一部分上升，我的世界越来越辽阔，越来越空洞，蝉声越来越远，风刮树叶的声音越来越接近天籁。在乡野上静坐，这是我常有的感觉，它和悲剧感一样让人享受，然而，就在我如入无人之境似的享受天籁时，我听到来自身边的现实的声音："要不就走吧，送她回一趟。"

这声音因为太现实太粗粝，吓了我一跳，我觉得我是猛地抖了一下，当我从膝间抬起头来，我看到燕老大正盯着我的眼睛："要不就走吧，送她回家。"

起初，我不明白他在说什么，我看着他，愣怔着，我想，他是在赶我走吗？当我一点点明白他的意思，才终于明白，他其实把我不由分说就坐到园子里哭泣，当成了一种请求。

这让我差一点又笑出来。

七

事实上，享受由燕老大命运带来的悲剧感，只不过是赶往目的地途中的一段弯路，然而这段弯路的可贵之处在于，它极大地缩短了和目的地之间的距离。因为在接下来的时光里，燕老大几乎是变了一个人，他积极地打扫马车，从草垛上拿一些稻草铺上去，之后进到屋里打开黑漆漆的老柜，在那里翻找老人干净一点的衣裳。他在做这一切时，时不时扫我一眼，那少见的温和呵护，仿佛这件事不是为了他的母亲，而是为了我，为了哄我不让我再哭起来。

因为没想到事情会到来得如此之快，我有些手忙脚乱，不知接下来该做什么。在这件事决定之后，我们，尤其是我，最应该做的，就是马上告诉"燕子"老人，告诉她她很快就可以回家了。可是奇怪的是,我和燕老大谁也没说,我们居然谁也没有急着进屋。燕老大不说,情有可原,这不是他的想法。我不说,可就情理难容,我曾为此那样地兴奋过,我曾觉得这件事对于"燕子"老人那么重要。然而那一天,明知道屋里的"燕子"老人眼巴巴地钩着窗外,我却长时间不知所措。我慌乱地跟在燕老大身后团团乱转,就像曾经跟屁虫一样跟着桂英挨家乱串。有一个时刻,不得不跟着燕老大进屋,帮他从柜里往外挑衣服的时候,我甚至心跳加速,头皮发紧,仿佛冥冥之中有一件什么可怕的事情就要降临。

后来才知道,那是一种预感,我之所以没说,是某种预感让我不敢面对老人。所以到把三黄婶找来之前,我都一直没有把如此重要的消息告诉"燕子"老人。

找三黄婶来,是我自作主张,那时我想到了我的母亲。在我的老家,要是谁家有老人垂危,都要找岁数大的人赶到现场,他们因为步入生命的边缘,对来自那个世界的气息没有丝毫害怕。我的母亲就常被找去,以她面对生死的坦然镇定着在生死面前不能坦然的年轻人。"燕子"老人难说是否垂危,但她已不能自己坐起来,手脚又特别僵硬,身子都瓜瓢一样轻了,拉她起来却相当困难。

和想象不同,三黄婶把送她回家的消息告诉"燕子"老人,她没有任何异常的反应,比如眼光大亮,或者由于过分激动而喘息不畅，或者……没有。她只是缓慢地把钩子一样的目光收回去，之后轮了一下陷在深窟里的眼球——那眼球硬僵僵地悬在半空，之后，缓慢地心满意足地闭上了眼睛。

燕老大确实没去过史家沟，所以当他把老人抱到车上，放她躺好，站在那儿不动了。他点燃一支烟，我还是第一次看他抽烟。他的脖子上和胸脯上挂满了汗珠，那些汗在他和老人身贴身时就飞流直下了，关键是在此之前，他用了不到半小时的时间，就在车上打起了一个遮光的棚子。我当时忘了他曾说过不认路，以为是为了缓解劳累和紧张——去做自己不情愿做的事，心一定收得很紧。可是他吸了几口烟之后，转过脸，跟三黄婶说："俺不认得史家沟。"燕老大这么说，也许以为三黄婶年龄大，知道得多，让她上车领路，可是这句话刚刚出口，只见躺在车上的"燕子"老人爬起来——她其实根本爬不起来，但她的动作之大之迅猛，给人的感觉绝对是爬了起来。我下意识地退了一步，之后又把头伸向棚子下面，因为这时三黄婶已经用手握住老人的手。当我把头伸到棚子下面，只听她说："俺认得，就走吧，俺认得。"

细弱的声音呈现了怎样顽强的意志，也只有在场的人能够感受到。三黄婶拍了一下我的肩膀，会意地看了看我，那意思好像在说："你是对的闺女，该送她回家。"

不能指望一个爬不起来的人为我们指路，但燕老大还是把车赶出了家门,因为这时三黄婶说了句话:"鼻子下有嘴,道儿上再打听。"

这时,山坡上已经聚来了好些女人,三黄婶在临来的路上已经为此事做了最好的广告。她们汗津津地站在山坡通过来的小道上,她们的目光里有疑问有不解,但更多的还是好奇。她们不明白我一个外来人怎么就掺和到"燕子"老人家的事情里,她们不明白我怎么就说服了在她们看来有精神病的燕老大,当然她们最想看的还是这一对冤家母子在一起时是什么样子。马车从山道穿过村子,如同一道风景,我相信,如果不是大家害怕燕老大的倔性,一定会让马车停下来让她们看个够,因为她们几乎是抻着脖子,有的还要跟出老远。一路上被目光包围,不光是我,就连三黄婶也有些不自在,她一路不停地小声嘀咕:"瞧瞧瞧瞧,像早年看马戏的!"

三黄婶必须跟着去,这是我的想法,我想也是燕老大的想法。燕老大之所以没说,一定是觉得不用说,三黄婶会理解他的想法,他总不能和一个陌生女人坐在马车上在山道上走。但我又知道,三黄婶留下来,当然不是理解,而是她压根没把燕老大当成正常人,她怎么会把我交给一个精神病!可以肯定地说,在歇马山庄,除我之外,不会有任何人把燕老大当成正常人。可是,就像人们想不到燕老大在我面前表现得有多么正常一样,我、三黄婶、燕老大,包括村里看光景的所有人,谁也没有想到，"燕子"老人会不同意三黄婶跟在车上。

那是马车刚刚离开村子的时候，"燕子"老人拽住我的手。我和三黄婶坐在她的一左一右，她不拽三黄婶却要拽我，吓了我一跳。那时她已经睁开眼，她拽着我的手往她身边拉，我低下头，靠向她，我说："你想上厕所？"她摇头，但她很快又把目光钩向三黄婶，说——她的声音有些颤抖："她不去，俺，俺不叫她去。"

我听懂了，我看看三黄婶。三黄婶也听懂了，三黄婶听懂，突然火了，大声骂道："你这个不识敬的老混账你还挑人，俺是为你好你还挑人——"

说心里话，我一万个不愿意三黄婶下车，所以一开始我并没为之所动，可是，"燕子"老人拽住我的那只手越来越用力，到后来，长指甲挖到我的肉里钻心的疼，也是这时，我才想起前一天她跟我说过的话，她说她要儿子送她回家。不让村里的别人送她，一定是她的某种愿望，它可能没有道理，但愿望就是愿望，不一定非得有什么道理。于是，我喊住燕老大，让他把车停下来。我巧妙地跟三黄婶说："她一定是觉得您这么大岁数了不让折腾您，那您就下吧，我能行，肯定能行。"

三黄婶并不看我，只盯着"燕子"老人，原本慈祥的脸上满是气愤，这当然是善意的气愤，怕我一旦遇到不测招架不住，她再一次数落道："俺对她多好她还挑人，不识敬！"

既然尊重了"燕子"老人的要求送她回家,那么就不能让她有一点不如意,所以,此时此刻,我抖了抖精神,我说:"三黄婶你就放心吧,我肯定行。"这句话第二次出口,我仿佛一个马上就要上战场的战士,心底里顿时涌出一股誓死也要冲上去的勇气。因为我确实不知道自己和老人坐在车上会不会害怕。

见我这么坚决,三黄婶只有骂骂咧咧下了车。在她下车的时候,看光景的人终于可以乘虚而入,纷纷围上来,向三黄婶助威道:"一辈子没回个家你还跟着当真?""她都疯了,你还敬她?越敬越歪歪腔了不是?"

八

在一片唧唧喳喳的咒骂声中,我们的马车驶出了屯街,走出了歇马山庄。

这是一次什么样的旅程,在此之前,我不知道,只是直觉告诉我必须送"燕子"老人回家,只是直觉告诉我这对"燕子"老人无比重要,我倒是默默地期待着能发生一些什么,比如她在看到老家的村庄时欣然地笑了或者无声地哭了,比如她爬起来指给儿子看,说那地场就是你的姥姥家,可是指了一圈也没指到一个真正的地方——六十多年,我相信一切都面目全非。可是纵使给我一万次机会,也不能想到,这次旅程会是这样。我是说,在我觉得送"燕子"老人回家比了解他们的故事更重要的时候，我想不到真就获得了他们故事的全部。这有点像踏破铁鞋无觅处，得来全不费功夫。

那个上午，我们没走大道，燕老大一出门，就把马车赶向通往歇马山庄东南边的一个沟谷小道。坐在马车上，在沟谷边上的小道上一路朝西北颠簸，我有一种似梦非梦的幻觉。说似梦非梦，并不是说坐马车让我想起童年，不是，是说这样的场景好像在什么时候经历过，它好像就在我的眼皮上边，一眨眼就浮现在眼前。也是在夏天的沟谷边，也是三个人，也是车上躺着一个老人，我守护其中。仔细想来，我从来没有过这样的经历，我已经二十多年没有坐过马车了，我很小时我的大哥就开上了拖拉机，奶奶父亲有病，都是他用拖拉机往小镇医院接送。可是这一切不知怎么就这么熟悉，历历在目。某一年春天，跟朋友去丹东著名风景区青山湖，曾有过同样的感觉。划船的时候，那湖中鬼怪头发一样的水草，那湖边童话故事一样的红房子，熟悉得就如在刚刚醒来的梦中。我曾经在一篇题为《周末》的小说里写到过这情景，认为都是冥冥之中的约定。经历这种情景的结果是，我暂时地忽视了燕老大的情绪，忽视了"燕子"老人回家的心情，而沉浸在自我的梦幻般的感觉里，而不再把自己当成上战场的战士了。这实在是件好事，可是正因为如此，当"燕子"老人忽地从车上爬起来，拽住

我的手喊"走错道了快停车",吓得我两眼一黑,胆小鬼似的跟着喊起来:"停车!快停车!"

这回,"燕子"老人不是做爬状,而是真的爬了起来,那瓜瓢一样的身子在车上坐直,活像一只抖动的蝉翼。她自然是借助了我的力量,可是她怎么就一下子有了借我力量的力量,实在不可思议。最不可思议的是,刚才,她还是躺着的,她躺着怎么就知道他的儿子走错了道?她坐起来,就在我的身边,她挥舞着一只干骨棒一样的手,朝已经错过了的另一条小道指着:"是那个道,俺结婚那天,走的是那个道。"之所以用挥舞这个词,是说她胳膊上款款的肉皮像一只飘动的旗帜。

不知道燕老大是否知道他的母亲已经坐了起来,但他喊牲口的声音破咧咧的非常刺耳,像受到了巨大的刺激。车停下来,马因为被扼制了力量嘟噜噜打着响鼻,并把车晃得乱颤。为了不让"燕子"老人跌倒,我本能地扶住她,大声说:"大妈你躺下你快躺下。"

然而,"燕子"老人反而像个战场上的士兵,根本不躺下,她一手拽住我,一手扶着车厢,她哭抽抽地看着长满蒿草的另一条道,重复道:"俺结婚那天,走的就是这个道。"

那是一条小道,好多年没人走过的样子,燕老大端详一会儿,忍不住说:"那道荒了,不能走。"

可是他的母亲倔强地反驳道:"没荒,俺就走那条道。"

看得出燕老大也是赌气，真的就掉了头，拐上了荒草萋萋的小道。同样是沟谷边的小道，可是当马车在另一条小道上缓缓前行，我从梦幻中清醒过来。也就是说，"燕子"老人打碎了我的梦，让我一瞬间回到现实中。我回到的现实，是送"燕子"老人回娘家的现实，是瘫了五六年已经爬不起来的老人在回娘家的途中奇迹般地爬了起来的现实。我惊诧地看着她，本能地与她保持距离，但手无法挣脱，连体人似的被她牢牢抓在手中。因为长期躺着，她坐起后的面相很可怕，哪儿哪儿都向下坠，眼角，嘴角，脖颈，关键那下坠的不是肉，而是款款的皮，就像她胳膊上飘动着的旗帜般的皮，关键是那皮在她的脸上不是飘动，而是死死地贴着骨头，有一种耶稣被固定在十字架上的痛苦感。六十多年前，她是从这条道上嫁出来的，她自从嫁出来，就再也没有回去过，她怎么能不痛苦。

山野静静的，被轧在马车轱辘下的蒿草发出痛苦的折断声，炎阳烤着沟谷对面的庄稼，庄稼的叶子释放着身体里的呼吸，我在想，她为什么就再也没有回去过，为什么？

可以肯定地说，我的问只是在心里问自己，是那样一张痛苦的脸让我触景生情。可是，燕老大仿佛听到了我的问，仿佛我的问正激发了他的问，在马车行驶在一片沼泽地上，不得不慢下来时，只听燕老大嗓眼儿里蹿出一句话:"你为什么才想起回家,为什么?"

当时我以为,他蹦出这句话,和我一样,是发现他的母亲奇迹般地坐了起来,突然涌出灵感;或者,她倔强地逼他走那条荒道,唤起了他埋藏在心底太深了的仇恨。可是后来,当他跟着又从容地说出一句话,我才知道,根本不是。可以说,这是一次蓄谋已久的审判和控诉,只不过一直没有一个如我一样的第三者旁听而已;我才知道,他答应我送老人回家,正是看出这样一个属于他的机会——我的到来,使他的审判和控诉具有了意义。我的毫无道理纠缠在他们母子的故事里,无异于自动撞进了他的枪口。因为他对他的母亲展开血泪控诉时,第一句话就是:"今儿个有作家在场你听着。"

这是我第一次听他叫我作家,我从没告诉他我是作家。他说:"今儿你把俺当一回儿,你听着。"

九

"燕子"老人与她的儿子不足三尺远,她精气神儿十足地坐在儿子的后边。可是儿子的话她分明是没听见,因为那固定了的痛苦的脸一直冲着前方,除了固定的痛苦毫无表情。好在儿子压根也没想看母亲的表情,儿子自嗓眼儿蹦出那句话,连头都没回。"燕子"老人没有表情,我想我的表情一定很复杂,因为我当时心里忐忑不安,一方面,我渴望听到燕老大说些什么,这是期盼已久的;另一方面,又担心说重了气坏了母亲。要知道我一直心存恐惧。

然而,燕老大并不关心我怎么想,就像他并不关心他母亲的表情一样。在抛出那句话大约半小时以后,控诉开始了。在这半小时里,"燕子"老人一直没有停止指路,每到一个岔道口,她都说,"上边,上边",毫不含糊的样子仿佛昨天才从这里经过。燕老大之所以停了半小时才开口,想必是被他母亲惊人的记忆力搞蒙了。然而,正是"燕子"老人惊人的记忆力,才给了她儿子说话最好的契机。

那是马车转上了一块平缓的山道之后,燕老大说:"你六十多年了山道还记得这么清,为什么就不带俺上姥姥家?"

"燕子"老人面无表情地看着前方,并无回答的意思。

燕老大说:"你要是待俺好,俺怎么能想上姥姥家?你不稀罕俺,从来不抱俺,害得俺爹也不稀罕俺……俺生下来不如个猪狗,俺这一辈子猪狗不如你为什么要生俺?"

不知是不想听,还是终于坐累了,"燕子"老人突然松开我的手,一下委下身子,躺了下来。但燕老大并没因她躺下来而停止控诉。他说:"俺,俺想上姥姥家,是看见王铁蛋舅舅抱他。俺一小那么想让一个人抱,可是从来就没有人抱俺。要不是王铁蛋拍他舅舅肩膀告诉俺,说他舅舅是从他姥姥家来,俺根本都不知道舅舅是姥姥家的人。可是你可倒好,俺回家冲你要舅舅,你打得俺鼻口渗血,你一边打一边问俺能不能记住,俺不说记住你绝不住手。"

四野静静的,只有车轱辘轧断蒿草的声音。

"从那回开始,俺一见你就害怕,俺天天躲着你,俺在家跟猫狗睡,上山跟长虫睡。有一天,俺舅舅真的来了,他不知听谁说俺在山上,上山去抱俺,他说他是俺舅,可是他抱俺刚进家门,你就拿出了火铲,你那脸难看得像叫铁水浇了,你拿火铲打他,把俺也捎上,生生把俺舅打跑,把俺打哭……有人抱俺,怎么就把你气成那样?怎么就?!有多少回俺都想拿刀劈了你你知不知道?"

沟谷边静极了,除了燕老大的声音,除了车轮辗断蒿草的声音,没有任何声息。而燕老大的声音在沟谷边回荡,夹杂着悲切的哭泣。燕老大哭了,这么些年来,我还是第一次听一个男人哭,粗粗的嗓音仿佛在胸腔里撕裂了什么。可以想见,很快,就有另一个细细的抽泣加入进来,那是我的。

"俺没劈你,还不是俺三岁那年,俺爹死时你哭昏过去,有人把俺放在你身边让俺喊你,你醒过来把俺搂过去亲了一口?!这辈子你就亲过俺一回,你为什么要亲俺啊——要没有这一回,俺何苦还得跟你六十多年,何苦瘫到炕上还要侍候你!"

"俺在早以为,说你对俺不好,旁人会对俺好,可是哪曾想旁人知道你对俺不好,他们对俺更不好,他们看俺那眼神就像看癞蛤蟆……俺后来都得了病,一听谁讲你不好,俺就想发火,你打俺骂俺不稀罕俺,俺还护着你,你说俺到底作了什么孽啊俺……"

正说着,车突然慢下来,抬头看,前边又是一个岔道,马在两个岔道间迟疑了,燕老大只顾讲话,忘了指给方向。可这时,只听"燕子"老人在车上说:"西边,是西边。"

不知是"燕子"老人的口吻让燕老大听出来她对他的话根本没在意,还是她惊人的记忆实在让人生气,燕老大声音突然提高八度,厉声道:"你闭嘴不用你指,你以为俺真的没去过史家沟吗?腿长在俺身上……"

我咽了一口泪水,抹了一把眼睛,重新打量燕老大的后背。眼前这个矮个男人真的让我蒙了,他居然去过史家沟?他去过了却说没去过……

"十三岁那年,俺才从村里人那里知道你是从史家沟嫁过来的。有一天,俺打听着,自个儿上史家沟找俺舅,可是俺都摸到姥姥家门口了,那家里出来一个女人坚决不让进。俺眼看着俺舅进了屋子,可那女人偏说不认识俺，俺说俺妈姓史，她说老史家根本没俺妈这个人。那天从史家沟回来，俺死的心都有，俺在包米地里滚了半下晌。要不是你打了俺舅舅，姥姥家人怎么能装着不认识俺！"

听到这一切，燕子老人眼睛睁开一条缝，愣怔一下，好像那话中的某些信息惊扰了她，但很快，她又闭上了，侧到一面去。

"打那开始，俺就不能听谁说上姥姥家，一听脑袋就炸开了，心口窝就刀剐一样疼，不让老婆带孩子上姥姥家，俺明知道不对，可是俺就是受不了，就是受不了哇。俺不是嫉恨孩子，是怕姥姥家的人不理她。不知怎么的，俺就觉得孩子姥姥家的人一听是俺的孩子一定不会理她。好多年了，一条虫子在地上爬，俺都觉得是在上它姥姥家，俺都想方设法堵住它，逼它往回走，坚决不让它受骗。俺把燕儿窝一个个捅掉，就是为了不让小燕子回家受骗。可是俺老婆不是虫子也不是燕子啊，俺生生把她逼死了，俺混啊俺——俺被村里人当成疯子，有罪的是谁，还不是你嘛——俺这辈子除了老婆就没人拿俺当人，俺却把老婆逼死了……"

说到这里，燕老大跳下车，一头钻到沟谷边的草丛里，像前一天在院子里那样，将声音变得嘶哑、虚无。我没有下车拉他，不是想让他哭个够，而是我早已经哭成了泪人。

见主人下了车，马自然停下来，呼噜噜打一串响鼻，然后懂事似的，低头啃开了脚下的青草。"燕子"老人侧脸躺着，一动不动，她似乎知道发生了什么，但她没有任何反应，比如不安、难过，没有。相反，她脸上原来固定的痛苦在消失，被一种平静取代。在我和燕老大都痛不欲生的时候，"燕子"老人居然平静下来，那一时刻，我真的有点信了三黄叔的话，信了桂英的话，她是个真正的精神有病的人。

重新上路是在十几分钟之后，那时燕老大仿佛内心所有的东西都被大地吸干了，因为在接下来的道路上，他平静下来，不再说一句话。虽然他起初的语气带有审问，但看得出来他并不期望回答。十三岁那年，从史家沟回来，他在包米地里打滚哭了半下晌，我在想，是不是从那以后，他就开始拒绝跟人说话，而只与昆虫动物为伍？他拒绝跟人说话，是不是怕受到伤害，就像他不让孩子去姥姥家是怕受到伤害一样？我不知道。

我再一次把目光盯向他的后背，他的后背棱角分明，瘦削的肩胛骨就像鸭子翅膀，硬撅撅地支棱着，使那汗津津的背心抹布一样绺成两绺，显得很可怜。经他讲述，我才知道，实际上，回姥姥家，不过是他对亲人亲情的渴望，渴望是一张白纸，能画最新最美的画图，可是母亲愣是把这张白纸扯成一个个碎片，再也拾掇不起。

十

说心里话,那个上午,听完燕老大的话,悲痛中我已经知足了,这就像没用开庭,就释放了一个无辜的人,就洗刷了一个人的罪恶,这对我很重要,他让我有了一种获救感。获救的本是燕老大,是我的倾听,使燕老大真正做了一次人,做了一次可以抒发自己情感的正常的人。可是不知为什么,那个上午,我觉得真正获救的,是我自己。因为在剩下的时光里,我觉得我和燕老大的距离在拉近,这是交流的结果。交流使我觉得他就像我本家的一个哥哥,我看他一举一动,都觉得那么亲切。

天已近晌午了,日光愈发火爆。我们没有准备午餐,我根本不知道史家沟到底有多远。当然即使知道,也无法做到。我的心里积满了悲痛,并不觉饿,我只担心"燕子"老人饿。实际上,她瘫到炕上已经五六年了,她有一顿没一顿的,一直活到了八十二岁,证明最不怕饿的是她而不是别人。在一条柳林边,"燕子"老人居然再一次拽住我的手,试图爬起来。

为了不让老人累着,我问燕老大:"还有多远?"

"早的了。"燕老大说。

我压住"燕子"老人的手,我说:"大妈你再躺一会儿,还早的呢。"

可是,"燕子"老人的指尖剐住我的手心,坚决要爬起来,我不得不扶住她,帮她用力,帮她坐稳坐直。

她坐稳坐直,向柳岸对面的野地看去,她的目光执着、专注,她还抬起手来打了个眼罩。就这么看着看着,突然,她把手指向柳岸对面,大声说:"就是这儿,就是这儿,快停车。"

那只是一片庄稼地,根本不是村庄,难道曾经的村庄变成了庄稼地?难道村庄变成了庄稼地她还认得出来?

燕老大"喔"的一声喊住马,跳下车,莫名其妙地回过头。然而,就在燕老大回头的刹那,一件意想不到的事情发生了:一直没动声色的老人突然地号哭起来。

她号哭,绝不是你感受她在号哭,而是真正的号哭。她两手扒住车辕板,仰脸冲着河对岸的天;她使劲张着嘴,露出光秃秃的牙床。她的动作我非常熟悉,我奶奶去世的时候,"文革"期间我的大舅跳水库自杀之后,在我们孙家的坟地,在我姥姥家的坟地,我的母亲就是这个样子:前一分钟还好好的,可是一到坟地,扑通一跪,哇的一声,脸立即冲着天,牙床立即变成一种悲伤的符号。只不过印象中的母亲口中还有许多牙齿,只不过当时母亲的下颌没有款款的皮肤在迎风招展。实际上,这是一种只有乡村老人才有的心理仪式,在她认为她该为某种悲伤大哭一场的时候。

不知是慌的还是怎么，我赶紧跳下车，在"燕子"老人身后抱住她的肩，我其实只是摁住她的肩，我一边摁一边说："大妈大妈别这样，你可别哭坏了身子。"

我的劝在"燕子"老人那里毫无作用，她的哭像装在了某个电子设备里，一旦打开，就不再受她的控制。或者说，这是她早已设计好了的程序，谁想半途改变，都是徒劳的。她的哭声不尖，却男人似的宽厚无比，依她干尸一样轻盈的身体，依她蝉翼一样轻盈的肩膀，她怎么也不可能发出那么宽厚的声音，就像山雨之前席卷而来的风，呼隆隆鼓荡荡，就像风过之后咆哮而至的雨，噼啪啪哗啦啦，因为在号啕的哭声中，还夹杂着雨点一样密实的你根本无法听懂的话语——"燕子"老人两只干涩的嘴唇，居然炒豆似的吐着一些话语。而我和燕老大，仿佛两个半路上遇到了风雨的可怜人，只有缩着肩伫立在那儿，接受风雨的洗礼。我们都面对着柳岸对面的野地，但我相信，不管是我，还是燕老大，我们的眼中，都空无一物，因为从"燕子"老人那里袭劫而来的风雨在掠过我们后，奔向的是空无一物的苍天。

或许，这是"燕子"老人六十多年来第一次面对苍天的号哭，它虽然内容不详，却让你觉得心的某个部位被撕裂开来，刺破开来，因为随之，我看到空无一物的苍天有一缕血红的光晕，它在一闪之后，被打散了的蛋黄似的弥漫了整个天空。

不知道过去多久,大约十几分钟的样子,"燕子"老人终于停下来,她停下来,不是那种缓慢的,循序渐进的,而是戛然而止,有谁按了开关一样。吓得我赶紧又转到她的对面,看着她的脸。她的脸上没有一颗眼泪,即使眼角有点湿润,也是浅浅的,几只可怜的睫毛被扔在道边的枯草似的,泥泞在眼皮上。她停止下来,舌头慢慢伸出来抿了抿,之后发布命令似的说道:"走吧!"

"燕子"老人为什么要在这个地方哭呢?她既然有哭的能力,不是什么精神病,为什么要制造如此重大的冤案?事实上,我早已忘了追究"燕子"老人的身世和故事了,不是我不想在心里赦免她,而是这一路上的突发事件让我应接不暇,我的感情始终陷在身在此山中的狭隘的局部,比如现在,当车再度上路,我再度坐到"燕子"老人旁边,当耳边再度静下来,悄无声息,我觉得我的大脑空荡荡的一片空白。

然而就在这时,就在我大脑一片空白的时候,"燕子"老人突然开始说话了。她说:俺结婚那天,天就这么好。"

因为刚刚经风历雨,因为身心还没有从空白中摆脱出来,"燕子"老人的话听起来有些不合时宜,如同听到一个正悲伤的人突然问起晚饭吃什么。我愣愣地看着她,心想,你在说什么?

"燕子"老人并没躺下,而是板板正正坐在车上。所谓板板正正,是说她不知在什么时候,已经盘上了她的两条腿，一路上怕她热一直是打开的上衣扣，此时也已经被她扣上。她八十多岁，身体如此虚弱，经历了如此的颠簸，刚才又下过了一场如此声势浩大的急雨，她不但没有倒下，却反而愈发地庄重，我不得不一下子回转神来，惊奇地盯着她。

"俺结婚那天，天就这么好。"她又一次重复着，像自言自语，眼神对着虚空，"可俺命不好，俺命不好。"

说到命，惊奇中的我突然一振，心里想："你的命到底怎么不好啦？"我本应该安慰说："你挺好的大妈，你这么长寿。"可是想知道什么的潜意识使我本能地封住了嘴。

"俺命不好，俺爹娶了小婆，俺十三岁就死了妈。"燕子老人接着说。依然是自言自语。"俺妈叫小婆气死了，她和俺嫂子合伙气死的。"

这我知道，三黄婶已经跟我说过。是史家沟的人到集上来说的。

"小婆上俺家那年俺才十岁，俺到什么时候也忘不了，那天俺在房后河边洗抹布，就看东边有个女人披头散发往这边跑，穿着大红的衣裳，身后还跟了一个男人。他们直冲俺家，俺不知道出了什么事，赶紧跑回家，到家才知道，原来是俺爹上人家赌博，占了人家女人，人家男人不让了。俺爹那时在外面干大事，可威风了，谁知他还赌博，还占人家女人。俺爹占了人家女人，人家不敢打俺爹，打自家女人，女人经不住打，就往俺家跑，女人跑，男人撵，可是到俺家一听俺嫂说俺爹是土匪，男人又撒腿往回跑，头都没回。"

这事我自然不知道，土匪、小婆这样的字眼，经常从书本和电影上看到，生活中我还从没有接触过。我最想知道的是，她爹不在家，那女人怎么就留了下来，成了她爹的小婆。

不用我问，"燕子"老人唠家常一样，一字一板地往下讲。"俺嫂子霸道，一进史家门就想当家，就恨俺妈，来了一个野女人，她乐不得，俺爹没在家，她就主张留给俺爹当小婆。那时天下乱，俺爹成天在外面干大事，根本不回来，俺嫂子就和小婆合伙当了家，低头抬头气俺妈。"

居然还有这样的事，公公不在家，就给公公娶了小婆，真是稀奇。

说到这里，"燕子"老人顿了一下，眨巴了一下眼睛，但她的眼神仍然是凝固的，凝固在虚空中。过了好久，她接着说："俺十三岁那年，俺妈得了黄病，身上脸上哪里都是黄的，她有病天天盼俺爹回来，眼睛都盼瞎了。那年，俺爹还真的回来了一趟，待了一天又走了。俺妈盼俺爹回来，是想让他撵走小婆，可倒好，他没撵小婆不说，还扔了俺妈的病不管，守小婆待了一夜。他头里走，俺妈后头就死了……俺妈死了，受气的就是俺，十五岁

那年,她们就往外撵俺,托人给俺找了婆家,逼俺结婚。"

说到这里,"燕子"老人又顿了一下,收回了在虚空里凝固的眼神,看了一下马车,好像在寻找什么。可是找了一圈,目光又收回来,接着说:"结婚那天,小婆扔给俺一床红花被面,说:'这是你妈的,拿着吧,想家了就看看它,别回来了。'俺早就想离了这个家,可是俺不舍得俺哥,俺爹天天在外面,见不着,又占女人,俺不挂他,俺挂俺哥。再说,长到十五岁没离开过家,一下子离了怎么能行,俺又根本不知道嫁那人是什么样儿,俺就哭红了眼泡上了车。"

这时,"燕子"老人说到这里,我一下子明白,这是她早已安排好的一次讲述,她一再要求回家,正是为了这次讲述,就像她的儿子答应拉她回家是为了积郁已久的控诉一样。也是在这时,我明白了她为什么一直对儿子的控诉无动于衷。我伸出手,轻轻抚摸着老人的胳膊,这是在此之前我做不到的,交流破除了我的恐惧,如同某一个时刻我觉得她的儿子像本家的哥哥。

然而,老人并不为我的抚摸所动,依然自言自语道:"俺抱着被面上了马车,俺从上车就没止住眼泪。俺妈活着时跟俺说过,女人结婚这天不能哭,一哭就哭坏了命,可是俺止不住。"

马车的速度明显慢下来,燕老大有好久没有挥过鞭子了。我能感到,像我一样,他在用心倾听。"俺哥赶的车,那时他二十多岁,俺哭,他一句安慰话也不会说,不会说就不说,你不能跟着哭!他可倒好,也跟着哭。你说两个人哭,还不哭坏俺的命!才走出家门不到十里地,灾祸就来了。"

说到灾祸二字,"燕子"老人嘴唇哆嗦了一下,吐出长长一口气,并且,身子在慢慢前倾,好像有些坐不住了。我慌忙扶住她,之后恳求说:"大妈你太累了你快躺下。"

可是她身子在车辕边歪了一会儿,又坚决地直了起来,看得出她用尽了全身的力气,因为就连下颌上款款的皮肤都绷紧了。她再一次坐直时接着说:"出了家门不到十里地,就是刚才那块有柳的地场,就遇到了两个鬼子。那时天下乱,那时俺爹回回来家都讲鬼子,讲他们坏,不会说人话,可俺一点都不知道他得罪了鬼子。两个鬼子从包米地里钻出来,二话没说,就把俺拖进去。他们,他们两个人就在包米地里,占了俺身子……"

不知是为了平息心底的激愤,还是不忍继续往下听,这时,只听燕老大啪啪挥了两鞭子,马立时撅起了屁股,跑了起来。车加了速,"燕子"老人的身子舢板似的前摇后晃,我不得不求燕老大:"大哥你慢点。"

车再一次慢下来时,"燕子"老人示意要躺下来,她一直是坚持坐着的,可是当说完了那个不幸的灾祸,便不再坚持了,仿佛那个灾祸是道坎儿,躺着是过不去的。她过了那道坎儿,躺下来,我心口却有东西坐起来,硬硬地顶在那儿,让我喘不过气。我不敢看老人,两眼瞅着两边的庄稼,想象着当年,她和她哥哥在这个小道上走的情景。这时,"燕子"老人接着说:"俺恨死俺哥了,他怎么能眼睁睁看着不管呀,他都二十多岁,就是拼死了咱也不能这么让人糟蹋呀。可他……他老老实实等着鬼子走了,鬼子一走,他就把俺往车上弄,他不去和鬼子拼,却和俺拼,俺不想活,一遍遍往车下跳,他一遍遍打俺,一边打还一边告诉俺是俺爹作的孽,是俺爹得罪了小鬼子,咱得受。这个王八羔子他怎么就是俺爹的种?!"

"俺道儿上死不成,就寻思等到婆家,等到后半夜,可是俺没想到,俺遇到了一个好男人,他看俺身子那个样,什么都没问,给俺洗,给俺擦鱼粉,直到两个月过去了才和俺合房……"

一切都似了然,"燕子"老人之所以一辈子不回家,是不想看她的哥哥,是觉得自己的遭遇有辱父亲威望。虽无法证明她的父亲到底是个什么样的土匪,但是领了一帮人和鬼子作对是毫无疑问的,要不,不能被看成是做大事的人;要不,她的哥哥不能说是他作的孽。关键是他已被证明是被鬼子活埋的。我正这么想着,"燕子"老人又开始说话。

"好人没好报,俺男人容了俺的命,可他容不得自个儿的命,他是容不得自个儿的命才死的啊……俺活下来,还以为是为了他,可哪知道,俺生孩子那天,俺知道俺八辈子都对不起他……"

我屏住呼吸,把目光从田野收回来,我觉得我的毛孔正一阵阵发紧,因为我觉得有一个可怕的东西正蛇一样从地缝深处钻出来。

"生孩子那天,俺差一点撞了南墙,那一脸抬头纹俺在包米地里就见过。俺一见那抬头纹,肠子都翻到嗓眼儿,就像看了长虫皮一样俺直想呕……俺儿,你知道那孩子是谁吗,他是你——你是你妈跟鬼子生的孩子呀——俺儿,你知道俺哥是谁吗?他是你舅,是他不让俺死才有了你呀——"

庄稼不动了,天地不动了,因为马车不动了。

那条蛇终于从地缝里耀武扬威地钻出来了。燕老大甩掉鞭子,嗵的一声跳下车,跪到了地上。他跪到地上,冲着马车,扯着嗓子大声叫道:"妈——"

声音震撼着野地,使四周立即变得空旷。

随着燕老大的一声喊,我也喊了一声:"大妈——"

我无法了解燕老大当时的感受,我只觉得,在听了燕老大那一声喊之后,我的五脏六腑全被拽出来似的。我捂着胸口,泪水雨滴似的浇着我的脸腮。我两手举着车板,也像燕老大那样跪着,我觉得我是在替歇马山庄全村人向她下跪,因为那一刻,我想到三黄叔,他是歇

马山庄的良心,他说这一对母子是一对败类。可是,就在我跪着的时候,"燕子"老人突然伸出她的手,冲空中钩什么似的,一边钩一边呻吟道:"儿呀,儿呀……"

我不知道她想干什么,直声喊"大哥大哥快来呀"。

不知是无法面对自己的身世,还是无法接受自己的命运,好久,燕老大才从地上爬起来,他爬起来,扑到车上,拽住"燕子"老人的手,又闷闷地叫了一声:"妈——"

这时,只见"燕子"老人一直干瘪的眼窝,淌出两行浑浊的泪水。

我没有替她擦掉泪水,因为这时她有话涌出嘴角,"儿呀……"

"燕子"老人清脆地叫了一声"儿",之后说:"妈对不起你啊……妈扔你扔了好几回……妈多想好好抱你一回,多想啊……"

又有两行泪水涌出眼角,但它不是"燕子"老人的,而是燕老大的。泪水在燕老大的眼角流出来,不是缓慢,而是猝不及防,而是迅速落到"燕子"老人的腮上,之后在她的腮上慢慢地流淌。

"燕子"老人拽着燕老大的手,或者,是燕老大拽住了"燕子"老人的手,当时,我已不知道这一对母子到底谁拽了谁,反正两只手是连在了一起。可是没一会儿,只见"燕子"老人的手突然从儿子那里松开,身子剧烈地抽动起来,哪里难受似的,两只手一齐在胸口处抓挠。我来不及擦自己脸上的泪,直声地喊"大妈大妈……"这时,燕老大再一次拽住"燕子"老人的手,一边摇晃一边说:"妈啊还有五里地,你还没到家,你等等啊……"

听到儿子的喊,"燕子"老人一点点平息下来,不再抽动。她睁开眼,看了看儿子,又看了看我,潮湿的眼窝里溢出了晶莹的笑——这是我见她之后从没见过的笑,她用不再灵敏的舌头舔了一下嘴唇,她说:"俺是史家沟的败类,俺是你姥爷家的败类,不能回去,俺大老远地看看就知足了,你拉俺走这一趟就知足了。"

说罢,慢慢地闭上了眼睛。

看着安然而去的老人,燕老大呆在那儿,我也呆在那儿。我们很长时间没有反应,好像仅仅是看着老人睡了过去。可是,十几秒钟之后,燕老大明白了什么,猛地转身,朝沟谷边扑去,两手插进草丛里,像他的母亲在柳林边那样,放声地号哭起来。见燕老大哭,我猛然醒悟,伸手去摇晃"燕子"老人。这一刻,我居然没有丝毫恐惧,我抓着她的手,大声喊道:"大妈你醒醒……"

"你醒醒……"

"燕子"老人自然是一动没动,但或许我的声音太大了,也或许燕老大的号哭声太粗了,我看到一只燕子从包米地里扑棱棱飞起来,它先是在我们的周围,在我们的头上盘旋，之后，离开我们，向上盘旋，一直盘旋到遥不可及的云层里，朝东南方向飞去。

十一

记不得我们在那个距史家沟不到五里地的地方待了多久，也记不住我们在返回村庄的路上走了多久，能记住的是，在马车掉头的时候，燕老大冲着史家沟方向说了一句话,他说："俺妈没忘你啊,俺妈望你望了一辈子。"能记住的是，在路过柳岸对面的包米地时，燕老大停下车，疯了似的冲到包米地，手脚并用毁坏了无数棵包米。

当然，最不能忘的，还是回歇马山庄之后的痛苦。因为不期然了解了这母与子的悲惨命运，了解了"燕子"老人一辈子不回娘家的秘密，我特别想在歇马山庄给"燕子"老人搞一个隆重的葬礼，想借此机会，告诉三黄叔，告诉桂英，告诉歇马山庄所有人，"燕子"老人不是歇马山庄的败类，而是一个了不起的女人，她一辈子不回娘家，一辈子窝窝囊囊地活着，是在守护一个巨大的尊严。哪有燕子不归巢！可是我没能办到，因为这涉及另一个活着的人——燕老大，如果让村里人知道他是小日本的后人，他该如何活下去。这或许正是"燕子"老人不让村庄其他人参与的原因所在。

不能向村里人公布我所知道的一切，就只有眼看着

"燕子"老人在她家后边的坡地上草草安葬。那天上午，歇马山庄倒是来了很多人，大家来，不过是山庄太寂寞，需要有点什么事儿发生，好看看光景。三黄叔把"燕子"老人说成败类，但他还是出面主持了一下，从村里找来几个没出民工的男人往火化车上抬尸体，找木匠做棺材。看到三黄叔，我想起"燕子"老人死前的那句话"俺是史家沟的败类"，在她心里，她是史家沟的败类，而在三黄叔那里，她又是歇马山庄的败类，这实在让我难过。当然让我难过的还有桂英，出殡那天她刚从娘家回来，听说"燕子"老人死了风风火火赶到坟地，她扒拉开人群二话没说就是一通咒骂，什么"你这个老混账可算死了，你死了也还不了俺姐的债——"，什么"到阴间俺姐能撕了你，俺告诉俺姐了，定不能轻饶你这个老东西，还有你儿子"。

也许她的大哥病重让她想起姐姐，但她骂得实在太难听，我担心惹恼了燕老大，关键是她已经惹恼了我，我没好气地喊着："桂英你这是干什么？"

实际上，最让我难过的，还不是这个。那一天，燕老大倒是并没怎么样，一直是低着头，顺从着三黄叔的意志，叫他做什么他就做什么。让我难过的是，在我离开歇马山庄的第二天，我接到桂英从她家里打来的电话，她把电话打到了我的手机上，因为我当时正回我的娘家，在母亲身边。她在电话那头异常兴奋地说："作家，这回好了,俺咒灵验了,燕老大死了。"

"什么?"我脑袋嗡的一声。

桂英那头嗷嗷叫着"燕老大死了,在他家屋梁上上吊死了"。

我在这头无言以对。

一树槐香

一

黄昏时分，小馆里没有客人，只有二妹子和苍蝇。这个时候的二妹子，往往是手握苍蝇拍儿，坐在那儿静静地看着苍蝇在她眼前飞舞。它们喜欢沾有油腥味的桌面，然而并不在那里长久停留，它们喜欢桌面的唯一标志是不时地飞走，再不时地返回，就像外出干活的民工不时出走又不时返回。它们飞走时，是孤独的，有的，向上，飞向了玻璃，飞向了天棚，飞向了天棚上的灯罩；有的，则平飞，从一张桌子飞向另一张桌子，落到另一张桌子的酱油瓶上。只有这时，只有眼见着苍蝇落到酱油瓶上，二妹子才舞一下手中的拍子，也仅仅是舞一下而已。更多的时候，二妹子都只是静静地看。看它们从哪里起飞，又在哪里落下；看它们翅膀的颜色是如何的不同，腿脚又如何的灵活麻利。当然看着看着，总能看到这样的情景，一只苍蝇在半空飞舞时，还是独自，可是当返回圆桌桌面，会突然变成一对。它们变成一对，往往是一只扎在另一只的背上,长时间地舞动着翅膀和腿,发出嗡嗡的声音,仿佛常在她耳边回响的拖拉机的声音。每当这时,二妹子会突然站起,离开凳子,握苍蝇拍的手闪电般地舞了起来,随之,屋子里回荡起比风短促的嗖嗖的声音。

二妹子的苍蝇拍在空中一阵狂轰乱舞时,不是对着某一只苍蝇,而是毫无目标,东一下西一下,使那些刚才还悠闲自得的家伙,不得不顺着小馆珠子门帘的缝隙仓皇逃窜。

这是每天晚上都要重复的局面,二妹子先是静静地看苍蝇飞舞,之后把目光盯到一对苍蝇上,在听到这对苍蝇在耳边拖拉机一样嗡叫时,神经病发作般毫不留情地追赶苍蝇。之后,不无沮丧地关门上锁,转到后厨,喊正在玩棋子的外甥睡觉。最后,对着被自己追赶得无处逃窜,从餐厅逃进睡屋里的一只苍蝇发呆。

在二妹子看来,她就是这只被她追赶得无处逃窜的苍蝇。只不过追赶她的不是人,而是隐在身后看不见、摸不着的命运。只不过那命运的蝇拍在风中划过时,留下的声音并不短促,而是天塌地旋般的一声巨响。当街上有人喊"他嫂子不好啦,他哥翻车被车轧死啦——",她的耳鼓一下子就炸开了,随之,是长时间的、无休无止的耳鸣。

如果只是耳鸣，也许还好办，难办的是，埋了丈夫之后，她的耳朵里回响的全是拖拉机的声音。她的丈夫开拖拉机，常年在老黑山的石矿拉矿石。那声音突突突的，似近又远，似远又近。那声音每在耳边响起，都如一把钩子钩住她的魂，使她动不动就一个人跑到了大街，在那里痴呆呆地朝远处张望。奇怪的是，在屋子里，她明明听到有一辆拖拉机正从远处开过来，可是出了大街，那声音又朝远处去了，越去越远。望不到拖拉机，失魂落魄回转身子，往院子走，身后的屋子一瞬间就长出荒草，使她再也不愿迈进一步。

从海边的婆家回到歇马山庄，只不过是一个失了魂的乡村女人毫无目的的游走。她的世界就两个地方，一个是婆家，一个是娘家。一个在眼前，一个在身后。三年前，她坐着130从歇马山庄嫁到海边，那歇马山庄的家就永远成了她的身后。虽然身后的娘家父母早就不在了，只有哥哥嫂子。可是当眼前的屋子长满荒草，她只有转身，返回身后。对一个乡村女人来说，生活永远都是这样的，院子是大街的后方，屋子是院子的后方，娘家是婆家的后方。然而，二妹子即使做一百次梦，也不会梦到这样的结果：这个在她生活中早就变成后方的地方，会在三年之后的某一个时辰，再次成为她的眼前。她的哥哥在听了她一席诉说之后，一分钟都没停，就说："那就回来吧，在三岔路口开个小馆，保证天天都能看到拖拉机。"

她的哥哥是歇马山庄村长,他当村长三年来,村上许多吃吃喝喝的钱都花在了镇边的小馆,要是自家有个小馆,实在是再方便不过。

于是,一对被拍死一只,只剩下另一只的苍蝇,在另一个日光分外温暖的正午,拎着一包衣服回来了,回到这个离歇马山庄只有二里路的三岔路口。

在早,在海边的家里,也是忙碌,鸡呀鸭呀猪呀,还有地里的庄稼,可是在早的忙碌全是自己在忙,和外人没有关系。和外人没有关系,你怎么忙都觉得是自在的,踏实的。现在不同了,现在一打开门,你就觉得用不了多久肯定会有人来,你要买菜买肉买鱼,你要在锅底蓄着炭火,不时地吹一吹,你要打扮得利索一些,头发梳得光一些。关键是,你时时刻刻都要动脑筋算计,赚了几块钱,又赚了几块钱,二妹子最不愿意过算计的日子,算计使她感到紧张,不自在。当然,恰是这紧张和不自在,让二妹子暂时忘掉了拖拉机,忘掉了丈夫。实际上,小馆开业后有很长一段时间,二妹子都不再留心三岔路口的拖拉机了。可是,有一天的紧张做比较,当夜晚来临,小馆突然寂静下来,身心自在下来,她会像翻在悬崖里的汽车,轱辘不可遏制地在半空旋转,让她有种被悬空的眩晕。

二妹子的身体像车轱辘一样空转的时候,往往自觉不自觉就看到了一个面孔，那面孔在最初的夜晚，并不清晰，仿佛丈夫死后响在耳边的拖拉机，你不看时，觉得他就在眼前，可你一旦细看，又什么都看不见。然而这个夜晚，在我们故事开始的这个夜晚，他的面孔不知怎么就变得清晰起来，血肉模糊得清晰，鼻梁骨深深地塌进去，脸腮气球样肿起来，嘴唇上淤着厚厚的血块。那血肉模糊的面孔，就像夜的使者，天一黑，就飘进小馆，跟在苍蝇后边，到处乱飞。当她疯了一样追散苍蝇，躲回自己睡屋，他居然随那飞进来的苍蝇一道，跟了进来。

于是，像掉进悬崖又栽进了水里，二妹子的脸和枕头，包括她的身体，一瞬间就在湿漉漉的水里漂了起来，使她不知道自己身在何处，使她误把自己的哭声当成了白天柏油路上拖拉机的声音，突突突的。

二

后半夜，她一点点平静了下来，仿佛沉到最底，再也无处可沉了，仿佛一条鱼游到江边，再不回头便无路可走了，她游回来，静静地看着天棚，一直到天亮。

然而，谁都难以想象，当这样的夜晚宣告结束，当远处地平线上的日光爬过大地，射进小馆的窗玻璃，另一个二妹子居然如初升的太阳一样，湿漉漉地升起在小馆里。

说湿漉漉，是说她一早起来就洗了头——她从不早上洗头。她换上了一件暗蓝色对襟小袄，这是一件新衣裳，一看就知道一次也没有穿过，布纹上的棉丝像刚抽出的麦叶一样毛茸茸的。她在哭肿的眼泡上抹了粉，并在脸腮上抹了一层遮盖霜，尤其她换了一条豆绿色的围裙，它实心实意卡在她的腰间，显出她挺拔的腰身，使她看上去如同一棵堤坝上的新柳。

二妹子从小馆里升起来，这是一个令人喜悦的时刻，当然喜悦的，也只是那个给她打工的外甥，也只是她的哥哥，外人根本不知道。那个外甥其实是她嫂子的外甥，在穷山沟里上不起学，才十六岁就出来找活，来到小馆后一直就像只怕猫的耗子，小眼睛滴溜溜地躲着她。而她的村长哥哥，对她苦抽抽的一张脸早就有想法了，买卖不能这么做，和气生财。而这个早上，她一直是笑着的，她笑着叫醒外甥，让他生火烧水，打扫门前的草屑塑料袋儿，然后，笑着迎来哥哥。她的哥哥每天早上都过来，像个监工的工头一样，这里看看，那里看看；然后端着瓷钵站到柏油路旁，笑盈盈在那儿等待卖豆腐的马车和卖猪肉的手扶拖拉机。

在这个湿漉漉的早上，二妹子从小馆里升起来，但并没有像以往那样等待在小馆里。她买了该买的青菜、豆腐、肉，封了生好的火，装了暖壶里的水，揭了围裙，到后厨里跟外甥说了句什么，就顺着辟在门口的土道，向西走去。

向西走去,这对二妹子,无论如何意义都是重大的。这条土道通着的西边,是歇马山庄,是她娘家的村子,那里住着她的婚前女友,住着她的嫂子。虽然与小馆只有二里地之遥,虽然站在小馆门口,朝西一望,落雀一样的房屋、草垛就尽收眼底了,可是二妹子自从住进小馆,还一次也没有回去过。那天哥哥把她从海边接回来,直接把她送到小馆,仿佛她与村庄毫无关系。

哥哥的做法,无疑有些霸道了,是对村庄的霸道,也是对嫂子的霸道,同时,更是对二妹子的霸道。依二妹子的想法,她一个结了婚的姑娘又从外面回来,说什么也要到村子里报个到,即使不跟大多数人报到,至少该跟于水荣报个到。于水荣是她婚前的朋友,每一次回来,她都要去看看她。即使没有工夫跟外人报到,跟嫂子报个到实在是常理常情,没有嫂子的支持,哥哥再有本事,接她回来,也是办不到的。

二妹子穿着新崭崭的衣服从东边走来,一下子就吸引了村里人的目光,尤其是女人们的目光。她们纷纷从院子里探出头,葵花向阳似的,随二妹子的款款走来转动着脑袋。村里人盼二妹子盼得已经没有耐心了,有好几次,几个女人找到于水荣,说:"咱去看看吧,毕竟人家死了男人。"这毕竟里边,有着另外一层含义,是说她哥霸道,咱不能跟她哥一样。当然,她们指的霸道

里边，也不是指她的哥哥没把二妹子先送回家这件事，而是指占公家的地开饭馆儿，这件事是有民愤的。因为情绪比较复杂，于水荣当时就否定了："人家是住在小馆里又不是住在家里，万一以为咱是去下馆子呢？"

女人盼着看一眼二妹子，主要是想亲眼看看死了男人的二妹子到底是什么样子。二妹子和男人的故事，在村子女人那里，差不多被嚼烂了，嚼到后来都有些变味了。二妹子和男人的故事，根本算不上什么故事，只不过是男人对她太好了，好到了不被乡下人理解的地步。比如为了娇贵老婆，他不惜放下男人的架子，又喂猪又蹲灶坑烧火，还亲手洗衣裳；为了娇贵老婆，他放弃祖祖辈辈渔民出海的大事，买个拖拉机在附近的老黑山拉矿石。当然男人对她更重要的好还不是这些，而是不大能说出口的类似身体里边的好。这世界就是这样，越是说不出口的事越是传得快。当然还是二妹子自己先出来说的，说她男人和她结婚都三年了，从没改过一个习惯，只要从大街回来，不管她在哪儿，第一件事肯定是凑到她跟前，猴子一样把手伸到她的胸脯里，要是正赶上在灶坑做饭，他一定让她解开裤带，让他的手在她的下身里待一会儿。二妹子说，每一回他把手放到她的下身，她都感到子宫在动，那种五月槐树被摇晃起来的动，随着自下而上的动，她觉得槐花一样的香气就水似的流遍了她的全身。

这句话二妹子当着于水荣的面说出来，于水荣一下子就哭了："天底下的好男人怎么就叫你摊上了，俺那死鬼，一年一年不回来，到了年底，又跟人到火车站扛粮包去了，俺等于活守寡。"

这句话被一个传一个地传出来，女人们眼前突然就涌出一团迷雾，使她们看对方的眼神变得恍惚。子宫，哪一个女人没有子宫，可是她们从来没有闻到过槐花的香气。她们的男人一年一年不在家，她们的男人即使在家，也从来没有大白天的就把手伸到她们那地方。然而沉默一会儿，突然就有人嘘出一口气，之后，狠狠地骂道："贱！"

一个在二妹子看来无比幸福的故事，被女人们口口相传讲着时，无疑就有了故事的宿命，歇马山庄的女人们没一个不认为这是犯贱！女人那地方要多脏有多脏，她的男人怎么就那么恶心？再说啦，两口家好到这地步，不是有点犯贱？！

二妹子的命运让她们不幸言中，这使二妹子的故事很长一段时间无人再讲，好像是她们伤害了二妹子，好像是她们在背地里制造了车祸。她的哥哥占公家的地开小馆，她们本是一肚子意见的，可是当听说二妹子回来了，脸成天不开晴，她们唯一的念头就是到小馆里看一看，安慰安慰她。当然，在这种想法里边，不能不说还夹杂一点别的东西，好奇。

现在,二妹子居然自己回来了,脸上还挂着笑。女人们一个个从院子里走出来,也和二妹子一样挂着笑。不过她们在端详二妹子时,鼻子下意识地一阵阵吸气,因为她们没有忘记二妹子身体里曾经装过槐花的香气。香气自然是吸不到,她们反倒吸到了一股油烟味。二妹子虽然换了一身新衣裳,但还是沾了小馆里的油烟味,这让女人们感到某种可怜和心疼。你想想,她曾经被男人宠到那种程度,如今一个人在油烟里熏烤,不是太可怜!

可怜最能拉近人与人之间的距离,有香气的女人与没有香气的女人之间的距离。二妹子几乎是被大家簇拥着送到嫂子面前的。

二妹子瘦了,确实瘦得让人可怜,下颏尖得恍如一只瓢把,眼窝边尽管抹了一层粉,但因为陷了下去,还是能够看到那一圈乌青,尤其她笑时,脸腮上有两道弯弓一样的褶子,就和嫂子镜子里见到的自己脸上的褶子一样。在见到二妹子最初的一瞬,嫂子心里头真是有一种说不出的疼,那疼是疼二妹子,又是疼自个儿。她和二妹子之间从来都没有过这种联系,因为她们俩的命实在是太不一样了,一个被男人宠得脏地方都能冒香气,一个被男人烦得连脸都很少正眼看一下。不正眼看不要紧,哪样伺候不好还要挨骂。一个,从来不用操心,男人死了,又有哥哥宠她,给她开小馆;而另一个,眼看着自己的男人把钱拿给小姑子开小馆，帮着跑前跑后，买锅碗瓢盆收拾卫生，结果小馆落成，坚决不让她靠前。现在，两个命运不一样的女人在嫂子眼里有些一样了，脸上都有了弯弓一样的褶子。这让嫂子眼圈有些放红，她不但眼圈放红，还伸手拉过二妹子的手，说："都是你哥太霸道了，他不让俺去。"

二妹子说："俺早就想回来，可是俺心情老是……老是不好。"

二妹子回来看嫂子，不想提到心情，只想说说感谢的话。她不想说心情，不是怕自己伤心，她经历了夜里的沉底，不会再沉了，正因为她感觉到自己不会再沉了，才要回来看看嫂子。她不想提到心情，是一说心情就要说起自个儿男人，而嫂子最不爱听的，就是她跟男人之间如何如何好。有一回她回娘家，话赶话说到她脚上的鞋，嫂子问："你那鞋边怎么跟城里人似的，白净净。"二妹子说："还不是他给俺擦的。"结果，话音刚落，嫂子立即转身。那一上午，嫂子没跟她说一句话。可是，二妹子不知道，现在的她和过去的她是不一样的，现在的她男人死了，死了男人就等于塌了天，她的天都塌了她有什么不能说的，她连天都塌了，说什么都只能让人可怜让人心疼。她甚至应该趴在嫂子肩头大哭一场。

那个上午，尽管二妹子没有趴在嫂子肩头大哭一场，但是她们说了很多体己的话，这是她们姑嫂八年来从没有过的。八年前,嫂子也是一个娇气的女子,在歇马山庄小学当代课老师,可是因为她的爹妈在一件衣裳上偏向她,骂了她的姐姐,她的姐姐服毒自杀,她的名声从此就坏了,都说她咬尖儿。嫂子是要强的,为了改变自己咬尖儿的名声,她不惜从一个富有的人家嫁到儿女一大帮、炕上还有一个瘫婆婆的刘家。这些年来,一边教学,一边屎呀尿呀地伺候婆婆,因为伺候婆婆她经常晚来早走,最后连学都教不成了。她虽人被学校打发回家,她的名声却真的好了。她的名声好了,可是随之,她的手骨节粗大肿胀起来,她的嗓音粗糙沙哑起来,她的身材鸭子一样走起路来跩哒跩哒的,使男人除了在黑灯瞎火的时候偶尔搬弄一下,白天根本看都不愿看。三年前,二妹子在家时娇气得不得了,家里的活儿一样也担不起来,下田、做饭、喂猪,全在嫂子身上,给母亲洗点脏衣服也要戴胶皮手套,手脚养得又白又细不说,成天就讲穿衣打扮。谁都以为,她也会和她嫂子一样,只要结了婚,就会变成一个老妈子,就身上的哪儿哪儿都得粗糙起来。可是哪里知道,人家居然遇到了一个打心眼稀罕她的男人,那男人不但没让她把皮肤变粗,把她的心都养细了,细到能体会自己是一棵槐树。可是命运这东西就是有着这样奇妙的力量,它把两个从一开始就不一样的女人弄到了一样,弄到了现在这样。一个,虽有男人,却从来不看她一眼,从来不知道一棵槐树被摇晃是什么滋味；一个，虽被摇晃过，摇出了一身的香气，可是，那香气只能靠回想。

让命运之手弄得一样不幸的两个女人，在这个上午，居然说着说着，说到一个相当深的地方，说到了二妹子的身体里。这是嫂子一直想问却一直没有勇气问的问题。她过去没有勇气，主要是不想承认自己命不好，现在，有二妹子做伴，她已经不怕承认了，因为她的命和二妹子比，还算好的。二妹子一再说："嫂子，俺夜里想一想，打心眼羡慕你，有一个完整的家，一个女人有个完整的家，是最大的福分，别的都是白扯。"

二妹子真心地羡慕嫂子，这太难得了，她从来都没有羡慕过嫂子。她们的谈话，如同在嫂子脚前垫了一块结实的石头，让她尽可以大胆往前走。有二妹子的羡慕在那儿引路，嫂子知道，她不管怎么走，在她们的言语中，她的生活都是结实的，不像以往，满怀好意把二妹子迎回来，话儿说着说着不知不觉就翻到虚空里去，就觉得自个儿简直是个倒霉蛋儿。

嫂子说："二妹，你说他姑夫活着那会儿，大白天就把手放到你那地方，是真的？"

二妹子愣了一下，随后难为情地笑笑，见嫂子眼光里蓄满了特别的渴望，就抿了一下嘴，说："是，他就爱那样。"

嫂子说："他那样你觉得好受？"嫂子的目光依然

是特别的渴望。

二妹子说:"当然好受,和做那样事一样好受,俺觉得子宫都在动。"

嫂子说:"你做那样事觉得好受?"

二妹子不假思索:"当然好受,你难道不?"二妹子没想到自己会反问,这让她立即有些紧张。不过,没一会儿,二妹子就看到了嫂子干巴巴的眼睛里,有了羡慕的神情,是在她面前从没流露过的羡慕的神情。不但如此,她还满怀真诚地说:"俺真羡慕你,俺一辈子也没有尝到做女人的滋味,你那死鬼哥哥就像推土机,不上身拉倒,一上身就突突突的,从不管俺死活。"

三

新的日子就这样开始了,二妹子再也不去想男人了,再也不去想自己的命有多么不好了,她尝过做女人的滋味,又是那样好受的滋味,她实在没有什么不知足的!

这是以心换心的结果,也是以不幸换不幸的结果。后来几个晚上,二妹子还和嫂子一起,串了于水荣家,宁木匠家,她们串门的唯一话题还是有关身体。当然都是嫂子挑起的话头。已经快六十岁的宁木匠家的,听了二妹子的讲述,居然眼泪汪汪抓住二妹子的手,说:"俺家那死鬼从来就没摸过俺。"那样子恨不能把二妹子当成她家的死鬼，让她摸她一下。

在经历了风门一次又一次响动之后，小馆门前通向歇马山庄的道不再是道，而是风口，二妹子只要看到它，都能感到温乎乎的风正贴着地面向小馆吹来。女人们只要上镇赶集，都要跟二妹子打声招呼，目光贴心贴肺地亲切。

当然，二妹子不会知道，在她感受着从歇马山庄吹来的暖风的时候，这三岔路口的小馆带给村里女人，是什么样的感受。太阳出来了，是从小馆里升出来的，月亮出来了，也是从小馆里升出来的，因为从歇马山庄的角度看，小馆在他们的东边，和太阳月亮同出一处。而在过去，她们是根本不往东看的，即使看，也不觉得小馆跟她们有什么关系。现在，小馆跟她们有了关系，是那种扯筋连骨的关系，比如一看到小馆，就想到二妹子，一想到二妹子，就想到她的不幸，一想到她的不幸，自然就想到自个儿的不幸。有这不幸连着，小馆自然就像太阳和月亮一样，明晃晃地照耀着她们。太阳和月亮照耀她们，冷与暖你自己体会。于水荣有一天来到小馆，不无感激地跟二妹子说："真奇怪，俺一望到小馆，就不觉得屈在早，俺就觉得屈。"

在三岔路口，突突突的拖拉机声不绝于耳，可是二妹子再也不一趟趟往外跑了，不但不跑，且听了像没听到一样，毫无反应。因为有一村子的爱惜，二妹子真正告别了她那缠绵的过去，她那因缠绵而悲苦的过去。二妹子最可喜的变化，是对小馆有了经营意识。一粒种子一旦落入土地，生长是它不能抗拒的选择。二妹子把自己打扮成一个赶集的女人，到镇边的小馆挨家取经，她的主动是过去无法想象的。二妹子取回的最重要的经，是在一个小锅里又炖菜又烀饼子，菜炖在锅底，饼子贴在锅边，叫"一锅出"。这个经里最精髓的地方，是贴在锅边的饼子有一半是浸在菜里的，沾了鲜味和油香。这个经里另一个精髓的地方，是量大，价格又便宜，适合这一带饭量出奇大的卡车司机。

这个经取到之后，二妹子也像镇边小馆那样，用块木板写到外面。一锅出。价格5元。看到二妹子有了积极的态度，有一天，她的哥哥领来一帮客人，是村干部和镇上的干部，这使二妹子多少有些发慌，急得一身热汗，胸前和后背湿了一片。关键是她把鱼炖煳了，弄出一屋烟火味。

在二妹子心里，比她大五岁的哥哥有着这样的位置，他的眼神是父亲的，不管她做出什么出格的事，他都容忍，默许。五岁那年，二妹子为了给自己缝毽子，把哥哥心爱的狗皮帽子铰了，结果，愤怒的不是哥哥，而是母亲。母亲疯了一样拿着笤帚到处撵。父亲一直偏向女孩，为了不让母亲得逞，瞅母亲不注意时，把她藏到萝卜窖子里，让她在菜窖里待了两天。在这两天里，哥哥小猫一样躲过母亲的目光，给她送饭。他的笑是母亲的，虽然极少见到，见到也是仅仅从牙缝里流出那么一丁点，火星星一样，可他不笑便罢，一笑，就让你觉得光芒四射，就像百合花的花期，因为它过于短暂、仓促，反而让你久久不忘。当两天过后哥哥牵着她的手从菜窖走出，气得半死的母亲突然咧嘴笑了，那笑，让二妹子每每想起，都大冷天见了火一样浑身发暖。当然，在二妹子那里，哥哥对她的疼爱超过了父亲也超过了母亲，是父亲母亲谁都不能替代的。在她趴在菜窖子的两天里，她吃每一顿饭，哥哥都在边上吞口水，他的肚子都哗哗响，她问："哥，这是什么声音？"他说："不知道，是地下水吧。"出来之后，她才知道，哥哥是故意把他那份饭端到外面吃才得以蒙混过关的。

因为有地下水在悄悄渗透，在母亲瘫痪之后那些年月，二妹子做好了饭，第一碗总是先盛给哥哥。如今，又有机会给哥哥做饭了，二妹子竟然慌乱得弄出一屋烟火味。

不过，她的哥哥一直平静地坐在那里，偶尔闪出一丝笑，似乎在暗示二妹子没关系。她的哥哥对嫂子从来不会这样，如果做煳饭的是她的嫂子，他会立即瞪眼，然后摔掉筷子，破门而去。这是标准的北方乡下男人的风格，老婆不过是挖进筐里的菜，谁进了他的筐，谁就得罪了他。

不过，二妹子的哥哥，在第一次往小馆领人这一天的笑，确实跟以往是不一样的，因为，他看到了他的想法在一步步实现：公款在自家小馆消费。这是他开小馆初衷中最要害的部分。

临走，他签了一纸单据之后，跟二妹子说："好好弄，俺常来。"

接下来的日子，二妹子开始制订菜谱，这是镇边那些小馆都有的，也是开业之后哥哥一再向她提醒过的。熘豆腐、木耳炒肉、"一锅出"、猪肚炒白菜、炸黄花鱼、酱焖鱿鱼，在她再也不觉得自己有多么不幸的日子里，在她仿佛又回到当姑娘的从前的日子里，那菜谱里写进的每一种菜的料，都恍如槐花一样挂在了她的眼前，让她闻出一缕缕从小馆外面、从更辽远的世界飘过来的香气，而不再是身体里的香气。

实际上，在二妹子一心一意琢磨生意上的事情的时候，她早已经忘记了身体为何物，就像她对拖拉机的声音已经毫无反应一样。尽管偶尔地，有村里的女人们赶集时招呼她一嗓子，或嫂子没事到小馆门口站一站，热腾腾的眼神让她还能想起曾经谈起过的话题，但也仅仅是想起而已。关于身体里的体会，早就飞离了她的身体。

实际上，季节也早已飞离了五月，就像一只手早已飞离了二妹子身体一样，三岔路口的槐花被入夏的雨水打落，碎成一地花瓣，苍蝇翅膀似的陷在泥土里。在这个以槐花的碎落开始的夏天里，二妹子之所以能够闻到槐香，是因为她看到那落入泥土的花瓣正在一阵阵雨水的浇淋中腐烂、消失，变成了无数只苍蝇。它们在小馆的门口升飞，滑落，撞来撞去，越是到了黄昏时分，越是要在热烘烘的窗外欢聚一堂。

小馆东边，有一条从歇马镇伸过来，直通到岫岩城的柏油路，小馆前边，有一条朝歇马山庄辟过去，通向歇马山庄西边的几个村庄的土路，一天当中，除了那些骑自行车到远处倒腾烟草的生意人偶尔停一下，除了那些永远在途中的大卡车司机或拖拉机手偶尔停一下，这一带的农民，极少有进小馆的。零星的十几个客人，分散在漫长的十几个小时的夏日的白昼，寂静和沉闷，自然成了二妹子小馆驱逐不去的苍蝇。

早先，刚开业时，小馆也寂静，可那时因为二妹子一直对路上的拖拉机留心，那拖拉机又总是来来往往此起彼伏，寂静和沉闷也就被突突突的轰隆声覆盖。而现在，这声音居然被二妹子心中的另一种东西覆盖了，那另一种东西，是一个正常的经营者必不可缺的东西：渴望来客。

在二妹子的小馆正式开业一个多月之后，渴望来客这种心理，使二妹子越来越体会到了寂静和沉闷，因为这坐落在旱地里的小馆，来客实在是太少太少。

应该说，一个正常的经营者对客人的渴望，在二妹子那里是得来不易的，它经历了这样的过程：一程程地沉到悲苦的尽头，然后升起来，气球一样升起来，然后回到现有的生活里，用自己的不幸，找回来自娘家、来自后方的温暖，然后，用娘家人的不幸，比如嫂子、于水荣、宁木匠家的，填平自己的不幸，使她能够真正从身体里告别过去，然后就是现在这样，如一个贪嘴的老鹰，成天睁大了眼睛，抻着脖子站在小馆门口，朝远处的柏油路上张望。一天一天，直到黄昏时分，蚊子和苍蝇们在热烘烘的窗外欢聚一堂。

小敏的到来，就在这样的黄昏时分，好像那聚在门口的苍蝇，正是为了迎接这远道而来的不速之客。一辆大卡车在三岔路口停下来，车门打开后，下来了两个人，一个是司机，一个是小敏。小敏在跟司机往小馆走时，看不出与这一带乡下女子有什么不同，她的头发甚至有些乱蓬蓬的，包米地才钻出来一样。不同，是进门之后才显出来的，她说一口好听的普通话，她一坐下，就主人似的，要过菜谱点菜，说由她请客。二妹子虽没见过什么世面，大方大气的女人她也并不觉得意外，让她意外的是，她点完菜，就自己进了后厨，向二妹子要过炒勺，说："姐，来，我来给你爆三样。"弄得二妹子长时间不知所措。

这是一个热气腾腾的晚上，整个小馆都因为小敏的加入而显得富有生气。她熟练地操作在炉灶上，做了爆三样、肚丝青椒、豆瓣鲫鱼汤、黄瓜拌粉丝，之后端起最后一盘菜大声冲外屋喊，"来啦——"，清脆的声音恍如雨天滴在瓦楞上的雨水，一路倾泻而下，震得小馆屋檐下的地面嘣嘣作响。

当然，真正让二妹子觉得热气腾腾的还不是这些，是她热辣辣的眼神，是她火一样烤人的笑脸，在吃饭的时候，她居然说服了一向怕见人的山沟里的外甥，让他和二妹子一道坐在他们中间，这让二妹子有一种回到她原来那个家一样的温暖。听得出，小敏和卡车司机是在路上认识的，她搭了他的车，所以，她要请他吃饭。可是，因为有她热情的牵动，那司机居然也像家里人一样和二妹子碰杯。

好久了，自搬到小馆以来，二妹子的外甥从没这么开心过，他告诉小敏他叫王树生，是杨树沟王家屯的王，弄得小敏和司机一阵大笑，因为他们根本不知道杨树沟的王家屯是什么地方。作为交换，小敏告诉王树生，她叫吕小敏，是黑龙江兆丰县的吕，弄得二妹子和王树生也开怀大笑。

世界上没有不散的筵席，尤其黑龙江兆丰县的吕和辽南王家屯的王的筵席，因为是小馆里少有的欢乐，这筵席散得尤其觉得快。当吕小敏要和二妹子结账时，无论是二妹子还是王树生，目光都瞬时暗淡下来，如同吊

在棚上的电灯突然低了一百度。然而,奇迹,就在这一瞬间发生了,吕小敏呼啦啦和司机离开小馆,却没有上车,她看司机上了车,随后在下边砰一声关上车门,而司机,好像早就同吕小敏说好了似的,门一关,轰隆隆就启动了。

虽然留恋晚饭时分小馆的气氛,可是吕小敏没走,二妹子和王树生都愣在了那里。他们你看看我,我看看你,这时,只听吕小敏说:"姐,俺给你当厨师,不,服务员也行,咱可不可以试试?"

就像有人突然给二妹子送来一样礼物,她喜欢,但要还是不要,她需要好好想一想。这个礼物摆在二妹子面前,其实已经由不得她想了,因为朝前望,大卡车已经走远了,往后看,一晚上的快乐仍然像雾气一样弥漫在身后的小馆里。二妹子几乎不假思索,就抓住吕小敏,说:"太好啦,你给俺当厨师!"

四

如果说娘家人对二妹子的接纳,使她开小馆有了热情,那么吕小敏的到来,更使二妹子对寡居的生活有了热情,这实在是一个重要的收获。那天晚上,睡在一铺炕上,她们一谈谈到后半夜,吕小敏告诉她,她也没有男人,她十九岁就结了婚,生下两个孩子之后,她做生意的男人甩掉她跑了，跑到哪里，不知道，据说是看上了一个倒木材的佳木斯女子。为了养活两个孩子，她不得不把孩子放到乡下娘家，一路南下找工作。

和二妹子一样，这也是一个不幸的女人，公理公道说，一个女人被男人甩了，心里的滋味不会比男人死了好受多少，可是吕小敏的样子，实在看不出有什么不开心，她一晚上一直重复的一句话是："姐，想开了，千万别跟自个儿过不去。"

这句话意味着什么，在二妹子看来并不重要，重要的是二妹子有了一个伴儿，有了一个助手。一个不受宠的女人，往往都是些能干又聪明的女人，她们不知道是因为太能干太聪明了，才不需要男人的宠，还是因为男人不宠她，才变得格外能干和聪明。反正，和二妹子比，吕小敏真是太能干了，手脚麻利不说，待人接物周到细致，滴水不漏。

为了配合二妹子的收获，村长哥哥第二天下午就领来一伙人，说是镇工商所的。她的哥哥是在早上"查岗"时看到吕小敏的，对木已成舟的事实，哥哥不但没有表示反对，反而用惊异的目光看着二妹子，意味深长地说："行呵，老板娘决策得不错嘛！"

苍蝇在黄昏时分，于小馆门外欢聚一堂的时候，小馆里边的人们，也终于能够像苍蝇一样欢聚一堂了，这是二妹子做梦也没有想到过的。这些欢聚一堂的人们，与苍蝇们最大的不同是,他们欢聚是有中心的,比如那些工商所的人们,目光紧紧盯着吕小敏,她苍蝇一样在屋子里飞来飞去时,笑也是长了翅膀的,人在后厨,你在饭厅里就能听见。如果她人在你的对面,那么她的笑往往要穿过你的头顶,震荡在整个屋宇,使喝酒的人们恨不能拖住她的笑,不让她的笑溜走,让她的笑跟她的人一起陪着喝酒。到后来,她真的被他们拖住了,灌了她整整一大杯,她一点不恼,也丝毫不见醉意。

人与苍蝇另一个不同则是,苍蝇们欢聚往往要在黄昏时分,要有许多苍蝇,人却不是。不管小馆里有一个客人还是两个客人,不管一天里是上午还是下午,只要有人来,吕小敏无一例外都要弄出欢聚的气氛,比如一个赶马车的车老板,日头底下晒蔫了,进门来一直打不起精神,吕小敏见状,冲对方打一个飞眼儿,之后脆生生地说:"老哥,妹子一看你就知道家里有一个漂亮老婆,要不怎么看见妹子就抽着脸呢?"对方情不自禁地就笑开来,不但笑开来,还粗声大嗓地说:"嗨,别提俺老婆多漂亮啦,脸上的雀斑比墙上的苍蝇屎还多。"屋子里于是一阵哄堂大笑。

其实,对于二妹子,最重要的收获不是在有客的时候,而是在没客的时候。一没客,吕小敏就在二妹子身上动脑筋。"姐,你头发丝真好,就是发型老式了。""姐,你腿这么长,要是穿超短裙,肯定棒。""姐,你嘴唇这么厚,不用画口红,只描一描唇线,就保你性感。"

二妹子好浪,却一直是孤独的浪,除了她的男人,她很少得到人们的赞扬和批评,为此,她在海边的家里镶了五面镜子,东屋、西屋、堂屋、厦屋,包括街门口的墙壁上。她只要在院子里走动,就随时随地都能看到自己,就可以随时随地地做着自我表扬和自我批评。现在,虽然死了男人让她无心打扮,可是吕小敏的出现,还是让她觉得快活,那种遇到知己的快活。

通过几天相处,二妹子隐隐感到,某种气息正在她们中间发生作用,使她们在不断地相互吸引,严格说,是吕小敏吸引二妹子,而不是二妹子吸引吕小敏。她们太像了!都讲究穿戴,在乎外表,都在乎自己的穿戴和外表带给男人的反应,只不过二妹子过去只在乎一个男人的反应。或许,正因为这一点,才使二妹子的性格不如吕小敏那样开朗大方。虽然二妹子不像吕小敏那样开朗大方,但这丝毫不意味她不想那样做。比如,在那个有镇工商所的人来的那个下午,吕小敏被男人们喊过来喊过去,拖着她让她陪他们喝酒,二妹子内心其实一直是羡慕的,就像她羡慕嫂子身边有个哥哥一样。

因为吸引,二妹子在不自觉地向吕小敏靠近,这是一种可想而知的局面,她烫了头。后来她才知道,吕小敏刚来那天乱蓬蓬的头发,其实是一种很时髦的发型,每一根头发都是烫过的,烫过了,再一根根拉直。二妹子也买了一条超短裙,在歇马镇的集市上走了好几个来回才买到的。这超短裙的好处在于,它看上去腿露得大,露出了某些重要的部位,其实你在外面什么也看不见,反而显得个子高,苗条。二妹子也开始画唇线,早先,二妹子一直以为一画就会血淋淋的,其实根本不是,吕小敏在她的唇上唇下各画一条浅浅的线,不但不血淋淋,反倒突出了嘴唇的颜色。

因为有了伴,因为被吸引,一段时间以来,二妹子彻底忘了身后的歇马山庄,忘了娘家嫂子。就像进入夏季的人们总难记起是哪一个时辰让她们脱掉了长袖衣裳,露出白花花的胳膊一样。那是一个分外烤人的午后,穿了超短裙和坎袖衫的二妹子突然要回一趟娘家。二妹子想回娘家,并不是想起好长时间没回娘家,而是那一天,一个开轿车的司机拎了一兜蟹子来小馆煮,饭后剩下两只,让二妹子想起嫂子。

关于小馆里新来的女人,关于超短裙和钢丝头,村子里的议论早就像黄昏时分的苍蝇一样纷纷扬扬了。这一点二妹子是应该想到的,可是,她不但没有想到,甚至忽视了至关重要的一点,村里女人们赶集,再也不来小馆了。这至关重要的一点,是她在往家走的路上想起的,因为当她过了山冈,进了歇马山庄屯街,她发现街上的女人们纷纷缩回脖子，正在大街晒草的于水荣，分明是看到了自己，却装作没看到，一扭头回了院子。

二妹子无法知道她对于水荣的伤害有多大，她是她的朋友，她的男人为了挣钱供孩子上学几年都不回来，可是她从外面招人却想不到自己。得知消息那天，于水荣眼里一瞬间涌满了水雾，再也不敢在人群里待着。自二妹子从海边回来，不管抬头低头，她总能想起二妹子，总能想起她三年前那张脸。那张脸被哗啦啦的包米叶子托在秋天的野地里，因为羞红，就像一个红苹果。那是八月十五刚过，她们刚从婆家过节回来，凑到一块讲各自的秘密，各自第一次跟男人接触的秘密。于水荣的男人就在本村，不好意思讲，就逼二妹子讲，二妹子不讲，两个人就在包米地里撕打起来。其实她们不讲，绝不是不愿意讲，而是她们心里头的秘密太多了，千头万绪，密密麻麻包了一层又一层，不知该从哪里打开。最后，于水荣拽住了二妹子头发，让她疼，她才不得不憋红了脸，说："他，他摸俺了。"这句话，在二妹子死了男人之后，她什么时候想起，什么时候就止不住眼泪，为此，她在条筐里，一天一天为二妹子攒鹅蛋，因为她看见她的脸再也不是苹果，而像风干的瓜瓢，黄焦焦的。

可是……

当然，伤害最大的还是嫂子，嫂子受伤害，不是因为二妹子招别人而不招她——她是官太太，不可能去当帮工；也不是因为二妹子招人没告诉她——有她霸道的男人在前边挡着，决定什么，自然没她的事儿。嫂子受伤害，主要伤在二妹子的钢丝头和超短裙上，有人把眼睛看到的二妹子向她描述时，她挺直的腰杆一程程就佝偻下来了。自二妹子回来之后，嫂子的感觉从没像那些日子么好过，二妹子眼气她羡慕她，她再也不像从前那样自卑了，再也不去在乎男人是否回来晚，不在乎男人是否愿意搭理她了，她甚至走起道来腰杆都觉得比原来直了。二妹子在这么短的时间里烫了钢丝头穿了超短裙，这让她想起了二妹子身体里的香气。关键是，她的男人不理她，她的男人晚上不回来，都因为外边的小馆里有二妹子招的那种女人，她早就听别人说过，在歇马镇边的小馆里，到处都有外来的鸡。

二妹子拎着蟹子从屯街上走进院子时，嫂子正在院子里晒衣裳。嫂子没有迎出去，也没说一句"回来啦"，眼睛滚珠似的从二妹子头上滚到脚底，再从脚底滚到头上，然后，转过身，向屋子走去。在迈开第一步的时候，她踢碎了堆积在院子里的一堆干鸡粪。

嫂子眼珠子在自己身上滚动，二妹子觉得很不舒服，好像扒光了她的衣裳。不过，二妹子还是跟在后边进了屋，并温和地说："嫂，给你和哥送两个飞蟹。"这是二妹子惯有的作风，也是乡村做小姑子的在嫂子面前惯有的作风，忍让。

嫂子没接二妹子的话，在二妹子坐到炕沿时，眼珠再一次从半空移到二妹子身上，仿佛只扒光她的衣裳是不够的，还要撕开她的肉，因为她的目光在扫到二妹子的大腿时，不动了。不动，却不是直视，而是斜视。

嫂子说："寡妇门前是非多你知道吗？"

二妹子看着炕沿，没有吱声。

嫂子说："全村人都盯着小馆你知道吗？"

二妹子还是没有吱声。

嫂子说——嫂子的声音越说越大："你哥把你弄回来开饭馆是让你看拖拉机你忘了吗？你刚死了男人就这么打扮起来你不怕别人笑话？你让你哥你嫂面子往哪儿搁？"

嫂子的话，一开始，还像藏在深巢里的一只只鸟，呼啦啦地飞出来，带起了一阵冷飕飕的风，到后来，说到哥嫂的面子，就不再是鸟了，而是连珠炮，因为她的音调越发变得尖锐，她所说的事情越发变得可怕："开窑子不能开到家门口啊！咱再怎么也不能让别人戳咱脊梁骨呀！"

嫂子的话带给二妹子的反应，一点也不亚于当初听到丈夫翻车的喊声，耳朵在一瞬间就轰鸣开来，画了唇线的嘴唇也筛沙子似的直抖。关键是，嫂子在炮轰她时，说出了一个有鼻子有眼儿的证据：有人亲眼看见吕小敏后半夜从停在道边的卡车车斗里出来。嫂子说到这里，竟哭了，一再说"开窑子也不能开到家门口！这是让人戳脊梁骨"。

从歇马山庄往回走的路上，二妹子恨不能把自己的头发剃光拽净，恨不能上谁家要条裤子，把超短裙换下来，她觉得身后有无数双眼睛，正箭一样朝她射来。它们射向的，本是她的头，她的腿，她却觉得它们穿过了她的头和腿，直逼她的脊梁和心窝，以至使她走起路来一倾一倾的，像被风吹动的稻苗一样。

五

这是一个什么样的夜晚呵，二妹子很早就关了小馆的屋门上炕睡觉。因为只有这样，脱下超短裙才显得正常，只有这样，她那一头乱蓬蓬的头发才不显得多么招摇。

不管二妹子怎么掩饰，她的反常吕小敏都是可以看出来的，她离开小馆时一脸的喜气，满面的春风，走出老远了还回过头来冲吕小敏笑，可回来后，不但不笑，脸阴得很沉，几乎就没怎么说话。不过，吕小敏该怎样还怎样，热腾腾地接待了傍晚时分来小馆里的两拨客人，之后长时间地对着镜子，用一只镊子拔出遍布在眉骨上的多余的眉毛，再之后，跟王树生玩棋子，直到九点钟，上炕睡觉。

二妹子早早躺下，却毫无睡意，小馆里一点点声音她都能听到。苍蝇的声音，王树生的声音，电冰箱嗞嗞啦啦的声音。当然，听得最清晰的，还是吕小敏的声音，她的声音隔着墙壁传过来，温吞吞的，并不明亮，但此时，在二妹子听来却宽敞又明亮，就像秋天的早上刚打开窗户时飞进来的蝉鸣。

在二妹子从歇马山庄回来的晚上，吕小敏的声音，充斥在油烟还没散尽的气体里，拥有房子一样的体积，使二妹子感到压迫、压抑。这气体，看上去跟歇马山庄有关，跟嫂子有关，是二妹子从嫂子那里带回来的。其实，从吕小敏刚来那天，那气体就尾随在小馆的屋里屋外了，比如她在和她、卡车司机以及王树生其乐融融地唠嗑的时候，在工商所的人们和她的哥哥争抢着拉吕小敏的手，让她陪他们喝酒的时候，在她灵活的眼神和笑声在小馆里无遮无拦地飞来飞去的时候，那样一股气体就出现了。她的张扬，她的风骚，不仔细看，你根本看不出来，它藏在她的热情里，让你投去羡慕的目光之后，往往要深深地叹气。其实那股气体，就包裹在她的羡慕里，尾随在她的叹息里，只是她根本不知道而已。

现在，二妹子知道了，因为她已经感到压迫了，吕小敏的声音从门缝里溜进来，从往昔的记忆中溜进来，让她感到了压迫。可是那到底是一股什么样的气体呢？她为什么早先不觉得而直到现在才觉得呢？嫂子的话再一次在耳边响起:"你往家弄也不能弄一个鸡呀,开窑子也不能开到家门口呀!"

虽被一股暧昧不清的气体压迫,二妹子却一直是仰躺着一动不动,直到吕小敏进屋之后。在吕小敏进屋时,二妹子还勉强地同她笑了一下,如同一个熟人在海边相遇。二妹子在海边捡海菜的时候,常常会遇到村子里的熟人。那个在二妹子看来浑浊的、暧昧不清的夜晚,她仿佛一个从海滩摆渡到深海里的船,一瞬间变成了身后海滩的局外人,可以清冷地站在海滩之外,审视着身后海滩上的一切。

二妹子局外人似的审视着吕小敏,自然是大有收获的,这收获,不是吕小敏在那个晚上真的干了嫂子向二妹子描述的那样的事,不是,而是另一种东西,是吕小敏身上的香气。那香气在她躺到她身边时,从她那褪下来的乳罩上流出,从她那拥挤的胸脯里流出,像刚揭开蒸锅的热气一样,扑鼻而来。这香气让二妹子想起她久违了的槐花的香气。但与那香气明显不同。吕小敏身上的香气有一股刺鼻的瓶装花露水的味道,这味道让二妹子心里发堵,让她觉得从胸口到嗓子眼儿胀乎乎的,好似塞了乱麻。

当然,重要的收获还是在第二天晚上获得的,但是可以肯定地说,如果没有第一天晚上的收获,就不会有第二天晚上的收获,至少二妹子不会有耐心闭着眼睛等到十二点以后。十二点以后,小馆门外响起了轻微的刹车声,随后,吕小敏从床上轻轻爬起来,穿上衣裳,蹑手蹑脚走出去。她轻轻地,开了睡屋的门,又开了小馆的风门。谁在呼唤她出去,她去了哪里,二妹子不知道。她一直躺着,并没有像想象那样跟出去。但确凿的事实是,吕小敏出去了,离开小馆有半小时之久,之后又蹑手蹑脚返回,之后带着一身湿漉漉的香气躺到炕上。在她躺下十几分钟之后,门外响起了车启动的声音。那声音不是大卡车也不是拖拉机,更不是摩托车,而是轿车。因为它启动时,是那么轻微,风掠地面一样。

那个晚上,二妹子一夜没睡,吕小敏的身体仿佛一团火球,烤着她烧着她,让她躺也不是,坐也不是,有好几次,她都想穿上衣裳,到客厅或者到外面去。

那天晚上,如果二妹子真的去了客厅或外面,也许后来的事情不会发生。远离了吕小敏的身体,关于身体的想象总归要少一些。可她一直平躺在吕小敏旁边。她不但闻到了她身上花露水的香味,她还闻到了一种说不清楚的味道,那味道虽说不清,但让她闻后,越发心乱,以至于使她整个晚上都躁动不安。

正是整个晚上的躁动不安,使歇马山庄女人们期待的事情,或者说嫂子期待的事情,在这个夜晚刚刚过去就发生了。

当时，吕小敏正在镜前耐心地化妆，挂在唇线上和眼线上的妩媚露珠似的，一闪一闪。看着妖艳照人的吕小敏，二妹子说话的音调有些劈杈，一棵树被闷雷劈了杈一样，声音很难听："吕小敏，你，你走吧。"说罢，拍到桌上五十块钱。

吕小敏没有停止动作，似乎一点都不意外，似乎她这么认真地化妆，就是为了离开这里。吕小敏什么也没说，慢慢地把妆化完，然后，收拾自己的东西。不过，吕小敏的伤感还是显而易见的，因为她的脸突然灰下来，仿佛有一朵乌云正笼罩在那里。不过，她拎包往外走时，还是笑着往餐桌上放了一个纸条，之后跟二妹子说："姐，这是我的手机号，什么时候需要我，给我打个电话。"

二妹子也笑了，是那种居高临下的笑，仿佛在说："哼，俺怎么会再需要你！"

吕小敏的背影消失在朝霞的光辉里，当然是王树生眼里的光辉，他怅然若失地站在门前。

打发吕小敏，二妹子最想做的事就是收起超短裙，扎起蓬乱的头发，在镜子前端详一下自己。其实，她一早起来就换了原来的衣裳，把头发也扎起来了，只不过没来得及照镜子而已。她不放心自己是否又回到了从前的样子，这对她好像特别重要。在她照镜子时，她的哥哥来了，她的哥哥像往常那样，没什么目的地在屋子里转，在他转过一圈后，二妹子还是告诉他一早决定的事。她的哥哥愣了一下，之后皱了皱眉，眉心顿时堆出不快，但他什么也没说，又转了出去。

小馆顿时又恢复了原来的样子，吕小敏没来时的样子，寂静、冷清。因为有热闹的时光做着比较，一下子清静下来，二妹子还真的有些不能适应，那情形就像坐在一辆速度飞快的卡车上，突然遇到刹车，晃得一溜前倾。外甥王树生问她要不要泡木耳时，二妹子居然愣愣地瞪着他，好长时间回不过神儿来。

寂静的日子，清冷的日子，就这样开始了，确实是没有充足的准备，就像吕小敏刚来时她没有充足的准备。然而同是没有准备，过去和现在是不大一样的：过去的没有准备，是二妹子对到来的一切全然不知，并因此让她感到新奇；现在的没有准备，是二妹子对到来的寂静太熟悉了，她因为熟悉这寂静而感到恐惧。在吕小敏走后的那个早上，二妹子不设防地感到一种恐惧，一种往昔的什么又会再现的恐惧。为此，二妹子即使没客来，也绝不坐下，她努力使自己陷入忙乱，比如帮王树生切菜，擦桌子扫地。

实际上，那往昔就在她身边，在餐桌旁，在后厨里，在小馆屋檐下。在餐桌旁，是一跳一跳的身影；在后厨里，是一颤一颤的笑声；在小馆屋檐下，是闪闪发光的笑脸。当然，最最重要的，还是她超短裙下面扭来扭去的大腿，在这猝不及防的寂静里，那条淡灰色的超短裙煽动出一股股热气，使二妹子不时地摆一摆长长的裤腿，释放着那里的燥热。

吕小敏的气息在小馆里驱之不散的时候，二妹子恍如飞动在半空中的苍蝇，一会儿门里一会儿门外，就像她刚来小馆，一听拖拉机声就门里门外来回跑动一样。追随拖拉机的跑动，其目的她是清楚的，是想丈夫。而如今的跑动，除了跑动，她看不到目的，她不知道自己究竟在想什么。

因为看不到目的，在吕小敏走后的第一个黄昏，二妹子进入了这样一种状态，小馆开业伊始的状态，手握一只苍蝇拍，痴呆呆地坐在凳子上。因为跑动了一天，太累了，坐下来时一摊泥一样，给人下沉感。二妹子痴呆呆看着苍蝇，看着它们飞起又落下。它们中有的，喜欢沾有油腥的桌面，不时飞走再不时返回，就像小馆的客人们不时进来又不时离开一样。而有的，却一直待在天棚上，它们在那里，从东北角飞到西南角，再从西南角飞到东北角，它们不管飞到哪里，就是不下来，它们不下来，看上去并不是不屑于与贪恋油腥味的苍蝇为伍，而是因为什么迫不得已的想法，因为它们不时地，总要回过头来往下看。当然还有一部分，既不在桌面，也不在天棚，而只贴在窗户的玻璃上，它们是被外面的光线吸引了，长久匍匐在那里，不回头也不转头。当然，匍匐在玻璃上的苍蝇，大都是一对，是一个趴在另一个的身上，它们发出嗡嗡的声音，激动不安地抖动着翅膀，似乎有一种难以抗拒的力量控制了它们的身体，使它们不得不贴着玻璃的表面，直升机似的一点点上升，盘旋，盘旋，上升。

看到了这样的情景，二妹子并没像以往惯有的那样，腾地站起来，抖动手中的苍蝇拍，在屋子里一阵狂轰乱舞。二妹子只是静静地看着，一动不动地看着，直到黑夜降临。

然而，在这个开除了吕小敏的夜晚，在这个一对对苍蝇在玻璃上激动不安地抖动着翅膀的夜晚，随之而来的，却不是一张血肉模糊的脸，而是一张闪闪发光的笑脸，而是吕小敏的身体。

吕小敏的身体浮现在她眼前，是赤裸而光洁的，褪去了超短裙，褪掉了乳罩，屋子里顿时散发着瓶装花露水的香气，二妹子甚至看到了她身体被某种东西控制之后的激动不安，如餐厅玻璃上那激动不安的苍蝇。这时，另一个男人的脸出现了，那个男人，不是黑夜里控制吕小敏身体的那个男人，而是二妹子的丈夫。二妹子是在想象那个控制吕小敏身体的那个男人时，想到了她的丈夫的。而在此刻想到她的丈夫，他已经不再是那个被车轧得血肉模糊的人了，而完全是干净的，完整的，不但脸是干净的完整的，身体也是干净的完整的，有着某种能够控制女人的力量的。

这是二妹子丈夫死后从没有过的情景。

当二妹子看到自己健康的丈夫在向自己走近,充斥整个屋子的瓶装花露水的香气顿时消散了,变成了槐花的香气。因为她看到,她的丈夫正一程程挨近了她,他的手正一点点伸进了她的下面,之后又从她的下面滑向她的全身。于是,一棵树被震天动地地摇晃起来,香气正从嘴唇边、胸脯深处、小腹下边往外流,令她的屋子芳香四溢。

早已告别了身体的二妹子又回到了身体,这是二妹子无论如何都不能想到的局面。曾几何时,她一遍遍向嫂子、向歇马山庄的女人们讲身体里的事,讲得一点感觉都没有了。现在,那感觉又回来了,回到了她的身体,是水一样流动着香气的身体。她其实已经完全彻底地沉浮在深水里了,身下的浪潮一涌一涌,身上的浪潮一颠一颠,那浪潮本是涌在她的后背,颠在她的胸前,却不知怎么就撞进了她的骨缝,渗进了她的肌理,因为当她在深水里沉浮到后半夜,她发现她的下体确有一泓泉水在汩汩直流。

六

就像某一天,她沉进水底再也无处可沉,最后又湿漉漉地升起在小馆里一样,而今,二妹子再一次湿漉漉地升起在三岔路口的小馆里。只不过从前的沉浮,是心情的沉浮,如今的沉浮,是身体的沉浮;从前的沉浮,其实是沉,如今的沉浮,其实是浮。只不过从前的湿漉漉,是头发的湿漉漉,如今的湿漉漉,是整个人的湿漉漉而已。

经历了一夜水中身体的沉浮,二妹子从里到外,都是湿漉漉散发着气息的样子。她依然穿着那身长袖衣裤,依然扎起烫过的头发,依然不化妆不描唇,只抹一层淡淡的粉底,可是她的脸腮和嘴唇都是潮红的,包括脖子,脖子下的颈窝,包括那又细又小的手。那天早上,二妹子在大道上堵小贩买菜时,两只手轻轻地揉在一起,它们不时地变幻着,一只手从另一只手中湿漉漉地脱颖而出,仿佛它们是一只只让人心疼的鸥鸟。当第一个客人来到小馆,二妹子居然像吕小敏一样,连人带声一起迎了出去,"大哥里边请——"声音的响脆恍如铜铃。尤其重要的是,当被招呼进来的卡车司机摘下遮阳帽,脱了外衣,露出英俊的脸膛和宽厚的肩膀,二妹子的眼睛里,居然生出一汪水一样活泛的光,那光在里面一闪一闪时,她走路的姿势都不一样了,跟吕小敏似的,不由自主就扭扭扎扎了。

这是一个非同凡响的日子,在这样的日子里,二妹子一段时间以来麻木的身体彻底苏醒了,说彻底,是说只要有男人来，她都感到她的身体沐浴在别人的目光里，那别人，其实也不是别人，是她的丈夫，她把所有男人都当成了她的丈夫。她的丈夫看她，是一看就见了底的，是一看，就非得动手动脚让她心动如水骨缝流香的。说起来，小馆里的来客，没有一个跟她动手动脚，但这一点儿也不影响她的心动如水骨缝流香，因为她一直有着那样的想象，喜欢她身体的男人又回来了。

喜欢她身体的男人，实在不是个了不起的男人，他小个子小身板小眼睛，黑黢黢的脸色，永远像窑洞里才熏出来一样。人瘦，手和脚却大得出奇，站在海边出海的那些男人群里，怎么说他都是最不起眼的一个。他甚至有些懦弱，从不敢大声说话，相对象时，因为他眼神总躲着二妹子，她一直不答应媒人。如果不是因为哥哥娶了嫂子，她留在家里碍事，如果不是因为媒人天天跟着她，她是坚决不会嫁他的。可是，结婚之后二妹子才知道，有一种男人，看上去不像男人，没有男子气，可是关起门来，是真正的男人。说他是真正的男人，是说他迷恋女人的身体就像农民迷恋庄稼地。没有男人不迷恋女人身体，而他的迷恋里边，有一种本能的怜惜，寸土寸金的怜惜，无处不到的怜惜。他看上去手脚毛糙，可他从来就不直奔主题。他的手掌宽大肥盈，手指却瘦削细长，他的手在你身体上抚动时，柔软又细致，让你觉得你是他手下的一块面一汪水，在他的精心弹弄下，你不得不从里到外地细致起来，不得不从头到脚地松软起来蓬勃起来。关键是，因为他的弹弄，你觉得这一天一天跟他重复的事，是世界上最大、最最重要的事，就像农民种地是一年中最最重要的事一样。而你，会因此觉得，自己是一个真正的人，真正的女人。

二妹子一直以为，所有的男人都和她的男人一样，所有的女人也都和她一样，后来才知道，根本不是那么回事。那些半年半年出海的男人告诉她，他跟他们不一样，他们不可能因为怜惜女人身体而放弃出海，弄个拖拉机突突突地拉石头。后来，那些出海男人的女人告诉她，她跟她们不一样，她们在许多时候，都是她们男人身下的一个物，他们用你时不管三七二十一，而只要用完，就不再理你，就像她的哥哥对她的嫂子。

在这非同凡响的日子里，二妹子还真的见到了她的嫂子，是她亲自登门的。这是小馆开业以来嫂子的第一次登门。就像二妹子上次回家，不知道嫂子窝了一肚子气一样，这做嫂子的也根本不知道，在这样的日子里，二妹子身体里有一汪水在汩汩流动。嫂子走进小馆，似乎有些不好意思，下垂的眼角没来由地抖了又抖，但很快，就稳住了，上面就弯出了一丝笑，是深藏着某种得意的笑。她上前握住了二妹子的手，说："咱改了就好，改了就是好样的。咱不能让人戳咱脊梁骨。"

嫂子的意思，二妹子迷过路，做过错事儿；嫂子的意思,她迷路了,如今又回来了,她做错了事,如今又改正了。是这样吗?二妹子下意识从嫂子手中抽出手,像那天吕小敏走后,愣愣地打量着小馆的寂静一样打量着嫂子。

嫂子自顾啰里啰唆泥沙俱下,什么寡妇门前是非多,什么绝不能让于水荣来小馆干,到后来,她居然又讲到了脊梁骨,仿佛二妹子小馆,只要开一天,就是耸在歇马山庄眼里的脊梁骨,说得二妹子不得不瞪大了眼睛。

不过,不管二妹子眼睛瞪得多大,嫂子的话都是苍蝇在嗡嗡嘤嘤,二妹子没听进一丝一毫。因为后来,小馆里来了一个客人,那客人是倒卖大葱的葱贩子,他一进门就吵吵饿死了,要二妹子赶紧弄饭。二妹子所有的葱都在他那儿买的,是熟人,她一边做饭一边大声地跟熟人搭话,嫂子不得不找机会溜出门去。

这是二妹子自己都难以想象的事情,只要有客来,她就满心欢喜,要是听到三岔路口有大卡车停下来,或拖拉机自行车什么的停下来,或者,是那些和她有菜肉交易的男人们,她就会觉得他们是奔自己的身体来的,就像她男人活着时每天都直奔她的身体一样。这是一份极其奇妙的体会,她的整个身体都是开放的,向外贲张的,兴高采烈的。为了释放这份开放的、贲张的兴高采烈,她的腰身会不由自主地扭来扭去,像被摇晃的槐树一样。有一回,一个脸上有着疤痕的过路司机手被铁板划破,进小馆找她包扎,她的手指触到了对方的手,她的眼前居然闪现了丈夫的手,他的手和丈夫的手那么像,手掌宽大,手指却瘦长,眼前闪现丈夫的手,她的下体不由得一阵痉挛,随后,她感到整个身体都颤动起来,就是这时,在小屋里,她抱住了卡车司机,她把他的手送到她的下体,之后引导他,让他摇晃她。

他显然没有丰足的经验,手在被她送到她的下体的时候,脸忽地涨红,接着,喘不过气来。有一瞬间,他给她的感觉是拒绝,他的身体在往后退,一块贴在树干上的泥巴要离开树干一样往后裂,但仅仅是瞬间,很快,那泥巴接受了某种引力,往前倾去,这时,泥巴和树紧紧箍在了一起,并以排山倒海之势向身后的土炕倒去。

司机什么时间离开小屋,怎样离开小屋,二妹子全然不知,她只是长时间沉浸在身体里,仿佛有一团火球滚过了皮肤,滚过了她的子宫,燃烧了她的骨缝。它滚动的时间,一点也不因其气势的强大而短暂,它在二妹子体内滚动的时间是那么长久,以至当它最后成为一堆黑黢黢的灰烬时,外甥王树生在门外已经等不及,为新来的客人猛敲她的屋门。

新来的客人不是别人,而是于水荣,于水荣真的带来了一筐鹅蛋,当二妹子整理好衣服,从小屋里出来,于水荣已经坐在客厅的凳子上了。

于水荣见二妹子从屋子里出来,赶紧站起,亮着粗哑的嗓音:"妹子,给你补补身子。看你瘦的。"

如果说以前于水荣攒鹅蛋是为了二妹子,那么现在便是为了于水荣自己了,因为她在这句话后面,还跟了句:"你需要人手跟俺说一声。"

二妹子毫无反应,她看着于水荣的眼神,像不认识她一样。她愣愣的表情,仿佛在说:你是谁呢?你来干什么呢?俺为什么要补身子呢?

事实上,当二妹子身体里有了巨大的惊天动地的摇晃,她觉得除了身体,身外的一切都远离了她,与她没有关系,什么嫂子,什么于水荣!那天下午,二妹子跟于水荣在小馆里面对面坐了很久,她们面对面坐着,她们彼此看着,她觉得有很多话要说,却支支吾吾的,说不出一句得体的话。

就像一棵野地里的庄稼一点点长出地面,二妹子长出了她的地面,远离了她的土地,这样的变化预示着什么暂且不说,要说的是,在她看来,真正需要补一补的是于水荣而不是她!她是结实的,肥润的,就像吸足了水分的叶子。当和卡车司机有了惊天动地的一场,再站在镜前,不管怎么看,她都觉得自己是结实的,肥盈的,就像野地里一天天壮大鲜艳起来的庄稼。

这是夏季里一个干旱日子延伸出来的又一个干旱的

日子，三岔路口的柏油路面上蒸发出浩如烟海的水雾，这样的日子，连苍蝇都没了兴致，一个个停落在小馆门前的下水道边，懒懒地伸展着翅膀，而从南边开过来和从北边开过去的车，也分外地少，即使偶尔开来一辆，也并不停下来，似乎贪恋走动时的风。这个日子，因为太热，二妹子换上了那条脱下很久的超短裙，以及那件纱料的坎袖衫。她换上它们，绝对因为热的缘故，而非某种意义上的反抗，实际上，在经过了身体的苏醒之后，她的一切都是自然而然的，她除了等待，就是盼望。等待有客人来，盼望有客人手被钢板划出血。倒是换上这身衣裳时，吕小敏的身影在二妹子眼前闪现了一下，如同云缝里突然闪出日头的光芒。于是她从穿衣镜和墙面的缝隙里抽出一张纸，展开，在心里念了一遍上面的号码，13998677766，不过二妹子没打电话，她念完，合上纸，又坐回小馆门口，远远地打量着路面上蒸腾的水雾。

这是一个相对安静的下午，所谓安静，是说没有人让二妹子热情洋溢，也没有人让二妹子槐香四溢，但是，这绝不意味着二妹子在承受孤独，绝不！因为在这灼热的等待和盼望中，一个奇怪的念头从蒸腾的水雾中升了起来，就像那水雾在柏油路的远处脱离地面升了起来。那念头踩着路边的树，在树枝上一跳一跳，最终跳到二妹子脑门时，让二妹子不由自主地悸动了一下。

受一个念头的驱使，二妹子从小馆门口来到睡屋，之后在装衣裳的箱子里随意翻找，之后，拎着她要得到的东西又坐回了小馆门口。

在这三岔路口相对安静的下午，二妹子在等待和盼望中，一针一线做着针线活，往一条淡粉色的内裤上绣花，她没有绣花针和撑子，只用一般的缝衣服针，只用左手的食指和无名指撑着。她绣的是槐花，那槐花开在内裤的档部，不是一朵，而是无数朵。那槐花开在内裤的档部，不是一条内裤，而是无数条内裤，因为在接下来的日子里，只要一闲起来，二妹子就开始绣花，似乎这是她用来打发等待和盼望时光的最好办法。

实际上，在二妹子男人活着的时候，她穿的所有内裤都绣了槐花，只是他死后，她一遭烧掉了它们。实际上，在二妹子一针一线绣着的时候，等待和盼望已经不属于她，或者说，因为过于用心，她早已忘了等待和盼望。她一心只想着往内里、往深处打扮自己的身体。在她的身体里，有一个储藏着一汪槐花香气的地方，它日夜默不作声地绽放着，盛开着，它一次又一次地鼓动二妹子的双手，让它为她点缀，为她张扬，为她绽放和盛开。

内裤上的槐花给二妹子带来了什么，只有二妹子自己知道。当把绣有槐花的内裤穿在身上，她觉得她的胯部随意扭动一下，都要散发出热辣辣的气息，就像吕小敏曾经释放在小馆里的热辣辣的气息。是在这时，二妹子才知道，吕小敏初来小馆时洋溢在脸上的火辣辣的热情，原来根源在那里。也是这时，二妹子才明白，为什么她一来，就让她羡慕，就让她觉得熟悉。

带着一身热辣辣的气息，几天之后，二妹子接待了一批镇上的客人。

那客人自然是哥哥领来的，是镇土地办和税务所的。自吕小敏走后，她的哥哥还是第一次往小馆领客，她的哥哥一进门就把二妹子叫到一边，告诉她要热情些。二妹子听罢，微微一笑，那样子好像她哥哥的担心根本没有必要。

那个晚上，二妹子的表现确实大大超出了哥哥的想象，她不但嬉笑欢声，还一个一个陪大家喝酒，曾经蜡黄的小脸在酒的作用下粉红盈盈。一个叫李丙刚的税务所的所长，一直纠缠二妹子，要搂着她的脖子和她喝交杯酒。因为有哥哥在场，二妹子迟疑着，有些不好意思，后来，做哥哥的看出妹妹的意思，借机上了厕所。这时，当她的哥哥上了厕所，二妹子把一只手搭在李丙刚的肩上，另一只手端着酒杯，眼对着李丙刚的眼。那李丙刚，膀大腰圆，肚子腆在腰带外面，一张国字脸灌了鸡血一样紫红紫红，眼神色迷迷直勾勾的。但二妹子没有丝毫怯意，不但迎了上去，还爬了进去，就像一只蚂蚁看到洞穴，不知不觉就爬了进去，就像她端在手中的酒，一个咕噜，就喝了下去。当她把手中的酒喝了下去，在座的男人一阵热烈鼓掌，然后是震荡屋宇的哄堂大笑。

那天晚上，二妹子做了一个梦，她梦见了她死去了的男人，他从她海边那个家的院门口走进来，紧紧地搂住她，他在搂住她时，还是她的男人，小个子小眼睛，黑黑又瘦瘦，可是不一会儿，就变成了李丙刚，他变成李丙刚，看不到脸，只能闻到嘴里热烘烘的酒味，那酒味像猪槽里的剩猪食似的，臭烘烘辣蒿蒿的，刺鼻，以至把二妹子从梦中熏醒。

从梦中醒来，二妹子才知道，原来是自己喝多了，她的胃里，正有一股辣蒿蒿的东西在往上反，她于是赶紧爬起，碰碰撞撞跑出睡屋，跑出小馆，一顿铺天盖地的呕吐。

吐过之后，喝一口水，回到屋子，二妹子再也睡不着了。二妹子看着漆黑的天棚，回忆着那个梦，那个梦中自己的男人，那个梦中的李丙刚。他们似很近，又似很远，他们在你不用心想时，都很近，好像就在眼前，可是你一用心想，他们就走远了，无影无踪了。当他们无影无踪，二妹子看见了另一个人的身影，那个脸上有着疤痕的卡车司机。

实际上，几天来，她在门口一直等待的，不是别人，正是这个卡车司机。他，是她男人死后沾过她身体的唯一的男人，在这间屋子里，在她的积极调动下，他把她当成了一棵槐树，他扯骨带筋地摇晃过她，留给了她刻骨铭心的回忆。事实上，在那个等待的下午，正是他，鼓动了二妹子往身体里打扮，往内裤上绣花，只不过他一时间被她的耐心遮掩了而已。

想起卡车司机，二妹子自然又沉浮到深水里了，是身上一颠一颠，身下一涌一涌的深水，是与卡车司机一道游荡起伏的深水，在那样的深水里沉浮，二妹子又是一夜没睡。

七

因为等待，二妹子在后来的日子里开始化妆了，都是吕小敏曾经教过的那种，脸腮要涂上淡淡的口红，唇边要画上浅浅的唇线，如果把二妹子的身体比作一张白纸，那么里边内裤上的图画画满了，自然要画到身外，就像水满则溢。当然也是无客的时候无事可做的缘故。有一天，二妹子还上镇上染了头发，是深棕色的，上边漂了几缕包米绒一样的浅黄；还买了一条珍珠项链，据说是假的，但戴到脖子上效果很好，一直垂向她的胸前，衬得她整个人都闪闪发光。她买来最满意的东西还是一个提花胸罩，那胸罩是黑红两色，黑的底儿，红的花儿，花儿活灵活现地镶嵌在边缘上，跟她内裤上的花形成了搭配，这使她回小馆换上以后，好长时间不愿套上外衣，使她在穿了外衣的等待中，有意无意地，就朝自己胸口扫一眼。

二妹子的打扮,二妹子毫不掩饰地从身体里往外流淌的渴望,散发了一种什么样的信息,引导着她的命运朝一个什么样的方向去,她不知道。

一个黄昏,一个过路司机吃过饭,要结账时,额外给出五十元钱,随后跟出句:"来吧,上车。"

二妹子当时愣住了,不明白他什么意思,但很快,她就明白了他的意思,因为她看到,他看她的眼光是轻佻的,急于发泄什么的轻佻。二妹子感到有一个硬东西在心里硌了一下,接着,她把五十块钱递过去,摇摇头,什么也没说转回了后厨。

这个夜晚似乎过得有些不快,那不快不是来自轻佻的目光,而是来自五十块钱。五十块钱,让二妹子想起嫂子的话:"窑子铺开到家门口了。"她不是开窑子铺的,这是一定的,可是想起这样的话,或多或少抑制了二妹子身体里某种正常的渴望,比如她在镜子前看到自己耸得挺高的胸脯时,不知道自己是谁,不知道自己这么袒胸露腿的,要干什么?

或许,正是这种迷失,才铸成了后来的事情,就像一个人在一个荒无人烟的山冈上迷了路,随便遇到一个什么人都可以被他领走。后来,晚上快九点钟的时候,小馆里来了一个人,镇税务所的李丙刚。李丙刚好像在外面喝了酒,敲开小馆的门,满嘴的酒气。他一进门就大呼小叫："二妹子，你李哥来了，二妹子，你李哥来了。"好像他与二妹子有什么约定。

二妹子回应他："李所长你好呵！"

谁知，二妹子刚刚迎上前，李丙刚就用他汗淋淋的胳膊从后边搂住她，之后把她抵到墙上，小声说："哥知道，你早就想哥了，哥知道，哥那天就知道。"

二妹子没有动，二妹子不动，不是怕弄出声音惊动了外甥王树生——不是，王树生吃过饭就去了歇马山庄，屋子里只有二妹子。她是觉得这个男人很好，没有跟她谈钱。不跟她谈钱，这让她对他有些感激。让她在李丙刚肉乎乎的胸脯贴到她的背上时，感到了来自体内不能抗拒的需求，那需求在她体内盛开好多天了，就像那盛开在内裤上和胸罩上的花朵一样。二妹子听任李丙刚抚弄，他的手像甲壳虫似的，从她的后背爬进来，毛毛糙糙就爬向了她的前胸，他的嘴喷出了热烘烘的气流，使她的脖子一阵阵发痒。到后来，当他的手从她的胸脯滑向她的小腹，二妹子突然变被动为主动，就像那天对待那个卡车司机那样。她紧紧钩住男人的脖子，然后将男人往屋子里引。来到睡屋之后，她才将握在她手中的另一只手，送向她的下体。然后，他把她撂倒到炕上，一件件扯掉了衣服。然而，当她身子被一个石碌子一样的东西压住，她没有感到那种惊天动地的摇晃。本来，她感到自己是一条鱼，被封在厚厚的冰层下面，她已经看到有一个镐头从冰层上刨了下来，冰层却丝毫不为所动，那本是尖硬的镐头不知为什么突然弯曲了，软化了，扭转了方向，使她在隐隐看到了某种希望之后，突然地大失所望。当李丙刚从她的身上下来，她的身体像一条冻僵的鱼一样，直僵僵地横在那里。

　　二妹子的堕落，就这样从大失所望开始了，从李丙刚开始了。之所以说是从李丙刚开始，而不是从那个卡车司机，是说李丙刚之后，二妹子有一种十分急切的心情，想找到一种区别于李丙刚的男人。她从来不知道，一个男人，会把她变成一条僵鱼。于是，在盼不来卡车司机的时候，跟倒卖大葱的张福顺有了一次。当然都是她主动，她陪他喝了酒，喝得醉醺醺的，就跟他上了车。他们因为发生在车上，那来自深处的摇晃并不彻底，但对比李丙刚，还是好了许多，至少，他破冰而入了，他跟她共同沉入了海底世界。

　　二妹子从没觉得自己是在堕落，这首先因为有一股香气终日在小馆里悬浮，托起了她的身体，让她觉得她的每一个日子都是有奔头的，就像当初在海边的每个日子。有时，与一个人的身体接触，其感觉不如当初和卡车司机的感觉，比如后来又有肉贩子王四，但这丝毫不影响她对身体的盼望，因为恰是这不如，使她的寻找变得急切，变得不可阻挡。

在这样的时候，小馆在二妹子的生活里是这样的，它像一个家，却又不同于原来的家，原来的家是封闭的，是只供自家人进出的，而现在的家，是敞开的，流动的，是可供很多人进进出出的。它同样坐落在土地上，石头墙，石棉瓦的顶，这里整天冒着油烟，热热闹闹，但这一切，不过是提供了二妹子忙碌的前台，在后边，那个屋子，那铺炕，偶尔某个晚上，承载着两个人的身体，是盛开的。而在这一切的背后，还有一个人，她的男人，他不必出现，但他永远存在，他远远地望着她，让她觉得她并不孤单，让她觉得，身体只是身体，与嫁人无关，也与道德无关。

那是一个雨过之后的早上，刚刚打开小馆的窗户，蝉的叫声就从三岔路口的树上荡进来，随后，霞光也铺洒过来，它们先是在远处的树梢上、房顶上闪烁和跳跃，之后一点点地，就洒向了小馆的墙壁、窗口，洒进了小馆的屋子。

这个早上，因为空气清爽，也因为做了一个好梦，二妹子心情格外的好。梦里，她坐在一条小舢板上，在一望无边的大海上飞。海风很大，一阵阵吹过，鼓荡着她的裙子，她好像穿了一条又肥又长的裙子，风在她的裙子里鼓荡时，仿佛一个气球把她托起来，飘飘欲仙，舒服极了。梦里的裙子让她舒服，二妹子一早醒来就在

箱子里翻找，她真的有一条又肥又长的裙子，是两年前在海边时用纱料自己缝的，六片儿。一段时间以来对超短裙的喜欢，她早已忘了它。她找出它，上边压了细细密密的褶子，二妹子舀了一碗水，喷雾似的一口一口向裙子喷去，然后把它叠好，坐到屁股底下压一压，然后，就穿了出来。

穿长裙的二妹子，一早在小馆里进进出出，有一种莫名其妙的感觉，觉得好像有什么好事就要到来。因为只要她走动，那裙子就呼呼带风。

好事真的就来了，是在上午十点钟时来的，那好事来到小馆，不是什么事，而是一个人。那人来到小馆，就是二妹子的好事。那人不是别人，是她曾经盼望过等待过的卡车司机。

虽然，一些天来，二妹子早就忘了卡车司机，但他的到来，还是让二妹子喜出望外。这自然和一早的好心情有着不可分割的关系，也就是说，他走进了她的好心情里，他才让她喜出望外。她让他坐下，给他倒水，之后到后厨里为他炒菜。她在迎他进来之后，两个人谁也没有说话，他的目光一直是冷冷的，但那冷冷的目光后面，藏着一种不可阻挡的气势，因为他的小眼睛一直没有离开她，准确地说，没有离开她的身体。这让二妹子感到身子鼓鼓荡荡的，如做梦在海风里鼓荡一样。

真正鼓荡的感觉，还是在后来。后来，二妹子跟卡车司机上了车。因为是大白天，在小馆里有诸多不便，他们只有上车。卡车司机在上车的一瞬，看了一眼二妹子，好像在问，上哪儿去？二妹子领悟他的意思，下颏轻轻一扬，车于是就轰隆隆发动了。

二妹子下颏指向的地方，是往岫岩城方向的一座山，叫老黑山。他们只用了二十分钟，就来到老黑山的山口。司机把车停在路边，之后朝山洼里走去。北方六月的山野，一蓬一蓬的绿，人头高的柞树丛里，一些叫不上名的小花在静悄悄地开放，有黄色、蓝色、紫色，柞树肥大的叶子罩在它们上方，形成一团团晃动的阴影。二妹子走在前边，一跳一跳，仿佛一只小鸟，把卡车司机扔下老远。当终于在一个缝隙里与卡车司机会合，一条肥大的裙子一下子就窝藏了两只鸟。

一只肥盈的手掌，不用引领，自动推动了瘦削而细长的手指在身体的山峰上滑动，柔软、细致、寸土不让，一双灼热的嘴唇不甘落后，追随着手指，在手指的所到之处留下潮湿的印记，使二妹子渐渐酥松开来，蓬勃开来，使二妹子身体的芳香一汪水似的从骨缝里流出，流遍了山野，如同那些不知名的花开遍山野。

实际上，树丛里野花的香气是清冽的，恬淡的，有着某种不易察觉的苦味，远不及裙裾下面流出的香气那么浓郁，那么甘甜，那么酣畅淋漓。二妹子在最后那一刻，一直喊着一个人的名字，程土根。程土根是她死去的男人，她之所以在这时喊她男人的名字，是她觉得，这是她被摇晃最彻底的一次，她身体的每一条骨缝都打开了，和她男人活着时的感觉一模一样。

二妹子的呼喊并没使司机气恼，他只是两手扶住地面，擎起身子，眯起眼睛看了看她，好像这对她是很正常的事。倒是卡车司机从她身上爬起来的时候，扔下了一句话，他说："你怎么能干上这一行？"

二妹子一直平躺在树丛里，看着树叶上方一块天空，她没有接司机的话。二妹子不接话，并不是不知道他的话是什么意思，而是她一直沉浸在身体的体会里，根本没有留意。

司机说："你很会做生意。"

二妹子还是平躺着，看着树叶上方的一块天空，愣愣地眨巴着眼睛。

司机说："谁弄了你，都不会忘了你，所以你第一次不要钱是对的。你很会！"司机说着，把手伸进他的裤兜，掏出一张一百元的票子，扔到二妹子身上。

这时，二妹子转过身，眼睛错过树叶的阴影，移到司机因为充血而红彤彤的脸上，之后，翻掉身上的一百块钱，爬起来，脸仿佛被日光长期照射的柞树叶子，突地有些发紫，她气呼呼地说："你把俺当成什么人啦？"

二妹子的话倒使司机有些发愣，他眯起眼，将二妹子推到远处，仿佛要认真打量一下她。司机说："你说你是什么人?你是鸡呗,靠卖肉为生的鸡!"

"你!"二妹子提起裙子,一高跳起来,大声喊道,"你混蛋!"二妹子喊完,身子一闪,流星一样闪到了柞树的后边,朝山下走去。扔下司机在那里捡拾扔在地上的一百块钱。

八

回来时,二妹子一直坚持步行,司机在山路口把车掉过头,等她上车,但她从车旁走过,没有抬头。从小馆到老黑山的山道,看起来很近,似乎过一个岗子就到,可是步行起来,却觉得越走越远。因为累,因为急着小馆里的生意,二妹子每走一步,都要多一层对自己的不满。就像多日以前,因为招收吕小敏,遭到嫂子一顿训斥而对自己不满一样。然而那一次的不满,有一个确定的目标,赶紧脱掉超短裙,做一个和嫂子们一样的女人。而这一次,二妹子没有目标,她不知道自己为什么不满,似乎既是对自己,又是对司机,她一边觉得自己不该跟司机出来,一边又觉得司机不该说那样的话,毕竟,他跟她一样,身体是快活的。

二妹子一程程走着,一股气在她的胸口一程程蹿着,就是在二妹子气鼓鼓地迈着大步往小馆走的时候,一辆已经超过了她的卡车突然一个急刹车,在二妹子前边停

了下来。当二妹子抬起头,一张带有疤痕的脸从车窗里探了出来。那张脸看着二妹子,毫无表情,但二妹子能从那张毫无表情的脸上看到,他是在等她上车。二妹子犹豫了一下,但想到离开小馆时间太长了,还是上了车。

二妹子上了车,司机却没有走的意思,他手搭在方向盘上,眼睛看着前方,不动。见司机不动,二妹子急了,用手推车门,要下车。司机一下子拽住了二妹子的胳膊,司机说:"你坐着!"

二妹子害怕了,声音突然高起来:"你想干什么?"

司机不慌不忙,慢条斯理:"不想干什么,我就是想问你,你当鸡当过多少年啦?"

二妹子慢慢地回转头,把目光对住司机,呼吸一点点变粗:"这你管不着,多少年你管不着!"二妹子的声音虽由高变低,但能够听出,那低低的声音里,有一个石头一样坚硬的东西。

谁知,二妹子的声音刚刚落地,司机就变了一个人似的,突地狂吼起来:"我非管非管非管,你这个鸡!"

司机吼着,把两只手从方向盘上移下来,绞在一起,恨不能使上一股劲把二妹子勒死的样子。但他并没把手伸向二妹子,而是向自己腿上砸去,边砸边说:"你为啥勾引我,为啥?我不是个玩鸡的男人我从没玩过!我还没结婚!你知道不知道你这个鸡!"

司机发了火,二妹子反而平静下来,她静静地听着司机冲她发火，吼叫，一声不吭，她想："你错了，我不是鸡。"

见她没有反应，司机声音更大，说："你是个鸡你知道不知道？！"

二妹子依然很平静，她平静地看着司机映在反光镜里的脸，一字一顿地说："我不是鸡。"

"那么你是谁？你不是鸡你是谁？"

这时，二妹子再也不能平静了，二妹子用拳头使劲擂车门上的玻璃，说："放我走你放我走我谁都不是，我就是二妹子。"

司机慢慢把车门打开，看二妹子下车，当二妹子下了车，司机说出了一句话，说出了一句让二妹子十分惊讶的话，他说："你要不是鸡，现在就跟我走，离开小馆！"

二妹子朝车上望了望，望到了司机毛乎乎的腿，二妹子想，去你娘的腿吧，跟你走？怎么可能？随后一扭头就离开车，独自走了。

在这个从一开始就知道会有什么好事的日子里，真正让二妹子惊讶的，还不是卡车司机的话，而是返回小馆以后的情景。当然那情景展示在二妹子眼前，一看就知道绝不是什么好事。在她快走到三岔路口的时候，她看到小馆门前花花绿绿站了几个女人。她们站在那里，比比划划，东张西望，当其中的一个看到二妹子，突然所有人都转向二妹子，目光锥子一样扎过来。

事实上，二妹子刚走，王树生就上她的嫂子那儿报了信，说他的二姨跟一个卡车司机走了。事实上，二妹子所做的一切，都在外甥王树生的监督之下，都在她嫂子的掌握之中，包括吕小敏的事儿。只不过二妹子的事儿，嫂子一直没有找到一个合适的机会挑破而已。这个机会之所以合适，是说你不必说二妹子一句坏话，二妹子就坏了。不是有意要把二妹子搞坏，而是她真的坏了，只有让所有人都知道她真的坏了，她也许才能好。光天化日之下丢了人，自然要惊动全村，你在全村人的眼目之下从山道上回来，你干了什么不是一目了然！

干了什么？没干什么！二妹子穿过女人们锥子一样扎过来的目光时，目不斜视腰板挺直的样子似乎有着这样理直气壮的回答。这回答被女人们看在眼里，她们相互交换了一下意味深长的眼色，好像在说：看，多么招摇！二妹子看不见身前身后这些眼色，只让长裙在她的长腿上一飘一飘，使她走过的地面掠起一丝风，二妹子感受着来自地面的风，一飘一飘进了小馆。

这时，二妹子才发现，她的嫂子原来并不在门外的人群里，她正在屋子里的凳子上端正地坐着，她把一条腿搭在另一条腿上，面冲墙壁，好像墙壁上发布着某种宣言，某种与二妹子有关的宣言。

一树槐香

二妹子没有跟嫂子说话，嫂子也没有跟二妹子说话。那个二妹子丢失又归来了的正午，不管是嫂子，还是候在外面的女人们，还是二妹子，谁也没有跟谁说话。二妹子进门不久，嫂子就站起来走了，不肯久留的样子，仿佛有二妹子的小馆，脏得不能再脏，稍留一会儿，都会沾染自身。嫂子甚至在离开小馆时，使劲抖了抖身上的衣裳。

按一般的理解，这无声的训斥，比有声的训斥更厉害，尤其这几个女人加到一起的无声的训斥，尤其嫂子哪怕稍待一会儿都不肯的无声的训斥。这哪里是什么训斥，简直是辱骂！你想想，不跟你说话，不是把你当成了畜生！人怎么可能跟畜生说话！可是，在二妹子那里，她没有半点感觉，或许，正因为嫂子和女人们没有留下训斥的话，才使她在接下来的时光里，一点点想起了卡车司机的话。"你不是鸡，就跟我走。"

应该看到，这句话在当时，在他用一大堆难听的话刺激她时，她根本没怎么在意，即使在回来的路上，她也没有多想。而后来，当小馆里陷入一片难耐的寂静，当她有时间闲下来体会她的身体，她想起了司机的话。她不但想起他的话，还一程程忆起了司机一上午一直是阴森森的表情，忆起司机在一程程不肯放松的追问中痛苦的样子。到后来，黄昏之后的晚上，司机那张刻有疤痕的脸，就月亮一样照耀在小馆的屋檐下了。

那真的是一个月光如银的夜晚，因为就要进入秋天，蚊蝇们越飞越高，湿气渐渐脱离地面，小馆门前的三岔路口，微风吹来，越来越让人凉爽。在这个凉爽的夜晚，二妹子打来一盆水，把四条短裤一起浸到水里，之后就着月光，静静地看着浮动在水里的槐花花瓣。

这些花瓣，就是第一次跟卡车司机有过身体的摇晃之后，才诞生在她的短裤里，诞生在她的等待里的。那时，她以为，她等待的只是他一个人。谁知后来，她跟了好几个男人。她跟了好几个男人，她都觉得是在寻找她的男人程土根。现在，她跟了好几个男人，可是这好几个男人，都因为卡车司机的再一次出现，消失的光阴一样在她眼前消失，最后，只剩下了卡车司机。

在这月光如水的夜晚，二妹子觉得她的男人回来了。他回来了，却不是她的男人，而是一张刻有疤痕脸的卡车司机。这个夜晚，二妹子无法知道，一个人正在悄悄地替代另一个人，一个人正默不作声地进入她的生活，而不光是身体。因为是这个人，让她每每想起，心口都一阵狂跳，这和早先身体的觉醒很不一样。那时，她想起男人，和心没有关系，只是体下一片潮湿，一片芳香。现在，她想起男人——那个卡车司机，不仅仅身体潮湿又芳香，她还感到了痴心想念一个人的甜蜜、焦灼。这甜蜜和焦灼，是在她结婚前的那个八月十五，跟程土根有过身体的秘密之后，曾经体会过的。

在后来的夜晚，二妹子夜夜沉浸在这种甜蜜和焦灼里，她等待着月亮出来，看着它一点点爬向中天，她和热情洋溢的苍蝇们为伍，却对苍蝇们视而不见，因为她的耳边，只有一个声音，卡车轰隆隆的声音，她的眼前，只有一个面孔，卡车司机的面孔。

这是一段什么样的日子啊！二妹子觉得和三年前没结婚时没什么两样，心里一层层裹着秘密，希望跟一个人说出来的秘密。这要是三年前，二妹子会毫不犹豫就去找于水荣。实际上，在后来的夜晚，二妹子还真的想到了于水荣，有好几次，黄昏之后，小馆没有客人，二妹子都在镜前打扮一番，然后走出小馆，朝西走去。可是走着走着，不自觉地，她又停下来，回转身，再走回小馆。

如果她有勇气走回歇马山庄，说出她的秘密，她的不幸会避免吗？不得而知。

几天以后，小馆门外的三岔路口真的响起了轰隆隆的声音，也真的出现了一个人的面孔，但他不是卡车司机，而是李丙刚。

李丙刚是在晚上九点以后来的，这一次，他没有喝酒，人打扮得干干净净，好似刚洗了头，理了发，剃了胡须，身上还有一股淡淡的瓶装花露水的香味。见都九点了，二妹子还一个人坐在小馆门口，有些意外，但很快地，就蹲下来，小声说："想我是吗？"

二妹子看了看李丙刚，没有反应。二妹子的没有反应，刺激了李丙刚，他猛地就搂腿抱起二妹子，向车的方向走去。快到车跟前的时候，二妹子挣脱下来，二妹子说："李所长，你这是干什么？"

月光下，呼呼带喘的李丙刚似乎想笑，说："怎么，是不是因为不给钱？"

二妹子说："李所长，你把俺看成什么人啦？"

李丙刚这时真的笑了，那种不怀好意的笑，他说："别假正经了，你和吕小敏还有什么区别吗？没有！"一边说着，一边把他的手伸过来。

"吕小敏，你也认识吕小敏？"二妹子愣住，挡住李丙刚的手。

李丙刚没有回答二妹子，只继续他刚才的话："你和吕小敏的区别，只不过玩她需要给钱，而玩你不需要给钱，你哥哥早把你抵了税钱。"

"你……"因为这突然到来的信息，二妹子一时说不出话来。她缩了缩身子，往后退了一步，之后冷冷地看着李丙刚。

李丙刚说："你放心，我只玩过吕小敏一回，她主要是你哥的，你才是我的。来吧。"

二妹子继续往后退着，往小馆的方向退着，月光刚刚还在天地之间流动，可是不知为什么突然就被一朵云罩住了，小馆门前黑了下来。小馆门前黑下来，二妹子却并没借这黑影退到小馆里，而是退了几步，突然停住脚，因为这时，李丙刚说了一句话，他说："你可以不从，但你得想想你哥，我掌握他的所有底细。"

九

二妹子身体里的黑暗，就是跟李丙刚上车之后开始的。这并不是说，因为对一个人的思念而使她对李丙刚格外反感，也不是说李丙刚关于她的哥哥那些信息让她一时心情烦乱，当然，反感和烦乱都是从没有过的，但所谓二妹子身体的黑暗，是说，那个晚上，二妹子和李丙刚上车不久，一帮人就由远及近地把轿车围住，之后将两人赤裸裸逮住。

二妹子被抓了，是县里扫黄打非办公室的一次集体行动，端掉了好多餐馆。她的哥哥是第二天早上才知道这个消息的，镇派出所的人打来的电话。她的哥哥早就知道上边要行动，但想不到会抓了他的妹子。主要是，她的哥哥想不到，告二妹子的，就是他的老婆，向他的老婆通信的，就是他老婆的外甥王树生。他的老婆串联了于水荣在内的村里十几个女人，在一封上告信上签名，然后她绕过三岔路口，直接告到县里。

从来不会霸道的嫂子为自己的心情，为乡亲们的心情，终于霸道了一次。可是，在镇派出所见到二妹子，做嫂子的哭得一塌糊涂，两手一再耸着二妹子肩膀，一抽一抽地说："咱命怎么就这么不好，摊上这样的丑事？"

不管嫂子说什么，怎么说，二妹子始终面无表情，她看着嫂子，既没有落泪，也没有说话。

一周后，二妹子被放了出来，是她哥哥托人做的工作。她出来后被直接送到小馆。

二妹子回到关闭一周的小馆，没有像想象那样换掉身上的衣裳，打扫卫生，也没有回她的睡屋躺下，而是静静地坐在餐桌边。

时至深秋，苍蝇们纷纷从外面飞进小馆，在墙壁和餐桌上飞起、落下，落下又飞起，二妹子呆坐在餐桌旁，看苍蝇们兀自飞舞，它们飞着，时不时落在身边的餐桌上，不知是什么时候，不知是第几只苍蝇落到二妹子身边的餐桌上，只听啪的一声，手起拍落，刚刚还在桌子上扭动的苍蝇，瞬间碎尸万段，接着是第二只、第三只、第四只……

看到二妹子一进门就拍打苍蝇，做哥哥的很是放心，只在屋子里站了一会儿就离开了。然而，就是这个晚上，二妹子失踪了。王树生把消息告诉村长姨夫时，已是晚上八点多了，王树生说，她打了一会儿苍蝇，人就没了，开始，他还以为她回睡屋里了，可是要吃饭时，还不见人影，四下里找，才发现人根本不在。

二妹子到底什么时候走的，上了哪里，没人知道。

此后的日子,做哥哥的四处撒网,各处的水道边、沟谷里、海边的婆家都找遍了,一直没有找到。

　　于是,关于二妹子命运的猜想,关于二妹子当鸡的故事,关于二妹子身体里的故事,就如同苍蝇一样,在歇马山庄一带四处飞舞。直到深冬的一天,苍蝇们再也舞不动了,才有确切的消息传来,说有人在岫岩城边的一家小馆门口看见她,她大冬天的穿了一件秃领的羊毛衫和皮短裙,露着白白的胸脯和白白的大腿,要多妖气有多妖气。

赢　吻

自从走了林芬，来了才阳，机关人事处的气氛就一改以往的死寂，双休日就开始变成集体活动日。其实林芬并不是个没有情调的女人，恰恰因为她喜欢文学，身上有些文人的浪漫情调，看不惯王科、李宁、桑子桐这些机关人的寡淡苍白假模假式，身心一直分散在机关外的文人圈里，使人事处的四个人事实上变成三个男人的世界，没有一点色彩的凝聚。才阳跟林芬不同，才阳有情调不爱好文学，又是青春女孩。才阳跟林芬最大的不同在于她会全身心投入同处里人的相处上，她头一天上班，就分别给三位男士带来三束鲜花，插在他们案头上让他们耳目一新。

才阳上班一周，人事处改变了以往每到中午作鸟兽散，到别的处室打扑克的常规。才阳说，你们忍心撇下我？三个男人没容商量，处长王科拉出一张桌子，管档案的李宁赶紧收起桌上的茶杯、材料，秘书桑子桐则不紧不慢拖一条椅子坐到才阳对面，说咱俩一帮。

才阳上班两周，周五下午，王科看着李宁、桑子桐，说，操，咱就不会搞点活动，双休日两天，在家困着多没意思。李宁说，你是处长，还不你说了算。桑子桐平素话少，这时却不待李宁说完，就接上去，我早就想说了，机关的气息太憋屈人。

就这样，双休日成了人事处的活动日，王科和李宁带着家属，才阳和桑子桐光杆司令，总共六人，不大不小一支队伍。才阳凝聚了三位男人的同时还凝聚了两位女人，才阳将三位男人两位女人引向自然，更重要的是才阳使三位男人不再苍白寡淡，他们在街上烧烤厅租烤炉，租篷布租泳装租旱冰鞋，他们愿意在吃烧烤时唱歌，游泳时击水，滑冰时制造危险事件，他们变得富有情调充满激情，他们几乎是百玩不厌乐此不疲。

才阳不张扬不火暴，属于温情那一种，她跟人说话的时候，目光静静地看着对方，下颏弯成一个美丽的弧度，那种温顺的情态散发着一种气息，给人一种拥抱感。给人拥抱感是人事处平素寡淡的三位男人对才阳的共同感觉。他们没有交流，可相互都能看得十分清楚。王科人长得帅气，到人事处来办事的女孩常向他飞眼，他却像个木头疙瘩似的从不理会。可是来了才阳，他大不一样，他有事没事盯着才阳出神，那含笑的目光好像荒地长了野草，流露出一种崭新的企盼。问题的关键在于，王科原本最善于平衡人际关系，平素每天都找机会到各处去串，说一些既表示亲近又毫不相干的话。来了才阳，他竟再也不到外面串了，像个守门员似的守住人事处不动。李宁妻子两年前得了精神分裂症，被老婆所累，被孩子所累，李宁眉头整天拧个疙瘩，没有一点笑面，上班的唯一话题就是又讨回什么药方。来了才阳，李宁眉头的疙瘩像淤泥遇到洪水，一下子消散开不说，在机关再也不提老婆有病这档事，好像个人生活的不幸会减轻他在才阳跟前的什么砝码。桑子桐三十没娶，削脸长发像个落魄艺术家，机关人不懂艺术，看他蓬头垢面沉闷不语像渣滓洞的囚犯，就戏叫桑子桐为渣滓洞。他生性倔强从不敷衍人事，每日捧着不知从哪儿弄来的明清时期的残本细嚼慢咽，除了工作谁也甭想打扰他。来了才阳，他自动放下明清残本再不用心，有事没事站到窗口眺望远处，好像远处有一种什么东西正和心底参差，使他无法再向明清事件走近。才阳使三位木讷的男人敏感起来，却并没有让他们互为情敌，她乐于听处长支使，处长在支使她时她把对方的目光引进自己明澈的深潭；她爱听李宁叹气，她总在李宁叹出一半的气又收回时心上生出爱怜，之后说一句叹气不好；她喜欢看桑子桐背对自己想心事的那种深不可测的样子，每到这时，她都故意在身后弄出声响吸引他回头。她让三个男人都感到她对他们的在乎，然而并不是坏女孩的玩弄感情。才阳不是坏女孩，她的周到完全因为细腻善良使然，她愿意每个人都心情舒畅而不需要任何回报，漂亮女孩往往注意世界上有多少双眼睛看自己，而才阳只注意用自己的眼睛看世界。

携带家属的户外活动搞了一周又一周，从黑岛度假村到冰峪风景区，从城山古庙到碧海山庄、锦绣山庄、虎滩浴场，上山，下海，进庙，他们的地点一直在变，然而不管到哪儿都要打扑克，打扑克不是他们双休日活动的主题，他们也根本搞不清到底什么才是他们的主题，在这个没有主题的活动中，打扑克成了他们活动的重要组成部分。因为只有打扑克时他们才能长时间地挨得很近，才能相互感受到呼吸。坐才阳对面的人，可及时读到才阳温润可人的面颊，幽静妩媚的目光，小兔子一样跳动的胸脯；坐旁边的人可时不时触到才阳纤细的胳膊，柔软的腿肚，飘逸的发丝：不管是目光的接触还是皮肉的接触，都叫人心旷神怡激动不已。他们谁也说不清这到底是一种什么样的东西，有一次李宁妻子有病没去，王科羡慕地想，我老婆怎不得精神病呢。其实事实很清楚，即使老婆不去，谁也不能怎样，但在王科的感觉里，老婆不去，就好像得到和拥有了很多，且这得到和拥有是要比老婆在身边要格外美妙的。

当然即使李宁老婆缺席两次，桑子桐压根就没老婆，他们也并不会觉得比王科得到和拥有很多。原因似乎很简单。每次活动，才阳都和王科老婆形影不离。下海时，两人一游挺远，美得王科远远跟上，一面一个保护着亲亲密密，爬山时两人藏猫猫一藏两小时，美得王科找到后一人两巴掌拍过去。过去的经验，女孩喜欢谁爱谁，人堆里肯定就躲着谁。要是人堆里还有这人的老婆，更是避之不及。现在时代翻天覆地，情感的经验当然要地覆天翻，越爱越与老婆摽着，既减去了怀疑，又增加了更多的接触机会。关键是在大家心灵这杆秤上，王科是最有前途的青年干部，形象丰满五官端正，眉骨和鼻子有棱有角，方嘴说话时托着一种温和和相知。不像李宁，干瘪的脸灰黄的唇，永远一副苦难相。也不像桑子桐，虽有浓眉皓齿，虽有诗书功底，却总是外星人似的沉闷不语，脸上又满是烂果子一样的青春痘。在人事处，王科的优越无论如何都是显而易见的。

有了这种感觉，李宁开始痛苦地撤退。他撤退的方式并不是活动缺席，而是抓住一切机会帮助王科往才阳身边凑。比如坐车的时候，他抢到才阳身边，然后再找一个很自然的借口跟王科换座；或者打扑克的时候，有意给他俩要到一帮。他这么做一方面因为王科是处长，顺着他可以多请一些假去给老婆找药——比较出自己势力的失重。李宁先前被才阳激起的那点浪漫情感或者叫花花肠子马上收回，又回到给老婆治病这个现实中来；一方面因为桑子桐明清残本丢掉一页是他上厕所急忙撕掉的，桑子桐在大发雷霆时说了一句咒语叫他心痛不忘，他说不识字的混蛋，操，叫他这辈下辈不识字——李宁老婆得病后把大学知识全部忘掉,变成了一个大字不识的痴呆。这种忍痛报仇的方式更加清晰了大家心中原本模糊的感觉。王科目光含蓄激情满怀时,桑子桐则一支接一支地抽烟,不管是在才阳对面还是身边,都不抬头看她,任她在身后弄出任何声响都不回头。

五天时光最好打发。周末来了走了,走了又来了。机关人事处郊游团个个周末出击,李宁像一个敲边鼓的鼓手,一到周五就热情洋溢策划第二天的景点、游玩方式、必备物品。桑子桐对接下来的日子虽不敢怀抱希望,却也从不敢放弃就要到来的希望,这希望很可能就是往身上扎针一样的刺疼。事实证明,才阳每同王科笑他都慌到心疼,他仿佛只有这么眼看着针往心上扎下去才心安理得。

周末又到了,王科、李宁、才阳、桑子桐静静地坐在屋里等待。城内城郊该去的地方都去了,直到下午三点,李宁也没想出什么新地方。想不出新地方但一定要表示在想地方,李宁开始屋里屋外走动,咔嗒咔嗒的皮鞋声说话似的提醒着大家上哪儿去上哪儿去。想不出上哪儿去对李宁是个公开的折磨;对王科和桑子桐却是一种难以言说的内在的折磨,没地方去就意味着停止活动,而停止活动让王科不能接受。一段时间以来,周末活动已经成了他生活中不可或缺的期盼,因为有了周末活动,一二三四五这上班的日子仿佛音乐似的带着美妙的声响从他生活中潺潺流过。他绝对清楚他不可能从才阳身上得到什么真实的情感,哪怕由语言做成的情感的表达。他其实还真害怕这种表达,他不想做时下那种拥有第三者的男人。他是处长,他的仕途刚刚开始,最重要的是他的老婆,他老婆是个专门对不起自己的女人,一旦被她知道他有第三者,她会自杀。他只是觉得同才阳在一起仿佛回到青春年代,血脉里有种少男少女在一起时的波动,这波动带给他一种强大的冲击力,让他思维活跃情绪活泼;这活跃让他想到十八岁那年和一个男生每天放学往叫水水的女孩堆里凑的情景,用虫子吓她拽她辫子让她尖叫是他们最快活的时光;这活跃活泼是他成年以后在机关生活中从未感受过的。

当然,当血液在血管里流动最活跃的时候,王科也萌动过搂一搂亲一亲才阳的念头。萌动这念头的时候都是每次活动的高潮。坐车、爬山、喝酒、打牌,所有的形式都为这内容做着铺垫,所有的铺垫都好像西西弗斯往山上推石头,从周一开始推,到周末在野外,看着才阳肉嘟嘟小嘴想亲上去那一刻便是顶峰。与西西弗斯不同的是,西西弗斯以为总有一天石头会被推上去,推的过程被辛苦和汗水洗刷,身心没有欢乐。王科知道石头到了山尖还会滚下来,或者他有意将它放松滚下来重推,在重复中品味过程的欢乐。如此这般,日子过到周五,就如同将石头推到山腰,攒足的劲没有使出,又一度风光没有见到，失望的恐惧使王科的心在一副平和的表情掩饰下跳动阵阵加速。而桑子桐做不到像王科那样，心底翻江倒海表面若无其事，桑子桐脸涨得通红，放在桌上的材料拿起又放下，青春痘上沁出细密的汗珠。他尽管经人介绍多次约会，却是个没有经历过女人情感的人，才阳让他懂得情感，懂得莫名的激越、烦躁和惆怅。她每在他身后用声音搅动他，他都恨不能转身逮住她的手腕。他没有转身，却在遥远的意念里逮住了她。后来才阳的手腕常被王科逮住，他心里就生出一种说不出的恨，他恨自己那种骨头里的自信和骨头里的自卑，恨当代女孩他妈的贱癖，专愿跟有妇之夫。桑子桐虽然没有充足理由证明才阳喜欢王科，可才阳在与王科老婆形影不离时，不再敏感桑子桐任何一种状态的沉默，叫他对自己越来越失去信心。他不是西西弗斯也不是王科，他下山时发狠再也不去上山，可是周五一到，那石头就重重地压在心上，不去推已不可能，而推的最佳办法就是等待活动。

咔嗒咔嗒上哪儿去的脚步声终于在才阳身后停下来。才阳与王科对桌，李宁与桑子桐对桌，李宁和才阳顺坐一侧，李宁里出外进就给才阳脖后扇来一阵阵风。风停了，一个新的去处一道蓝光似的照亮全屋："林芬家！"当李宁说出"林芬"两个字，貌似专心致志的王科脸上蓦地露出惊喜，手头那些原本就没输入大脑的文件一下子被他拒之千里。平时极少用言语表达对事物感受的桑子桐霍地站起来，说，操，这主意好！林芬，林芬走时答应过接待咱们！王科满脸笑容，说，咱把活动搞到林芬家，让她看看她走了咱人事处也会搞活动了。

林芬在机关人事处五年，五年没给人事处带来半点活性，而此时仅提到她的名字就将人事处这潭水搅动，搅出一些泡沫和水花。桑子桐最先翻出他保存的林芬的电话号码。桑子桐喜欢古典文学；因为古典文学也是文学，他对爱好文学的林芬比机关其他人都略微在意，只是林芬从不在意机关里的任何人，叫桑子桐对林芬的傲慢有种隔山看水的距离感。如今活动缩短了距离，他把电话号码递给李宁时，手微微有些抖动。王科给林芬打完电话之后，立刻拨响火车站电话，问去明城的火车明天几点发，那迅速的样子好像推迟一会儿都会影响计划的形成。搞清时间，王科通知大家，明天中午十二点五十在火车站广场集合，车票李宁统一买。王科接着说，这次与以往不同，以往在市内能求着车，这次要花车票钱，不过没关系，日后我会想办法。想买衣服多带点钱，明城是服装城。听说给时间逛商店，才阳一个高跳起来，水红的小脸儿花一样鲜艳。她说太好了，我跟嫂子逛服装店。才阳从不掩饰每次活动之前的期盼，活动期间的快活，活动之后的惆怅。才阳就像小孩盼年一样一天天掐算。等待的快活远远超过了活动的快活，只是等待的

赢　吻 ●

快活是掩在心底里，是自己跟自己碰撞，活动时的快活是张扬在笑声里，张扬在山水自然里，是人心跟日光、荒野、空间的碰撞。其实才阳真的说不清她盼周末活动是因为王科还是因为桑子桐，她曾在心里假设过没有了某某会怎么样，可是这假设每做定一半就做不下去，事实证明缺了谁都不会让她开心，包括李宁。来人事处之前才阳在一个街道帮过忙，那街道一些自谋职业的小伙子都和她相处得很好，有事没事围着她转，时间一长她觉得他们当中的哪一位对自己都很重要，她从未想过单独与哪一个好，好成什么样的关系。现在也是一样，在人事处里才阳从未想过该跟哪位更好。桑子桐未婚，可他太倔，从不拿正眼看她，总将目光跳过她去看虚无缥缈处；王科一双多情眼倒是常让她心里发毛，可是一见到他妻子就不会有任何非分之想。才阳父母都是大学讲师，非常重视传统教育，对才阳看管很严，从不让女儿跟外界接触，从不让女儿认为自己是个漂亮女孩。

或许正因为如此才阳不知道自己在别人心目中的位置，也因为如此当她从父母所在的学校走向社会，便如一只刚刚放出栅栏的小鹿，喜欢人群，喜欢热闹，喜欢人与人相互关联相互维系。

这是夏天里最热的日子，太阳光在行人之间蒸出滚滚汗珠，王科、王科的妻子炎艳、李宁、李宁的妻子方红、桑子桐、才阳，个个都打扮得新崭崭在火车站聚齐。

乘着火车旅行,是他们周末活动唯一的一次,每个人的脸上都有一种整装待发的喜悦。才阳一上车就被王科妻子炎艳拽到身边,李宁的妻子方红牵李宁衣襟在过道里东张西望,王科则和桑子桐张罗着把六个座位调到一起。因为是坐火车旅行,打牌成了活动的第一项内容。才阳把炎艳让在靠窗的位置,李宁在王科和桑子桐四下调位时,让方红坐在才阳身边。当王科他们把对面的两位客人调走,他马上把方红拉起来,很自然地说处长你坐。李宁把靠近才阳的位置让给了王科,他和方红、桑子桐坐在一起。方红因为有病,只能在一旁看大家玩。夏风从窗口掠进车内,扑克不断被吹到王科脚下,王科则不断哈腰去捡。王科在不断的哈腰时大腿不断碰到才阳的腿,碰到才阳的腿使王科体内涌起一阵阵暖流。这种不被人察觉的涌动实在美妙至极,像醉酒,像睡梦,他想要是火车永远开不到尽头该有多好。才阳感到了那碰撞,心里直后悔没把炎艳让在中间,她其实实在是好心。后来,每到王科哈腰时,才阳都有意将腿收紧,可无论怎样收紧,那温热都不容躲避地挤压过来。才阳内心慌得不行,这慌乱使才阳老出错牌。好在李宁坐在对面中间位置,一刮风就把风当成人骂,说风他妈怀孕时肯定中了邪箭,生出这么一个一流邪气的杂种,逗得大家阵阵发笑,迷乱了人们的思维和眼神。然而只有炎艳和方红会被迷乱。王科心里越喜欢才阳,回家对老婆越细致周到,常常一进门就抱起炎艳往床上揉,使炎艳觉得一段时间以来,自己简直是世界上最幸福的人。炎艳可能怀疑天有朝一日会塌下来,但从不会怀疑丈夫有非分之想。方红脑神经错乱,她的智能告诉她人只有哭和笑两种表情,笑是高兴,哭是不高兴,因而她愿意跟李宁出来看大家山花一样的笑脸,听鸟叫一样好听的歌声,一有笑声她就跟着痴笑。桑子桐也跟着笑,但他的心却是疼的,才阳洁白而细软的手指弹拨在桌面上,像一只小钩钩疼他的灵魂,因为在桑子桐眼里,才阳是被王科抱着出牌。他看到才阳身上那股温存的青春气息湿雾贴着山头似的罩在王科头上驱之不去。桑子桐疼中生恨,恨王科的贪欲且道貌岸然,恨炎艳的愚蠢和可怜,恨李宁的卑躬屈膝趋炎附势,更恨才阳的轻佻功利有眼无珠,这痛和恨是早有预料,可是前边说过,他好像只有这么痛着和恨着才心安理得。

短暂而又漫长的旅途时间在每个人的不同感觉中流逝。当他们伸着懒腰放松着肌肉和神经走下火车,日光已在西下的归途中跳出斑点的火红。林芬在火红中犹如一星不灭的光亮,一下子吸住了老家人事处的人。林芬不愧爱好文学,能够穿透现象看本质,当她第一眼看到洁白、温雅、天鹅一样美丽的才阳,她就懂得这个曾经死气沉沉的机关人事处为何一下子想起旅游。她一边挨个同大家握手,一边盯着才阳连连重复怪不得。

明城是个文人聚堆的地方，出过不少全国有名的作家，林芬一定是被那些高层次的文人熏的，室内装饰卓尔不群，那装饰使王科一下子就找回了原来林芬在人事处时给他们带来的那种距离感。

跟林芬在一起，跟林芬制造的环境在一起，他们明显地感觉到他们的土、他们的薄。即使习古文的桑子桐也不例外。在桑子桐眼里，林芬过去是用冷淡表现她的傲慢，而现在，人变得热情了，家庭装饰装修的高雅将热情后的傲慢更是弄到极致。林芬准备了丰富的晚餐。林芬在招待大家时一再强调她最高兴大家到明城旅行，说其实每个人都有一个人生定位，人生存在的终极意义就是冲破定位的框限，人不冲破自己其实很可怜，人得不断地解放自己开掘自己，无论是性格还是兴趣。

林芬的话没有得到回应，但大家都一个劲地点头。王科想，人到底是远来香，早先林芬从不跟他们讲这样的话。王科并不知道是他们不再固守机关小空间的做法激发了林芬的说话欲。林芬的话正说在桑子桐的内心，他进机关几年来一直感到一种束缚，一种无法言说的束缚，连人与人说话的腔调都有一种机关味。为了摆脱形式的束缚，他到古代历史故事中寻求解放。武松景阳冈上大碗喝酒的情形让他心痴神醉，他常想么喝醉了大打出手真是一种极致的人间享受。他的心里充斥着那么多浪漫情调，可是他做不出来也表达不出来，就像眼下面对林芬的话很想表达却表达不出来一样。一个人的性格一旦形成便很难改变。

才阳是男人女人都会喜欢的女孩。她听林芬讲话时那种沉静的姿态叫人想到正要着陆的飞机面对宽阔的跑道，被接受被接纳的感觉不时反馈给林芬，让她不断进出要说话的欲望。林芬用她文学的眼光看到才阳是理解力特好的女孩，而林芬在才阳眼里则更像一位哲人。大学同学常谈个性解放活一把自己，极少听到人生有定位和框限，必须开掘和突破的言论，她想：自己的定位和框限是什么呢？怎样才能突破和开掘自己呢？才阳在想这个问题时，下意识地瞟了一眼王科。瞟完王科，她感到心底出了一堆冷汗。

晚饭很快结束，林芬的话因为得不到碰撞也只好随晚饭的结束而结束。拾掇完桌子，林芬说很抱歉，在居民区楼里不能唱卡拉OK，我领你们到夜总会去。听说到夜总会，王科马上表示反对，王科说，夜总会家乡就有，还用得着到明城，再说我们都不会跳舞。就在你家打扑克吧，打通宵扑克也是难得的，省得我们一帮人睡不开。打了一下午扑克，大家都感到很累，但大家都理解处长的话，那是不愿让林芬为他们破费，于是都点头响应。见大家都愿打扑克，林芬就让丈夫给搬桌椅。

大家积极地坐下去，却迟迟不去摸扑克。坐了一下午火车，他们确实感到很累，时值盛夏，室内又闷又热，而关键在于,以往玩,身边没有局外人,现在有林芬和林芬丈夫在场,那种玩的快乐,那种因为才阳而能有的莫名的刺激好像一只气球被戳了一锥子,他们觉得没有了以往的情绪。见他们不动,林芬以为他们是想赢钱不好意思,就说是不是想赢点什么?众人不语。林芬说,赢点什么就赢点什么吧,总得有点什么刺激,我给你们找钱。王科忙发话,不行林芬,我们从来打扑克不赢钱,就玩个意思。林芬说,问题是现在我看你们好像玩不出什么意思。林芬说,你们要是愿意听我的,我给你们出主意赢一样东西,保证刺激,保证有意思。王科说,什么,你说说看。林芬说,我可是突发奇想,赢吻。当林芬把"赢吻"两个字说出来,大家登时眼光发亮,他们除了李宁的病妻方红,所有人都一下子想到才阳。才阳自己也自觉不自觉抱住脸羞涩地笑起来。正是才阳的笑引发了在座的人们。他们仿佛被什么东西燃烧了似的,纷纷兴奋起来。王科想,好啊林芬,你原来一到周末就到外边活动,原来你们文人就是这么活动,你们是多么浪漫,浪漫到我们这些下里巴人做梦都难以想象。王科想原来以为火车上打扑克是这一次活动的倒叙,先撞入了高潮,没想到还有这等精彩的在后边。他想他不信一个晚上就不会赢才阳一次,只要有一次就可超过别人无数次,因为透过以往的感觉他坚信才阳最情愿的还是自己吻她。王科妻子炎艳一向娴静、沉稳,可是听说还有这等节目,兴奋得第一个开始抓牌,好像她结了婚就不怕赢和输,吃亏的终不会是自己似的;好像一个人一经结婚就变成一种瘟疫,不管吻谁还是被谁吻都注定不会吃亏似的。李宁则心下暗想,这回可有节目看了,搞不好会出事的。这念头兴奋地闪过之后他又想人不可以这么缺德,不能看笑话,要帮处长好好把握,千万别让炎艳看出破绽。桑子桐完全被惊呆,他直直地盯着扑克长时间回不过神,他原以为下了火车,这次的痛苦就结束了,想不到还要继续,且是这种明晃晃的继续。他不是不相信自己就没有赢的机会,他是觉得自己无论赢不赢吻不吻都不是两厢情愿,是不是两厢情愿似乎比什么都重要。可是当他回过神来第一张扑克抓到手,一道电光蓦地穿过他的大脑让他猛地打了一个激灵,他抓了一张红桃5。

从第一张牌抓到手,桑子桐就突然感到一股热血涌遍全身。这热血一下子改变了桑子桐先前的心态和姿态,他用力甩了甩长发,嘴角抿出深刻的棱角。他感到他拯救自己的机会到了,他的拯救自己并不是以为能够获得才阳的感情,他是想他要报复,报复才阳报复王科报复李宁,他要变心痛为痛快,为戏谑,为无所谓。

牌一张张抓到手,牌一张张打出去,王科因为自信,李宁、炎艳因为没有负担,打得比较放松。才阳和桑子桐紧张得不行,尽管是玩,才阳也怕遭遇那种难堪的场面,自己毕竟是未婚女孩,关键是要当着大庭广众。桑

子桐因为一手好牌启动了报复欲,使他在整个出牌过程中都保持了临阵杀敌的状态。当最后一张牌打出去,一切都应了桑子桐所愿,他用老 K 捉住了才阳的红桃 9,另外三人逃之夭夭。

一场暴乱轰一声震动了不到十五平方米的小屋,王科和炎艳夫唱妻和,纷纷站起来给他们让地方。林芬和丈夫也在旁边添油加醋。才阳捂脸做退缩状。王科说不行,坚决不行,说话算数。王科想只有让他们吻上,才会顺理成章有自己的节目,而只要有了自己的节目,别人的节目都是白演。血沸腾在所有人中间,就连李宁也感到自己血管的勃勃跳动。这时,突然有人问,是赢者吻还是输者吻,这个问题一下把大家问愣。是啊,到底赢了吻还是输了吻?这时他们才感到吻和被吻到底哪个吃亏真是一个难以说清的问题。这个问题平素还真没有想过。最后林芬裁决。林芬说,还是由我定吧,赢者掌握主动权,输了的人只能被吻。李宁、王科、炎艳都以起哄的方式表示赞同,之后盯住才阳和桑子桐,说,还不快点,不要这么耽误时间。才阳忸怩一会儿,振作起来,因为极度的羞涩脸上溢着桃红色的光晕,更加让人着迷。才阳发现那张长发裹住的瘦脸虽然长满青春痘却有刀刻一样清晰的轮廓,很有点像影星王志文;洁白的牙齿被他那不安的厚唇掩映着,像一串整齐的米粒。因为是席地而坐,才阳扯了扯裙裾,双膝跪地,往前凑了凑,低垂的眼睑含蓄着万千风情。桑子桐自从出完最后一张牌，就一直是静静地跪在那儿，他不捂脸，不笑，不说话，目光一直镇定地看着才阳，他一直等待那个报复的时刻的来临。可是令他始料不及的是，当才阳收住笑容，仰起一张灿若桃花的面庞，大大方方跪起向前凑来，桑子桐感到内心刚才还无比坚硬的东西瞬间化成一种水一样柔软的溪流，最初潺如山泉汩汩涌流，不久就变成洪水猛兽猛烈撞击着血管向灵魂深处袭来。桑子桐在灵魂深处发生从未有过的震荡、眩晕时，目光直逼才阳，猛地抱过她溢满芳香的肩膀，将唇与唇揉到了一起……

一切都来得那么干净、利索，似有所谋又猝不及防，共鸣声静止了片刻又马上荡溢开来。桑子桐吻毕赶紧起身躲到人后，没有人在乎他的反应，所有人都把目光聚在才阳身上。才阳趴在炎艳身上久久不起，开始还跟着出些笑声，后来就声息全无。吻完之后，王科一直笑而无话，他脸膛红红，却并非因为嫉妒桑子桐，他为将要在自己身上上演刚才那一幕微微有些激动。看完刚才那一幕，李宁心里有种说不出的难过，他想自己是一个多么不幸的人呵，自己真是不幸！他这么想，就特想离开这间屋子不再玩了。可他最后还是控制了自己，他假装若无其事地说，来来快坐下吧，玩下一轮。炎艳推着才阳说，行了吗，快起来，吻一下怕什么，你越怕就越输。大家都重新坐好，桑子桐又坐回原来的位置。可是无论炎艳怎么推，才阳就是不抬头。最后，当大家七嘴八舌实在有些不耐烦，才阳放手抬头，才阳抬头时面部表情非常平和平静，才阳说，不玩了，坚决不玩了。看不出怨怼，看不出反感，只让人感到平和的语气后边隐着一种少有的坚决。

谁也无法知道刚才那一瞬间究竟发生了什么，谁也无法说清才阳、桑子桐之间究竟发生了什么，反正一向周到、善解人意、最愿维护集体利益的才阳，吻完之后宁愿将王科、炎艳所有人晾在一边，宁愿不顾林芬夫妇的面子，说死就是不玩了。

可以想见，这是一个怎样扫兴、沉闷、没有意思的夜晚。

可以想见，这是一个怎样无趣、无聊、别别扭扭的归途。

可以想见，这是一个怎样压抑、寂寥、莫名其妙的又一轮日子。

在这又一轮日子里，大家清晰地感觉到，一个女孩的自尊是多么不容忽视和伤害。才阳几乎很少与大家说话，即使说话也不看任何人的眼睛。才阳不说话时，完全变了一个人似的一扫以往的明朗妩媚、温柔多情，她好像一瞬间变成一块铅块，让人感到她的满腹心事和沉重。王科一直以为他向山上推石头推着推着砸了自己的脚是因为不觉中伤害了女孩的自尊，他指望随着时间的流逝会得到彻底的恢复。可是周末下午，当他盼望把这个石头推到半腰，一个消息突然砸蒙了他的脑袋。机关业务处的小程说，他刚才看见桑子桐和才阳在街心公园的青藤下坐着，才阳搂着桑子桐落魄艺术家似的长发，很亲密。

由不得不信，王科回想一下，他俩确实是中午午饭前就一同消失了的。王科看着李宁，李宁说，操，原来搞一个好女孩这么容易，原来这就是爱情！王科依然盯着李宁，那绝望的目光仿佛在说人事处这不完啦，人事处还有什么意思?!

——从此以后，机关人事处再也没有活动。

在观念或者概念之外

——谈孙惠芬近年的几个中短篇小说

周立民

闲来翻看旧杂志,看到沈从文先生七十年前所写的一篇序言,讲他在大学里教小说创作的事情,学生们希望从这位著名作家手中讨一点创作的灵丹妙药,可沈先生的劝告却是:"我要他们先忘掉书本,忘掉所谓目前红极一时的作家,忘掉个人出名,忘掉文章传世,忘掉天才同灵感,忘掉文学史提出的名著,以及一切名著一切书本所留下的观念或概念……能够把这些妨碍他们对于'创作'工作认识的东西一律忘掉,再来学习应当学习的一切,用各种官能向自然中捕捉各种声音、颜色,同气味,向社会中注意各种人事。脱去一切陈腐的拘束,学会把一支笔运用自然,在执笔时且如何训练一个人的耳朵、鼻子、眼睛,在现实里以至于在回忆同想象里驰骋,把各样官能同时并用,来产生一个'作品'。我以为能够这样,这作品即或如何拙劣,在意识上当可希望是健康的，在风格上当可希望是新鲜的，在态度上也当可希望是严肃的。"沈先生认为这样的创作，哪怕遭遇多次失败，但终究"能够写出很完美很伟大的作品"(《〈幽僻的陈庄〉题记》，1935年3月出版《水星》第1卷第6期）。我认为这段话用来说明当下被各种概念、观念包裹得越来越紧密以致颓靡无力的小说，以及孙惠芬那种在泥土中蓬勃生长的创作都是恰如其分的。自长篇小说《歇马山庄》以后，孙惠芬非常自觉地将目光集中在"歇马山庄"，讲述了一系列的山庄故事，引起了文坛格外关注。其实二十多年来，孙惠芬的笔从未离开过这片土地，她一直在书写"天高地远"的土地上的"四季"和"燃烧的云霞"，一直在写"平常人家"的"小窗絮雨"，一直在"城乡之间""来来去去"（以上均为她以往的小说篇名）。她的创作也随着阅历、生活乃至社会思潮的变化而不断地变化，最初是一个少女对身处的世界和生活中的每一点变化的惊喜，接下来是站在乡村对城市的眺望和渴望，以及城乡间的文化和心理冲突，到最近几年是城乡的共融和对乡村的记忆和怀想。不论怎样，与乡村的血肉联系，以及由此带入作品的这种对乡村的青翠欲滴的感觉却隐含在孙惠芬每一篇作品里，从生老病死的大事，到一句话和一个眼神，孙惠芬与她笔下的那片土地始终是血脉相通的，她永远也做不到超然，始终都不能无动于衷。

二十几年,对于历史长河而言是转瞬即逝的一刻,但对于一个人来说却足以消磨掉生命中的许多记忆,孙惠芬居然还能历久弥新地保持这样鲜活的感觉和临界的状态,不能不令人惊讶,这些感觉和那些记忆如同一潭深不见底的活水时时滋养孙惠芬的创作,并让我们有理由相信,正因为如此,孙惠芬的创作还有很多值得期许的地方。中国当代文坛不乏从乡村走出来的作家,但仔细想一想,写作到今天对乡村生活还保持着这种直感的作家还有多少?相反,沈从文先生要大家"忘掉"的一切却都被一件件捡了回来,并裹上了有思想有文化有学问的糖纸,于是在他们的笔下看山不是山看水不是水,都被某种文化和"微言大义"所夸张、修改。而对于生活的感觉,或者是沈从文先生所说的捕捉自然的"官能"也早已麻木和退化了。我知道有学问的先生们对"感觉"之类的早已嗤之以鼻,他们更强调"智性",还会教导(误导?)大家写作靠的是想象力,能够不依赖于生活正是想象力丰富的证明,于是我看到的那些小说中的上品不过是文字编码般的智力游戏,而下品则如同走进一个尘土呛得人喘不过气的老屋子,将老祖母的物件再翻弄一遍又一遍。我跟想象力、知识之类的无冤无仇,但我更在意它们的本源在哪里。当然,这两年关于乡村的叙述中还加入了作家的"立场",那就是对弱势群体的同情、关怀。我从未怀疑过这一立场的崇高性,但社会学家已经把它上升为一个重要社会问题之后，当代作家再蜂拥去赶这个浪潮未免让人小看了许多，更何况许多小说创作虽然有着这样的立场做掩护，但却逃脱不了作家把人的生存困境等等令人揪心的问题作为某种景观陈列的嫌疑，这些弱者成了作家描写的对象和材料，而作家实际上是一个高高在上的观赏者。孙惠芬近年的小说创作几乎都是围绕着民工和民工走出后的乡村而展开的，难能可贵的是孙惠芬首先没有将民工与其他人分割开来，似乎他们就是社会的另类；其次，孙惠芬不是在同情他们，同情不论动机怎么善良和美好，总还是带有高高在上的施与成分，孙惠芬是表达他们或者说是在为他们表达，这个时候，她就是他们中间的一个，正因为这样，孙惠芬才写出了他们的尊严、内心的丰富和对生活的一种执着与忍耐。并不是孙惠芬两耳不闻窗外事对民工生存困境视而不见，也不是说她认同现状对此毫无立场，而是如同所有的行业一样，小说家的国土也是有疆界的，他不是包治百病的神医，他的本领应当在用笔去探求人的心灵，如果他能够在这方面出色地完成任务，他的立场、思想和很多宏大的认识其实已经表达出来了。小说中的思想和哲学不是漂在水上面的油，而是融进水中之后的水，是彼此共融而又绝对无法单独分开的。

孙惠芬2004年创作的小说《狗皮袖筒》可以为此做出注释。虽然这个故事有一个民工不满老板待遇并采取暴力方式解决的社会化的背景,但作者的着力点显然不在于此,她更关心的是一个词:温暖。从身体上的温暖到心理上的温暖,从对温暖的渴望到现实中温暖的匮乏以至温暖的制造,从头至尾都是这篇小说最重要的内容。小说选择的背景是冰天雪地的严冬,整个世界一片寒冷,吉宽"很长一段时间,手和脚都没有知觉,与他的脸、鼻子、耳朵,仿佛不是一个身体上的物件"。故事发生的其中一个地点是二妹子的小馆,这是唯一能给没有母亲、没有妻室的兄弟俩带来温暖慰藉的地方,在这里有女人为他们忙活着做菜做饭,让他们能够找到对家的替代感觉。与之相对照的是他们的"家":冰凉的炕,空荡荡的屋子。小说一直在温暖与寒冷两种截然不同的感觉中展开,在家的寒冷中,有狗皮袖筒这样的牵系着母亲情感的温暖物件;而他们对外乡的记忆,一直是寒冷的:工棚太冷,工头又不让生炉子。与这种境况相比的是工头居然在车里开着暖风玩女人。这种寒冷与温暖的反差造成了弟弟铲了工头,也推动了哥哥给弟弟送温暖,重到小馆子里找了小姐。也让弟弟有了一生的知足:"俺知足,是你暖了俺的心,像妈一样……这些年,俺最想要的,就是像妈那样的温暖。"这话关乎内心,其实也关乎他们的生存处境,对于他们来说更大的寒冷不是物质的匮乏,而是情感的匮乏,是温暖的寻找。孙惠芬写得非常朴素和本色,她没有夸张什么,但是这只是在写两个返乡的民工或所有叫"民工"的一群人吗?完全不是,小说中的人物是有身份和具体指向的,但人的情感和内心是不会因为这种界定就分割开来,她写的难道不也是我们每一个人,每一个生活在当今的人的生存困境?哪怕物质不再匮乏,但你的情感找到了温暖的家了吗?虽然写的是乡村题材,但我觉得孙惠芬的世界从来不是封闭的,"歇马山庄"不仅对所有人开放,它也可以容纳所有的人。孙惠芬没有回避任何社会问题,但作为一个作家,她要感受到比所有的社会问题更多更细微的问题。

山庄的人和事就是一个人类世界的人和事,孙惠芬近年小说与她以前最大的不同就是她打开了村庄,打开了描写的对象,也打开了思路,这样摆脱了简单的城乡对立、对比那种狭小而机械的格局,而真正深入了阔大无边的人类心灵世界中。《歇马山庄的两个女人》在对平淡、枯燥的日常生活的描述中,一直在思考人的内心世界究竟有多大、究竟能容纳多少情感这种很哲学化的问题。《天河洗浴》所涉及的问题更多,最表面的是生存的困境让古老的土地上的人们观念的变化,吉美的妈妈竟然鼓励女儿去出卖肉体,以为她们赚来在乡亲面前的风光。但可以反问一句的是:这是观念的"开放"吗?做一个设想,假如吉佳坏一点将吉美的真相在村中公布,人们对吉美还会是赞赏的目光吗?肯定不是。那吉美将会遭受沉重的打击，包括来自私下纵容和鼓励她的父母，这是非常微妙的习惯伦理、现实选择之间的矛盾。还有一重关系，那就是吉美和吉佳，她们两个人都不满意自己的生存处境，但实际上都无法改变，那么在生活、社会、亲人合力设计好的格局中，似乎是当事人的她们究竟扮演了什么角色？相对于无可反抗的命运，是无足轻重，没有人真正顾惜她们内心的感受和情感；但是如果她们有了主体上的觉醒，试图摆脱这种命运，那么她们立刻又上升为主角，是悲剧的主角。她们的父母是需要谴责的吗？可能。但除了纵容女儿这样之外，现实还给了他们提供改变自己生活的能力和机会了吗？孙惠芬似乎只关风月的写作，一点也不缺少像这样沉甸甸的话题，但它有一个非常明显的前提，那就是作品要给人带来情感的撞击。对此，作家余华的一段话颇值得深思："在艺术里面，情感的力量是最重要的，它就像是海底的暗流一样，而技巧、思想和信仰等等，都是海面的波涛，波涛汹涌的程度是由暗流来决定的。"（《重读柴可夫斯基》，收上海文艺出版社2004年版《音乐影响了我的写作》）

情感的撞击首先依赖于孙惠芬对乡村世界的鲜活感觉，她的感觉是伸入到泥土里的触须，抓住了每一个统统非常细微的变化，这也是她的作品为什么有时候给人意象繁密甚至令人透不过气的感觉的原因，因为她捕捉到的东西太多了，她无法抑制自己的兴奋，所以通通都倾泻到文字中来。她凭借的是感觉,而不是概念,这样作品如同泥土中的庄稼不但不断地生长,而且不同的时令会有不同的样子。孙惠芬的小说不是以故事的构织见长,而是以人物内心的丰富变化而吸引人,在平静的水面下是汹涌的波澜。即如最新的作品《天河洗浴》而言,在短短的篇幅和简单的故事框架中有着多层情绪和心理的变化,比如回家的迫切心情与吉佳、吉美相遇的尴尬,回乡后不同境遇的窘迫,以为瞒过父母的慌乱和终于得知父母知道真相的压抑,浴池相遇的相互敌视与突然的和解与震惊……每一个细节都蕴含着人物心理的逆转和变化,孙惠芬笔下人物内心这种转瞬即逝的变化常常令人目不暇接,这是因为人物是活的,不是用概念概括好了就平板地无法再变化了。比如她在《民工》中写鞠广大和鞠福生父子在回乡奔丧时心情。临近家门口父子俩竟然是如释重负般的解脱:"田野的感觉简直好极了,庄稼生长的气息灌在风里,香香的,浓浓的,软软的,每走一步,都有被搂抱的感觉。鞠广大和鞠福生走在沟谷边的小道上,十分的陶醉,庄稼的叶子不时地抚擦着他们的胳膊,蚊虫们不时地碰撞着他们的脸庞。乡村的亲切往往就由田野拉开帷幕,即使是冬天,地里没有庄稼和蚊虫,那庄稼的枯秸,冻结在地垄上黑黑的洞穴,也会不时地晃进你的眼睛,向你报告着冬闲的消息。走在一处被包米叶重围的窄窄的小道上,父与子几乎忘记了发生在他们生活中的不幸,迷失了他们回家来的初衷,他们想,他们走在这里为哪样,他们难道是在外的人衣锦还乡?"这真的是一种错觉吗?作家似乎应当去描写越靠近家门,想到突然死去的人,他们应当心情越沉重才对啊。但这溢出来的一笔却恰恰是孙惠芬式的精彩,它写出了另外一种现实,那就是民工们在城市中所遭受的强大精神压抑,摆脱了这种压抑回到了土地和家乡中,他们像鱼儿回到了水中,他们有了灵魂。其实这些人的根原本就在土地中,之所以成为"弱势群体",恰恰是他们被迫到了本不属于他们的世界和岗位,他们像离开泥土的禾苗,只能灰头土脸、不断枯萎,只能靠出卖力气来谋生。举一个最简单的例子:一个声名显赫的大学教授,如果不把他放到讲台上,而是放到农村的田野里,面对着乡下人尽人皆知的农活他们不也是一无所为,不立即也成为弱势群体吗?孙惠芬体会到了这一点,所以写到了他们精神的复苏,哪怕是在遭受命运打击的时候,鞠广大要大操大办妻子的丧事,并在这种操办中把自己想象成工头一样神气活现地指挥着一切,这不仅是被压抑内心的释放,同时也意味着生养他们的土地对他们真正意味着什么,他们一年到头在城市里生活,哪怕在城市里娶了老婆买了房,但这片土地对他们生命永远也摆脱不了。孙惠芬的好多小说中写到了在外乡做工或生活的人"近乡情更怯"的心情和从蜷曲到舒展开来的心境,不仅真实地揭示了人物的内心,而且也是作家与土地情牵梦绕血肉相连的最好证明。细节不是生活的碎片,也是生活本身,如同将水从水里分离出来它仍然是水一样,在对这些人的情感变化的把握中,毫无疑问,孙惠芬也把握住了这些人的精神实质,比如说孤独,乡村人特有的性格所带来的心理状态,首先是孤独,其次是释放孤独的方式,第三是孤独的注定不被理解。对此的表现方式,不是一个人闭门沉思,那样不会产生小说,孙惠芬常用的办法是两个人的内心对峙,这种对峙构成了孙惠芬小说的内在冲突和张力,可能小说中的人物不止两个,但一对人物内心的对峙,甚至极度的对峙却是非常常见的。《歇马山庄的两个女人》中潘桃和李平是这样;《歇马山庄的两个男人》中的鞠广大和郭长义是这样;《民工》中先是父与子的情感对峙,接着是鞠广大和郭长义。应当指出,我在这里说的"对峙",未必是两个人心理上处于敌对的状态,而是相互关切、对立,融合与分裂等复杂的状况,简单地说是两个人灵魂的碰撞,它们产生的结果是不同的。最为精彩的是与外部的对峙同时存在的还有自我的对峙,用我们家乡话讲是"跟自己较劲儿"。《民工》中非常精彩的一个细节,在回家奔丧的路上,父亲将攒了好久的五块钱买了一盒盒饭让儿子吃,先是儿子的推让不吃,父亲最看不惯儿子窝窝囊囊的样子,但迅即又转化到对自己的不满上了:"这一次,鞠广大

不是急,而是恼了,鞠广大恼的不是鞠福生,而是自己,儿子再不懂事,也不至于眼看父亲挨饿自己吃,他凭什么就只买一盒?事态是在一瞬之间就呈现出它险恶的面貌的,鞠广大把饭盒捏到手中,想都没想,猛地就朝窗外扔去,由速度生成的风将饭盒嘤一声吹走,随之,米饭饭粒天女散花似的飘向远天。"倔强、执拗、情感不轻易外露的辽南人就是以这种方式来表达自己非常丰富的感情,他们的情感表露从来都是水面上的冰山的一角,这注定了他们的难以摆脱的孤独。《三生万物》中的鞠振安和妻子那么相爱相依,可是直到鞠振安临死两个人的内心也不曾对位,所有对对方的理解、宽容和善意都指向对方意愿的反面。这是一群有着特别表达方式的人,他们渴望理解但又在躲避着内心的真正进入,他们在孤独和排解孤独的焦灼中挣扎。(这让我不由自主地想到了作家邓刚常对孙惠芬说的一句戏言:不可救药的青堆子人。青堆子是孙惠芬的故乡小镇,也可以看作是"歇马山庄"的原型地。)孙惠芬以文字显现了生活在这片土地上人的丰富、复杂的内心,写出了他们一辈子都不会表达出来的内容,让这片沉默的土地和沉默的人敞开了心扉。沈从文先生说:"用各种官能向自然中捕捉各种声音、颜色,同气味,向社会中注意各种人事。"但愿孙惠芬的笔能够更加汪洋恣肆些,打开更多的官能,能让文字与她那丰富的感觉同步,让文字中有更多的声音、颜色和气味，而不是单一的色调，如果是这样，相信她的创作还会攀上更高的台阶。

我们常说东北是一块文化传统不是很厚实的土地，比如楚地的作家讲文化传统可以追溯到屈原，三秦至少可以追溯到汉唐。但我觉得每一块土地有每一块土地的文化形态，那些地方可能纸面的文化传统更浓厚，但辽阔的东北黑土地也会有另外一种文化形态，比如生活本身的文化含量，在概念和观念之外，孙惠芬捕捉的是生活本身，它同样有文化含量。这让我想起了杰出的东北作家端木蕻良写过的一篇题为《风物恩情》的仅有五百多字的短文："嗳！东北的九月，海水乍蓝，天乍高。高粱红了，新熟的稻草，鸭绒似的在场院上铺着。萝卜、地瓜、倭瓜、葫芦瓜满地滚。麻雀吱吱喳喳地飞，吃饱了还不够，还用精致的小腿将米粒弹落；牛羊欢快地叫着，白桦在风中摇摆。菜园里：白菜长得像热带的龙舌兰，碧绿肥硕，连叶子上的绿虫子也比别处长得肥壮。栀子、山里红、红果、神仙子像量米似的成石成斗地用车拉。花篮梨、红霄梨、凤尾梨、冻秋梨、香水梨各色各样的梨，摆满了通街。——出奇的丰饶，不近人情的富足……""我们的东北，神仙也住得的东北，四季的风景像刀切样的整齐：春天发芽，夏天开花，秋天落叶，冬天把种子埋在雪里……"每一次读到它们，我都压制不住自己的激动，我说不清楚"文学"究竟是什么，但像这样用情感拥抱出生活中的一草一木的文字却每每都令我感动,我觉得它抛开了一切外在的花里胡哨而直抵文学的核心、心灵的深处。由此,我更坚信丰富的感觉和强烈的情感冲击力给一篇作品带来的力量,并对当代人对于情感力量的避讳而大为不解。余华也曾质疑过:"现在还有一种很荒谬的观点,好像真实地倾诉自己情感的作品,让人听了流泪的作品,反而是浅薄的,艺术为什么不应该使人流泪?难道艺术中不应该有情感的力量?当然情感有很多表达的方式,使人身心为之感动的、使人流下伤感或者喜悦的眼泪的方式在我看来是最有力量的。我们要的是情感的深度,而不是空洞的理念的深刻。"(《重读柴可夫斯基》)是的,至少你不能说服我将那些"深刻"得连最基本的文学感觉和审美感觉都缺乏的作品看作好小说。所以,孙惠芬们也不要妄自菲薄,如果我们生活在一片传统不厚的土地上,那么我们可以去唤醒传统,也可以为后人确立传统。

© 孙惠芬　2014

图书在版编目（CIP）数据

燕子东南飞/孙惠芬著. —大连：大连出版社，2014.10
（"字码头"读库）
ISBN 978-7-5505-0762-3

Ⅰ.①燕… Ⅱ.①孙… Ⅲ.①短篇小说—小说集—中国—当代　Ⅳ.①I247.7

中国版本图书馆CIP数据核字（2014）第198885号

燕子东南飞
YANZI DONGNAN FEI

出 版 人：	刘明辉
策划编辑：	刘明辉　张　波　卢　锋
责任编辑：	张　波
封面设计：	林　洋
版式设计：	张　波
封面绘图：	周胜华　洪　羽
责任校对：	魁宏达
责任印制：	阎　骋

出版发行者：大连出版社
　地址：大连市西岗区长白街10号
　邮编：116011
　电话：0411-83620442　0411-83620941
　传真：0411-83610391
　网址：http://www.dlmpm.com
　E-mail：dlszhangbo@163.com
印　刷　者：大连美跃彩色印刷有限公司
经　销　者：各地新华书店

幅面尺寸：130 mm×195 mm
印　　张：10.75
字　　数：221千字
出版时间：2014年10月第1版
印刷时间：2014年10月第1次印刷
书　　号：ISBN 978-7-5505-0762-3
定　　价：29.00元

版权所有　侵权必究